有爱的青春陪伴者

我可以再等等

Wokeyi

走走停停啊 著

江苏凤凰文艺出版社
JIANGSU PHOENIX LITERATURE AND ART PUBLISHING

图书在版编目（CIP）数据

我可以再等等 / 走走停停啊著. -- 南京 : 江苏凤凰文艺出版社, 2022.4
ISBN 978-7-5594-6382-1

Ⅰ. ①我… Ⅱ. ①走… Ⅲ. ①言情小说－中国－当代 Ⅳ. ①I247.5

中国版本图书馆CIP数据核字(2021)第231442号

我可以再等等

走走停停啊 著

责任编辑	王昕宁
特约编辑	雪　人　娄　薇
责任校对	彭　佳
出版发行	江苏凤凰文艺出版社
	南京市中央路165号，邮编：210009
网　　址	http://www.jswenyi.com
印　　刷	长沙鸿发印务实业有限公司
开　　本	880mm×1230mm　1/32
印　　张	9
字　　数	218千字
版　　次	2022年4月第1版
印　　次	2022年4月第1次印刷
书　　号	ISBN 978-7-5594-6382-1
定　　价	42.80元

目录

/ CONTENTS

目录 / CONTENTS

目录 / CONTENTS

目录 / CONTENTS

宋媛从图书馆出来，边下台阶边接电话：“喂！什么事？”

“我给你发的照片你看了没？怎么样？美不美？”电话那头的蒋鲲鹏语气激动。

“没看！”宋媛直接道，背上的书包没背好，她顺便扭了扭。

“怎么？不好看吗？”蒋鲲鹏有点疑惑，“这身材多好啊，该凸的凸，该翘的翘。”

好在宋媛今天真题做得不错，语气和缓又理智：“鲲哥，我跟你说，你那些图片不要再分享给我了，你忘了我是个女的吗？我也有，我看这些干吗？”

蒋鲲鹏愣了一秒，进而反驳道：“瞎说！你哪有？”

“你滚！”

宋媛黑着脸，毫不迟疑地挂断了蒋鲲鹏的跨国长途。

十二月的寒风似剑，她吸了吸鼻子，快走几步，冻死了。

她们这学校是前两年建成的新校区，地处中原，如果大学只论占地面积的话，那宋媛这学校是周边几个省里最大的。大到什么程度呢，这么说吧，宋媛一大早从食堂吃饱了走到图书馆去上自习，刚放下书包，她就饿了。

宋媛是读历史学的，高考后为什么要填历史专业，她此时再去驻足回望，已经不太记得原因了。现在想想，学历史也挺好的，不像别的专业，抬头一看，道路千万条，条条通罗马。她们这专业没啥别的选择，只有心无旁骛地考研。

她参加完研究生考试，放寒假回家后，坐在暖气边和蒋鲲鹏聊视频。

“哎，我妈出去了，”视频里传来关门声，蒋鲲鹏一下放开了灵魂，“宋媛，我跟你说，那天我给你发的那妹子，给我打电话了哦！”他说着还得意地在镜头里挑了挑眉。

“哦，你妈不是陪你过年吗？你不消停两天？”宋媛善意地提醒他。

“不要紧，我妈忙着购物，没空管我，我只要晚上回家就行了，白天随便。”

“哦，那什么，多加小心哦，看那妹子浑身闪着光，应该伴侣比你多，带好该带的……”

“瞧你那操碎心的样儿，”蒋鲲鹏不屑，还想说什么，看到宋媛镜头里宋妈妈推门走进来，马上坐直了，堆出明媚的笑脸，扯开了嗓门，“阿姨，新年快乐呀！”

宋妈妈端着盘刚扒了皮的柚子，想拿进来放在宋媛房间的暖气片上烘一烘。

宋妈妈听到蒋鲲鹏喜庆的声音，也很高兴，凑过来对着手机道：“是鲲鲲啊，让阿姨看看。哟！在那边都晒黑了。”

宋媛自觉地把镜头对准了妈妈，这蒋鲲鹏从小八面玲珑，最会讨大人喜欢，长大了嘴更甜。

“阿姨，我这是小麦色，很流行的，哈哈。阿姨你怎么一年比一年年轻了？跟宋媛简直像姐妹俩儿！”

“哈哈哈，真的啊？”宋妈妈抵抗力差，被蒋鲲鹏一夸，立刻笑成一朵花，点头赞同道，“是啊，我比媛媛白一点，不过她今年考研，没怎么出门，也白回来了。”宋妈妈说着还得意地瞟了眼宋媛，看宋媛正一脸老成持重，向手机摆手道，“哎呀，你们聊你们聊，阿姨烧饭去了。”

蒋鲲鹏热情起来没完没了：“阿姨……”

“你阿姨走了，放过你阿姨吧！她经不得夸。”宋媛声音沉沉的。

“你看，你妈比你活泼多了，你被个破考试折磨的！哎，我说，你要是没考上，我跟我妈说一声，把你弄回去教书怎么样？我说真的。”蒋鲲鹏一副小菜一碟的语气。

宋媛摇摇头：“大过年的，你能不能说点儿好话，我怎么就考不上了？我考得上。而且，我不爱教书，别麻烦阿姨了。”

“嘁！不识好人心。”

宋媛挂了电话，趴在窗台上看了看。外面开始下雪了，雪花很小，似乎带着小冰晶，北风刮过，打在她面前的玻璃上，沙沙作响。

春节好啊，热闹，好吃的多，好玩的多，还能收到一条程为的祝福信息。他每年都发的，今年也会吧！

宋媛手指在窗玻璃上滑过，一片冰凉。

两天后的除夕夜，宋媛和爸妈守在电视机前看春晚，宣传片里正热火朝天地包饺子。

宋媛家年夜饭不吃饺子，他们其实是浙江人，定居在这中原小城里，全是因为她爸爸的工作。这是个能源矿产小城，宋爸爸是技术工人，所属的是这整个工艺链最前端的一线单位，也就是最普通的单位。

而蒋鲲鹏家，蒋爸爸是供应科的一把手，蒋妈妈在教育处工作。

小时候，他们上同一所子弟幼儿园，接着又上同一所子弟小学、子弟中学。

而像宋媛这样出身普通工人家庭的子女，本应该在学习的舞台上远远超过蒋鲲鹏这样的纨绔子弟。可惜，从小学三年级之后，她的成绩就没超越过蒋鲲鹏，那时候他们两人总是为了冠亚军相争。六年级时，程为来了，宋媛和蒋鲲鹏的战争就结束了，因为程为永远遥遥领先，一直到中学，他俩也没能追上程为。

那时宋媛和蒋鲲鹏都觉得程为很倨傲，于是他俩统一战线，孤立这个转校生。结果程为第一名的光环太强大了，他们俩常常被迫和程为分在一组，比如数学强化小组、航模小组、化学实验小组等。但凡他们三人分在一起，老师总是指定程为做发言人，这让宋媛和蒋鲲鹏内心非常受伤，怎么他俩连说话的权利都没有了？

直到初二的一天，他们这能源系统里搞了一次声势浩大的、以《我是祖国小油娃》为题的作文竞赛，宋媛一举拿到了一等奖。当然全国各地都算上，并列的第一名有很多，可他们这名不见经传的小油城里，宋媛就是独苗一根。她十几年的人生里第一次经历了一回特别的荣耀——得到了教育处重要领导的接见和亲自授奖。宋媛狠狠地超越了程为一回，因为他只得到了鼓励奖。

当然也有遗憾，那天给宋媛颁奖的教育处重要领导，就是蒋鲲鹏的妈妈。导致时至今日，她除了鲲妈，再没见过任何搞教育的领导。虽然宋媛后来在家里常常听到妈妈背后说鲲妈既官僚又势力，看不起人，但她那时还是觉得鲲妈很热情。当时宋媛领了奖下台时，鲲妈还牵着她的手，看起来像她家亲戚，临走时还笑着叫她常去家里找鲲鲲玩，多和蔼呀！

那天蒋鲲鹏作为学生代表陪他们去领奖，回去的路上，三人同坐学校派的专车。本着让敌人难受我就开心的原则，宋媛带着胜利者特有的骄傲和矜持，看着蒋鲲鹏拿着她的大红证书挖苦旁边没领到奖品的程为。

可惜蒋鲲鹏太没技巧，语气里满是小人得志、穷人乍富的腔调，在一脸平静、沉默不语的程为面前，显得特别不高级。

车子开进学校大门的时候，宋媛看着蒋鲲鹏还在吐沫横飞，而程为只抬头淡淡同她对视了一眼，她在心里隐隐觉得，她和蒋鲲鹏败了。

从那以后，宋媛好像渐渐和程为和解了，特别是在得知程为的爸爸和自己的爸爸是同事之后，她甚至开始觉得她和程为才应该变成好朋友。

但蒋鲲鹏显然不这么觉得，学校组织春游的时候，蒋鲲鹏作为班长负责分小组，照例把无心当班干部的宋媛分在自己这组。

那天放学后，孩子们照例三三两两结伴回家，子弟中学的特色是大家都住一个家属院，没人接没人送，孩子们自己回家。

宋媛和程为从数学强化班上完课回来时，教室里已经没几个人，蒋鲲鹏也赶着去学校广播站播音了。宋媛收拾了书包准备要走，没想到程为会走过来等她。她和蒋鲲鹏以前说好不理他的，可他一走过来，好像就冰释前嫌了。

那天他们同路回家，因为上强化班放学晚了，路上没什么人，夕阳西下，四处染着昏黄的微光。

快走到家属院门口时，程为忽然问道："我们组还缺一个人，你要不要和我一组？"

宋媛呆了呆：嗯？是说去春游吗？刚刚不是还在讨论数列吗？这第一名的脑子真可怕！

她大概没来得及多考虑，转头应答说："好啊，可以。"接着就看见程为笑了，露出右边一点点的虎牙，还挺好看。

所以第二天一大早，她找蒋鲲鹏换春游小组，蒋鲲鹏瞪着眼睛不乐意："不行，都定了，改什么改，谁也不许改！"

宋媛拿着笔，伸手去抢名单，威胁道：“你给不给我？再捂着，我戳你手了！”

“你戳死我吧。”

“你不给我，我就去杨老师那儿改，反正我都能改过来，你捂着吧。”宋媛对付蒋鲲鹏有的是办法，她是班主任最喜欢的学生，改个组还不是一句话的事儿。

蒋鲲鹏看着宋媛，仍旧捂着名单不动。

宋媛这时候异常有智慧，俯身趴在他课桌上，动之以情：“我买巧克力给你，别让我费事。”

僵持了几秒钟，她正要变脸，就听见蒋鲲鹏妥协道：“两块。”

她就知道能成，抿唇一笑：“成交。”

所以宋媛这些年来，第一次春游时没吃到蒋鲲鹏妈妈做的鹿角菜，但和程为一组也有很多有趣的事，收获颇多。

返程时，宋媛走在队伍后面，忽然觉得有人在动她的背包，她迟钝地回头，看见程为往她书包里塞了什么东西。这时前面正好有人叫他，他答应了一声就往前跑了。

她边走边拉开拉链看了看，是两块巧克力！

除夕夜，宋媛窝在沙发转角里陪爸妈看电视，她觉得主持人煽情煽得有点刻意，抬头瞄了两眼，还是觉得尴尬，但搁不住她爸妈都爱看。她从前自我意识刚刚崛起那会儿，最爱在家里长篇大论发表自己的观点，点评老宋爱看综艺节目的烂俗、嘲笑刘女士泡在肥皂剧里的低智。

但这几年，随着宋媛上大学离家的时候越来越多，她渐渐心态平和了。大人的世界并不像小孩想的那样，长大以后要再想开心一刻是很难的，如果看个电视就能开怀一笑，多好呀。看吧，她陪着他们一起看！

宋媛手里的手机屏幕一闪一闪，不断有微信发来，她已经懒得理了，蒋鲲鹏同学从小就是个眼皮子浅的家伙，怀里揣不住二两秘密。他在参加澳洲版的新年派对，实时发送着他的猎艳成果，生怕宋媛不知道他的“丰功伟绩”。

宋媛这些年一直被迫分享蒋鲲鹏精彩的私生活。他曾说：“咋的，别人我还不稀罕给她看呢！你要珍惜。”好吧，宋媛想自己这平淡无奇的大学生活，添上蒋鲲鹏这一道绚烂的色彩也没啥，谁让他们是从前穿过一条裤子的发小呢！

说起这“一条裤子”，宋媛原本早就不记得了，都赖蒋鲲鹏的记忆力好，总提起，在他的不断强化记忆下，宋媛如今记得很清楚。

蒋鲲鹏最早说起这“一条裤子”的故事，还是他们初三的时候，好像快要中考了，他们三人有天趴在学校教学楼前的石桌上研究一道数学大题。

三人差不多同时解出来，只是方法各不相同，宋媛用了三条辅助线，她抻长脖子看了下，他们俩都只用了两条。她抬头眺望了一眼天边夕阳，在心里一声叹息：智商真是硬伤。

“还是我这个解法好，简单明了，宋媛，你说是不是？”蒋鲲鹏说着，一脸骄矜地瞟了程为一眼。

宋媛举着笔，认真想了一会儿，最后评价说：“我觉得程为这个好，不用看镜像图，更简单。”

“你怎么向着他呢？你看看我的，我这个多简单，”蒋鲲鹏明显不服，看着程为眼里浮出的一点笑意，他更生气了，朝着宋媛嚷道，“咱俩可是穿一条裤子长大的，你怎么这么不客观，专偏向外人？”

好好的说题，怎么说到裤子去了？

“谁跟你穿一条裤子？没有的事儿，别瞎说。”宋媛马上反驳，转头时看到程为正惊讶地盯着自己。

“怎么没有，我还有照片呢，咱俩大班的时候，我穿着你的红裤子回家，我妈给咱俩拍的，你咋这么健忘！”蒋鲲鹏一激动，那嗓门当场把宋媛震住了。

宋媛回想了好一会儿，“啪”的一声把手里的笔拍在草稿纸上，皱眉道：“你怎么还好意思说，那不是因为你尿裤子了没带裤子吗？”

蒋鲲鹏果然从小就灵魂坦荡，比一般人坚强，他看着对面的程为已经撑不住笑了，依旧丝毫没觉得不好意思：“那怎么了，那不就是穿一条裤子长大的。”

自那以后，蒋鲲鹏就跟红裤子结了缘，还时常提起，把宋媛搞得烦不胜烦。

大概拜那条红裤子所赐，那年春末夏初，宋媛终于来例假了，没人懂她当时有多么激动和欣慰。要知道，那时候生理卫生课都上过了，班里大部分女生都用上了卫生巾，宋媛却还不知道卫生巾为何物。

然而宋媛最后还是觉得来例假并不是什么开心事儿。

有一次，宋媛周一要完成“国旗下的讲话”，所以应年级主任的要求，穿了白衬衫和蓝裙子，结果下午放学时大姨妈不期而至。她自己倒是挺淡定的，觉得这会儿站起来就走着实有点不雅，不如坐着把作业写完，等同学都走光了再走，刚好神不知鬼不觉。

宋媛一边坐着写模拟卷，一边看看窗外天色，心里遗憾：这要是冬天就好了，拖一拖就天黑了，谁也看不见谁，多好，可惜现在天黑得晚。

随着同学渐渐走光，宋媛觉得时候差不多了，抓住时机回家吧，尝试着站起来。嗯，还好，第一天量少，没有太狼狈。

她不放心，转头想看看裙子后面如何了，正用力扭着头，没看见蒋鲲鹏夹着篮球一阵风似的从教室门口跑进来。

蒋鲲鹏看到她，凑过来问道：“干吗呢？尾巴掉出来了？”他说着还跟着看了看。

宋媛吓了一跳，赶紧把他推到一臂之外：“你才尾巴掉出来了呢！”说着，她若无其事地背起书包走人，还同后面进来的程为打了个招呼，擦肩而过。

宋媛边走边在心里安慰自己：还好今天穿蓝裙子，弄上一点儿，也看不太出来吧，不要紧不要紧……

宋媛还没走到楼梯口，就被后面赶上来的蒋鲲鹏叫住了。

蒋鲲鹏递了件自己的白衬衫给宋媛，毫不吝啬地嘲讽道：“你就这样走了？陈欣欣还知道借件衣服挡挡呢，你都不用？”

为什么好事到他嘴里都这么难听？宋媛理直气壮地接过白衬衫，抖了抖绑在腰上，转头说：“你还挺有经验。”又想起另一件她更感兴趣的事儿，凑过去问他，“听说陈欣欣给你写情书了？真的吗？”

蒋鲲鹏被问得嗤鼻一笑：“那有什么大惊小怪的，我收到的情书可多了呢！”

“我看看，陈欣欣可是新任班花哎，我看看情书写得好不好。”

“不给，人家写给我的，你看啥？”

“小气，我看完还你，又不要。”宋媛就是好奇，她不知道为什么，总觉得自己离他们这些故事有点远。

“不给，”蒋鲲鹏断然拒绝，还落井下石，“你知道为啥你班花老落选吗？就是因为你有点瞎，眼神儿不好。”

“我还入选过呢？啥时候啊？”宋媛的关注点和蒋鲲鹏的不在一个世界里，她听着怪高兴的。

蒋鲲鹏一脸鄙夷，还要说什么，被后面横插过来的一只手打断了。

“没挡住，用这个吧。”程为手上拿着件宽大的校服外套，递到宋媛面前。

啊！还没挡住？有这么严重吗？

宋媛机械地接过来，想回头看看，又怕欲盖弥彰，还是算了，麻利地解了蒋鲲鹏的白衬衫，换上校服。

蒋鲲鹏接过宋媛随手还回来的衬衫，还偏头去看，嘴里嘟囔着：“不能啊，怎么没挡住？”

宋媛一道犀利的目光投过去，警告他们：“行了，谁也不许再提。”把他们两个同时震慑住。

于是，他们三人沉默着走了出去。宋媛想快点儿岔开话题，接着问蒋鲲鹏：“陈欣欣给你写了多少字，让我瞄一眼。”

“不给。”蒋鲲鹏很少这么有气节。

“你想看情书？”程为忽然接上话题。

他这问得好像在说：你想窥探别人隐私吗？

宋媛有点不好意思，干笑着替自己解释：“呵呵，我就是好奇情书都写点什么。”

不想下一秒，程为云淡风轻地从书包里抽出一张纸来，递给宋媛，说道：“这个算是吧，我早上刚收到的，给你看。”

宋媛接在手里，愣了愣，接着兴奋地捧起来认真看，看到落款时，简直惊讶得合不拢嘴。

她迅速思考了一秒钟，伸手把程为拉到一边，在他耳边悄声问道：“这个，我能不能给他看一眼？”她说着拿眼神瞄了瞄蒋鲲鹏。

那边的蒋鲲鹏正警觉地盯着他俩在密谋什么。

程为无所谓地点点头：“可以啊。”

宋媛得到了许可，捂住情书的内容，只把落款给蒋鲲鹏看。

“哎，等会儿，我再看一下。”蒋鲲鹏不敢相信自己的眼睛，落款居然是陈欣欣。

“没错啦，你没看错。”宋媛一边把信纸折了折，还给程为，一边对蒋鲲鹏道，“这你懂了吗？不止你一个人收到哦！”说完自己也觉得有点儿震撼，这怎么还带广种薄收的呢？

宋媛想着这些事时，被电视机里的新年倒计时打断了思路，她下意识地低头看了眼手机屏幕。

果然，一条微信传进来，程为说：“宋媛，新年快乐，阖家幸福。”

她看着这几个字，不知为什么，心里有种万事落定的感觉。程为每年春节都会发一条祝福信息给她，虽然都很短，但年年的内容都不太一样，证明他每年都是重新编辑过的，宋媛在心里暗自这样想着。

所以她也照例回复他一条这样的信息，大意差不多，总是比他多几个字，就像新年包红包，后包的人，总要多包一些钱。

宋媛点了发送键，看着他发来的“阖家幸福”发了一会儿呆：时光匆匆，过去好几年了，他家发生变化了吗？我家还是没变，我们一家三口，一切如常。

老宋难得熬夜，喝了一晚上浓茶，这会儿正跑厕所。刘女士挨暖气片坐着，正在抱怨今年的春晚不好看，小品不好笑，唱歌也不好听。

宋媛向来没什么豪情万丈的进取心，研究生考的还是本校本专业，跟的导师也是原本熟悉的，所以没什么悬念，她顺利过渡到了新的学习阶段。

她经常在往返宿舍和历史学院的教学楼之间时，在心里安慰自己：本来我们学校的历史学就不错，没必要舍近求远。

这话她也拿来和蒋鲲鹏说过，蒋鲲鹏见过大世面，怒其不争：“你说你不能考个牛一点儿的学校吗？去一去人才济济的大都市啊，怎么这么没有雄心壮志？”

宋媛不愿与蒋鲲鹏多言，她渐渐发觉他俩的人生观已经不同。她不知从何时开始，觉得其实没必要做好每一件事，能认真做好一两件事，就很好了，就能觉得很幸福。

蒋鲲鹏迅速发来信息反驳她：“你这燕雀、夏虫、大井蛙……”

宋媛愉快地扫了一眼，没再理他。

想慷慨激昂指点江山的人可多了，江山太小，有点不够用，她就不去凑热闹了。Z 大挺好的，质朴无华又务实，自习教室也够多，还有暖气。就是冬天太冷，风有点儿大，从图书馆回松园宿舍的路上，宋媛常常冻得里外冰凉；亭云路上偶尔有冬日暖阳，这点日光仿佛也知道自己成不了气候，略照照就退了，同她一样，没有搏杀四方的进取心。

宋媛有时候也在泊月路的柳树下坐坐，看络绎不绝的学弟学妹们打闹着走过，其中有很多穿着同款卫衣的小情侣，女孩儿把手插在男生的大衣口袋里。

她想，这儿的冬天可真长，不像老家浙江的冬天，春风就在一夕之间。当然，听说东南沿海一带的冬天更温暖。嗯，只是听说。

宋媛高二那年暑假，收到过一件特别的礼物，是两个新鲜的椰青，从东南沿海发来的。

宋媛从小没什么特别的爱好，但喜欢喝椰汁。每次她和蒋鲲鹏闹掰，最后他都买椰汁向她示好。后来那家乡土气质浓郁的椰汁品牌出了大盒装，蒋鲲鹏就很夸张地抱一大盒来赔罪。

宋媛的物质世界没有精神世界丰富，容易被腐蚀，收了礼物就清风拂过，还是好兄弟。

后来，程为说："这个不好喝，这里面兑了白砂糖，新鲜的椰子才好喝，在椰子壳上敲个洞，插根吸管进去直接喝。我们老家有很多，等我什么时候回去，给你寄来。"

从那时开始，宋媛就很向往程为的老家——满大街都是椰子树，随便摘，插个吸管就能喝，像童话里的糖果屋。

但宋媛当时收到这礼物时并不特别开心，因为那时程为刚刚办完转学手续，宋媛知道，他家搬走了，从这座小油城迁回了原籍。宋媛隐隐觉得程为是从他们的世界里消失了，再也不会回来了。收到他寄来的椰青，有种相忘于江湖的味道。

后来，高三开学，本来站在金字塔尖上的程为转学了，好多同学都问他去哪儿了。

其实宋媛知道程为家是出了大事。那年暑假，有一天宋媛正在厨房里被刘女士逼着学炒菜。

“女孩子家家，怎么能连个番茄炒蛋都不会做呢？将来是要饿死的。”

宋媛举着锅铲，心里不服：这是什么逻辑，女孩就得会做番茄炒蛋，男孩就不用了？男孩跟着番茄一起进行光合作用吗？

晚饭后，宋爸爸回来了，满脸阴云密布，坐在沙发上长吁短叹。

宋媛本来虚掩着房门，趴在床上偷看杜拉斯的《情人》，不能让妈妈发现，虽然妈妈也不知道这里面讲的是什么，但光凭这书名就足够引爆妈妈的神经，所以宋媛看得很隐蔽，小心翼翼的。

她断断续续听到外面爸爸在说：“老程真是倒霉啊，是帮人替班的，套管一下来，当场就不行了。”又感叹，“他家里可怎么办啊？他儿子和媛媛一个班的，马上高三了……”

“哦哟，他家儿子学习可好了，媛媛每次都考不过他。”宋媛听到妈妈同情的声调。

他们是在说谁？说程为吗？

宋爸爸继续说着：“连医院都没有去，直接就拉到殡仪馆了……”

宋媛合上书，塞在枕头下面，开门出来，问道：“你们在说程为家吗？是程为爸爸出了事故吗？”

平常宋媛不怎么打听老宋工友们的事，爸妈也总说她小孩子家，好好学习，少管闲事。这次倒不同，爸妈同时沉默了一会儿。

爸爸最终点了点头，说道：“程为爸爸没了，就在昨天晚上。”他想了一想，还是接着往下说了，“当时井台上正在下套管，铁索松了扣，从一百多米的井架上砸下来，一死两伤，老程碰在头上，当场就不行了。”

宋媛倚靠门框听着，没有出声。

宋妈妈又叹息了一声：“作孽哟，好好的一家人，男的就没了，剩下的怎么过！程为那孩子，文质彬彬的，他妈妈还经常身体不好。”

后来，宋媛爸爸准备去吊唁的时候，她问爸爸："我能不能也去？"

老宋想了想，点头说："换身衣服，一起去吧。"

宋媛换衣服的时候，听到门外妈妈对爸爸说："媛媛去干什么，我们大人去就行了。"

爸爸说："是媛媛同学家嘛，应该要去一去。"

那是宋媛第一次走进殡仪馆，工会的阿姨给她发了小白花，她认真地别在胸前。宋媛抬头时，远远看见程为侧身站着，在听几个领导模样的伯伯说话。她忽然发觉程为竟这么高，比他身边的几个大人都高出半个头，那一刻，他也像大人一样。

没有别的同学来，只有宋媛来了，她跟在爸爸身旁，还像个小女孩。隔着人群，宋媛能看到程为一手扶着憔悴的妈妈，一手抱着遗像，最后，他还代表全家向局领导和工会表达了谢意。

只不过，宋媛听程为声音沙哑，有点陌生。她记得不久前，学校的艺术节开幕时，程为还应邀做了开场发言，那时他音色清亮，像另一个人。

宋媛跟着吊唁的人群退场前，她停步回望，正好看到程为向她们这边投来目光。她努力地想和他对视一眼，却被后面的人挡住了视线，妈妈拉着她跨出了大门。

从那以后，宋媛再没见过程为了。最初，高三那年，他们还有联系，那时还流行用 QQ，不过他们功课都太忙了，不怎么常用。

宋媛记得他们当年考进重点班前，学校先来了次摸底考试，她突然没了竞争力，考了年级第十八名。蒋鲲鹏嘲笑宋媛不争气，还特地把她 QQ 的备注名称改成了"十八妹"。宋媛气得跟他扭打了半天后，突然想起要去看一眼程为给她的备注。她扒着程为的鼠标，点开看到是"明清后"。

宋媛看完就笑了，这个不错！于是，她索性把自己的昵称也改成了“明清后”，时至今日，她用习惯了，所有的社交软件上，她都叫这个名字。

后来，高考完，尘埃落定，也似乎是一夜之间，大家都改用微信了。宋媛拿到录取通知书的时候，捧着手机犹豫了很久，她确实考得一般，没考上如雷贯耳的名校，差强人意，也不算特别失手。她犹豫，是因为想问问程为考到哪里了？可是又想，多此一问，他那么好的成绩，总不过是那几个赫赫有名的大学吧，所以她又放下了手机。

又隔了很多天，老宋不知从哪里学的新手艺，编了个五彩缤纷的吊床，绑在阳台的防盗网和门框上。

宋媛趁爸爸不在家，坐在那吊床上一边晃着一边发呆，想到再过两周就要去大学报到了，便拿出手机发了条微信给程为：“程为，我考了Z大，不知道你考了哪里？”

宋媛想了许多天，考虑了许多种问法，是抛砖引玉，还是故作轻松，她都想过了，最后只发了这几个字。可怜这几个字发出去后，程为像是没收到一般，毫无反应。

宋媛每天打开看一遍，在心里疑惑：不能是因为我考得一般，就不理我了吧？他从前不这样啊！

她新生报到完，参加完学院的迎新晚会，在军训的大太阳下晒得漆黑。有天，她们白天练了一整天踢正步，晚上一挨床她就困得五迷三道。收到信息时，已经快十二点了。宋媛以为是蒋鲲鹏，眯着眼睛打开扫了一眼，居然是程为，他在回答她两周前的问题：“我考了F大。”

然后，他接着又发了一条信息来：“Z大挺好的，而且离家近，离家近好，方便回家。”

宋媛迷迷糊糊地看着，有点不敢相信自己的眼睛，程为怎么可能只考到F大呢？他高考失手了？

他说离家近，这话听起来，跟老宋的语调一样。宋媛觉得自己和程为相隔的大概不只是距离，还隔着一个时空黑洞，不然怎么一条信息有这么长的时间延迟。

然而第二天一早，宋媛抱着手机又看了一遍，忽然暗自开心了一刻，而后又理智地谴责自己：真阴暗，怎么能把快乐建立在程为的痛苦上，像他这样的人高考失利一定很难受的。可是，他没考好，让我觉得和他的差距变小了，没那么高高在上了，他和我差不多呀。

所以那天，宋媛异常高兴地跳下床，换了衣服军训去了。

宋媛觉得大学真好，把禁锢他们多年的枷锁镣铐一一解绑，学校里满是青春飞扬的脸。

轰轰烈烈的社团活动、硝烟弥漫的学生会竞选、天色将暗时元和广场上成双成对的情侣……都在启蒙着宋媛的迟钝灵魂。脱离了蒋鲲鹏的“魔爪”，她也陆续收到了各种男生的示好。

其实最初，宋媛还挺遗憾，大学的氛围太放松了，没人写情书，大家都是直接面对面地问，含蓄一点地问你要微信，直接一点地就问“能不能做我女朋友”。

刚开始，宋媛没经验，觉得直接拒绝别人不太好，说得都很委婉，如果要微信，她会给人家，不过会附带说：“我不太看信息哈，可能不回的时候多。”她以为人家能听懂，可惜男生们都太自信了，没一个人认真听她说的话。

后来被问的次数多了，宋媛就有点烦了，直接回复人家没带手机。如果赶上难缠的，她就信口胡诌，说自己有男朋友了，男朋友是体育学院的，今天是投标枪的，明天是扔铁饼的，好像还说过是跑铁人三项的，她自己也记不清了。同班或同学院的人都知道宋媛有个假想男友，在背后说她眼光高，心高气傲。

然而这也提醒了宋媛，一跨进大学的门槛，大家普遍有种功成名就可以饱暖思淫欲的错觉，她想，程为的学校也差不多吧。

一开始，她怀着颗从此以后同程为平起平坐的心，和他分享她大学的日常生活，但都是拣一些有标志性意义的事件，比如她去竞选女生部的部长，还顺利当选了；比如第一学期末她中国史考了全系第一；比如她第一次参加学校的元旦钟声晚会……

不过，反响平平，程为虽然不至于延迟两周回复，但也只回复几个字而已。有了这么几次，宋媛忽然反思，也许程为只是出于礼貌，勉为其难地回复一下。她想起妈妈说过，程为是个彬彬有礼的好孩子！

是啊，程为从小就这么有礼貌……

宋媛一边沮丧地想着，脑海中还浮现起那些被她拒绝的自信的男生们，也许在程为眼里，她也不过是这样吧。

宋媛坐在书桌前，狠狠皱了皱眉。

从那以后，宋媛很长一段时间没有再发信息给程为，程为的头像渐渐沉到她微信好友的最下面，可她自己的情绪也跟着沉到了谷底。

大一快结束时，学校举办了一场声势浩大的仲夏夜舞会。

辅导员说一个也不能少，全部都得去，所以宋媛跟着寝室的几个女生一起去了。

组委会还准备了鲜花，于是宋媛和同来的岳思瑶收到了好多枝这种叫不出名字的小花。宋媛被岳思瑶紧紧挽着手臂，像是要组成统一战线似的，脱不开手。

有个材料学院的学长和岳思瑶说话，偶然问起宋媛的名字。

岳思瑶随口说了，他半开玩笑地回应："你这名字有意思，宋元明清后啊！"

宋媛听着，愣了愣神儿，后来想问问那个学长叫什么，还没问出口，手机铃声响了。她低头看了一眼，竟然是程为发来的信息。他发来的那一段话不长，但让她看了许久。岳思瑶向她转述学长叫什么名字，她也没听清。

程为说：“宋媛，你最近很忙吗？过得好吗？没有有意思的事情发生吗？我很久没收到你的信息了。”

宋媛那时明白的人情世故还太少，她匆匆从舞会现场溜出来，努力地解读程为这些话背后的意思，最后还是没把自己绕明白。不过她这时候也具备着姑娘们超常的臆想能力，甚至自我催眠式地发散思维：程为这意思，当然是觉得我分享的生活还是很有趣的，他既然有时间看我的信息，那起码说明他没有被别人占用注意力。

所以，宋媛很有动力地继续时不时给程为发送她琐碎的日常生活，包括她期末考试的成绩单、回家的车票、暑假去体育馆学游泳的课程表。

程为依旧回复得很简单，寥寥几个字，既看不出态度，也听不出意思。但即便这样，也没能磨灭宋媛继续这么做的热情。

宋媛其实自己也知道，她在爱情这条路上开蒙得晚。她在这儿一个人自说自话的时候，当年和她穿一条裤子长大的蒋鲲鹏同学已经在谈第三任女友了。宋媛倒也不太羡慕蒋鲲鹏精彩的感情生活，这东西着实需要天赋，她实在欠缺得很。谈恋爱就像对付病毒，她就只有一种抗体，只能对付程为这一个，其他种类的，她招架不住，只有躲的份儿。

大二新学期刚开始没多久，赶上中秋节，学院办盈月晚会。宋媛那时和所有好青年一样，既积极又热心，被辅导员叫去帮忙布置会场。因为临时需要一面鼓，宋媛被安排去隔壁的材料学院借。

宋媛没经验，赶到材料学院的办公室，找了个同学问，人家都说没有。她正在办公室外的走廊踌躇时，碰到上次联谊舞会上认识的学长，叫什么名字她实在想不起来了，但还是硬着头皮上去跟人家打了招呼，也不太懂寒暄，来往没两句，就赶着问“鼓”的事儿。

学长被问笑了，说道：“你等等，我去帮忙问问。”

宋媛后来借到了东西，按时交了差，同时也认识了个学高分子材料的新朋友。就是这个新朋友让宋媛第一次知道了感情世界的复杂，也让她迅速搞清楚了男女社交的边界。

那时宋媛特别认真地学习，想要在期末的时候再拿一次奖学金。因为老宋答应她，如果她花自己的钱，允许她暑假的时候去她想去的地方。于是，宋媛铆足了劲儿准备考专业课第一，因为她想去一个长满椰子树的城市。

自从认识那个姓江的材料学院的学长后，宋媛就常常遇见他，比较多的是在荷园食堂。因为宋媛同寝室的岳思瑶和江学长是老乡，来自同一所高中，所以宋媛见了他总是很客气，加上他给自己帮过忙，所以坐下一起吃饭的次数也挺多。

那年元旦假期的第一天，宋媛接到江学长的电话。

“宋媛，你假期有时间吗？我有两个外省的同学过来玩，打算去咱们这儿的博物馆，我不太懂，想请你一起去，帮忙讲解一下，行吗？”

宋媛听完犹豫了一会儿，岳思瑶她们头天下午已经结伴去龙门石窟了，她在电话里委婉地说：“哦，其实我们还没怎么上专业课，省博的馆藏量大，我可能也不太懂，讲不出什么。”

“那总比我这样完全不懂的强，能帮个忙吗？宋媛。”

江学长态度诚恳，让人不好拒绝，特别是像宋媛这样接受过人家帮助在前的，更没有立场不去。

所以第二天一早，宋媛穿戴整齐地从宿舍楼下来，外面刚下过雪，她戴着厚厚的长围巾，一圈圈绕在脖子上，遮住半张脸。

宋媛抬头看到江学长一个人站在楼门口不远处等她。她快走几步上前，问道："我迟到了吗？"说着要拿出手机来看时间，她一向是守时的人，担心让别人久等。

"没有没有，是我来早了。"江学长笑着，转身引她一起往学校大门口去。

"你同学呢？"宋媛走了一段，抬头问他。这时候冷风里夹带着小雪珠，她鼻子冻得微微发红，像枝头刚结的桃花苞。

江学长含笑说："他们住在市区，我们约在博物馆门口会合。"

"哦，咱们学校离市区太远了。"宋媛感叹说。

"嗯，是啊，是有点远。"江学长附和着，顺便看了看她。

宋媛有一双标志性的大眼睛，双眼皮，他觉得特别好看，比他们专业刚评出的系花好看。

他们走出学校大门口时，北风正刮得紧，地面上的残雪已经结成了薄冰。宋媛脚下一滑，结结实实摔了一跤，好在穿得厚，没怎么摔疼。

江学长马上俯身搀她起来，问道："摔着了吗？"

宋媛赶紧找到平衡站直，摇着头说："没有没有，没摔疼，呵呵。"又掩饰地往前走了两步，小心翼翼地盯着脚下。

她想起上高一那会儿，也有过这么一场大雪，积雪没过脚踝，她和蒋鲲鹏、程为一起回家，两个男生在路上边走边玩，跑两步能滑出两米远。宋媛不行，运动细胞差，一步一滑像只刚上岸的小鸭子。蒋鲲鹏坏心眼儿多，突然跑过来拉她，把她拉得眼看要摔倒。

她哇哇叫着："快松手快松手，蒋鲲鹏，我要打死你！"

还好程为及时跑来拉住了她另一只手，她一下子被两个人扯着，在结了冰的路面上滑出好长一段距离。她紧张得手套里都是汗。到家属院门口时，这两只"雪橇犬"终于停了。

宋媛还没等站稳，就扒下手套来要揍他们，刚迈出半步，脚下一滑，跪倒在冰面上，虽然穿得也厚，却觉得特别疼，大概是因为特别生气的缘故。

蒋鲲鹏跑开两步，回身来笑她："哈哈哈，你自己摔的，不关我们事啊！"

宋媛一抬头，脸皱成一团。

程为拦腰把她搀起来，扶她站稳，还交代道："站好了再动手啊！"

她也没客气，就近照着程为手臂上打了两下，解解气。

程为仍旧一脸笑嘻嘻的。

宋媛再往前走时，江学长试探着问她："要不我扶着你吧？"

"不用不用，我会小心的。"宋媛摆摆手赶紧拒绝了。哪至于要人扶着，那不成老佛爷了，还出什么门。

后来，江学长那两个同学来得特别晚，在博物馆买了两件文创产品，就又一阵风似的先走了。

宋媛觉得自己来得有点儿多余，根本用不上她。

走到博物馆大门前的台阶上时，学长拿出刚买的鸮尊钥匙扣送她。

宋媛赶紧推辞："不用不用，我们老师也给我们准备过这个，你不用送我。"

"那是你们老师的，这是我的。"江学长仍旧举在手里。

宋媛想了想，先收下了，人来人往的，就别僵持着了。

元旦假期结束后，大家都忙着期末复习。有天，岳思瑶回宿舍来，神秘兮兮地凑在宋媛书桌边，问道："哎，材料学院的江学长是不是在追你？"

宋媛因为怕冷，正抱着热水袋看英语，转头来一脸惊讶："没有，你听谁说的？"她立刻否认。

“你就别装了，有人看见你们约会了，还手牵手出校门呢！”岳思瑶靠着床架，说得绘声绘色。

宋媛听完眼睛都睁大了，惊讶于人们的想象力：“别听他们胡说，没有的事儿。”

“没有吗？”岳思瑶意味深长地反问她。

“没有！这些人不用考试吗？净在那儿传瞎话。”宋媛没多想，只摆了摆手否认，没看见岳思瑶转身前朝她翻了个大白眼。

后来宋媛忙着复习，往返在自习教室和宿舍之间，已经忘了这件事。其间，她还把那只鸮尊钥匙扣拍给程为看：“你看，我们省博的文创产品挺好看的吧！”

程为回复：“好看。”

考完最后一门专业课，宋媛和几个同学刚走出教学楼，就看见花坛边站着一个高个儿女生，留着利落的短发，穿黑色的大衣，向她们这边扫视着，像是在找人。

宋媛没在意，经过她时，却忽然被她伸手拦住了。

黑衣女生毫不客气地质问宋媛：“你就是宋媛吧？”

宋媛向后退了半步，看她来者不善，但又想不起来这人是谁，所以谨慎地没开口。

“你是不是叫宋媛？”对方又问。

“你是谁？”宋媛抱着几本书，因为身高上的劣势，显得气势不足。

好在旁边的同学都围了过来，看起来她群众基础很好。

“你知道江鸣扬有女朋友吗？”黑衣女生满脸倨傲，质问着宋媛，

“你为什么要当小三儿？”

什么？什么小三儿？宋媛一时没转过弯儿来，但江鸣扬这个名字她听清了，是说江学长。

宋媛愣怔了一会儿，忽然一阵反感，眼神也变了，朝着黑衣女生严肃地说道：“我不知道你是谁，也不知道你在说什么，我跟江鸣扬只是认识而已，没有你说的这种事。”

宋媛说完要走，冷风里众人目光灼灼，她一秒钟都不想多待。

那个女生进一步拦住，甚至要伸手拉宋媛，还好宋媛班上的同学把那个黑衣女孩隔开了。

黑衣女孩隔着人群大声叫道：“你还装什么？你勾引别人的男朋友，连礼物都收了，还敢说没有！”

宋媛本来觉得这女生跑来一开口就有点蠢，她向来知道不跟蠢货多言的道理，可这女生这样在大风里一阵嚷嚷，说得好像是她道德败坏在先一样，她不能不为自己辩白两句。

宋媛从没有这么愤怒过，抱着书的手狠狠攥着书封，转身走回去，似乎声音都有点破了：“你说什么？什么礼物？你听谁说的，你去找他问清楚……”她还没说完后面的狠话，岳思瑶从人群里冲出来拉住了她。

岳思瑶显然是认识这个黑衣女生的，她挡在宋媛面前，笑着说道：“哎呀，别说了别说了，一会儿学校保安都要来了，还以为打群架呢。走吧走吧，宋媛，咱们回寝室吧。”又转头向着那边道，“小立姐，你也先回去吧，小事儿小事儿，别闹大了。”

被岳思瑶一提醒，宋媛的同学们都拥过来，劝宋媛先走。

宋媛总觉得没有辩白清楚，却被众人拉着，远离了战场，远远听到那女生还在说什么。大概宋媛是骨子里不好斗，没有再冲上前去放开嗓门大吵一架，让周围看热闹的同学们大失所望，抻长了脖子也没等到揪头发抓破脸的热血戏码。

从前宋媛就读的子弟中学里也有打群架的事儿，她一直都好奇他们都怎么开打的，始终没亲眼见过，更不知道像今天这样的单打独斗到底该怎样胜出。她就这样沉默地被友善的同学们簇拥着离开了，关于收礼物的事，成了一个没有答案的传说。

宋媛在回去的路上一言不发，她第一次觉得学校的人真多，到处都是人，教学楼、图书馆、每一条路，甚至每一个楼梯口都站着人。拉着她走回去的同学个个都盯在她脸上，满是同情或好奇，又或者是幸灾乐祸。

宋媛后来一个人坐在核心教学楼楼顶的台阶上，北风呼呼地刮着，寒冷逼退了无处不在的人潮。她想要的一个人的地方，唯有这个风口了。

她被吹得透心凉，太冷了，浑身上下都在对抗严寒，连脑细胞也是。她便不再思考，就坐着。不知怎么，突然想起凯拉奈特莉在电影里的一句台词："Leave me alone.（离我远点）"

后来，宋媛主动忘却了这件事，生活就好过多了。

寒假回家，宋媛坐在大巴上跟蒋鲲鹏感叹："人心真不好啊，你有没有被人坑过？"她和程为似乎总是报喜不报忧的，喜事好说，忧事总开不了口，说出来像是要乞求安慰似的，她做不出。但蒋鲲鹏不同，他没脸没皮，被姑娘瞪了一眼都要告诉宋媛一声。他们互相嘲笑，不存在谁安慰谁。

果然，蒋鲲鹏发过来消息："被美女坑上床算不算？"接着他又补充，"应该不算哈，我也没吃亏，哈哈哈。"

宋媛只好靠在座椅上睡觉，不再理他了。

那年春节，程为发来信息："宋媛，新年快乐，事事顺心。"

宋媛后来反思，她是终于被各式各样鼓励说出爱的言论影响了，考虑了许久，在微信的对话框里编辑了很多遍，又删除重来了很多遍，最后发给他：“程为，我其实，一直很喜欢你，不知道你喜欢我吗？”

他们不是都说爱要大声说出口嘛。她也试一试吧！

宋媛一点发送键就开始焦虑，前几秒，一直想要撤回，努力克制着，终于什么也没做，安静地等着他回复。

关于程为的回复，宋媛已经试想过了很多种情况，甚至连他没看见，或者又隔上一两周才回复的可能性都考虑到了。不过这次，他没过多久就给了答复。

宋媛看到信息提醒，不敢马上打开，而是默默地往房间走。

老宋在客厅里扬声问她：“媛媛，要不要来一颗费列罗？”

宋媛随口回应：“不要，晚上吃糖会长蛀牙。”说完关上了房门。

她坐在床沿上，想了一会儿，先安慰自己：被拒绝了也没什么，不用怕，起码对现有的生活没有影响。

事后她才反省，自己真悲观，像是从一开始就知道不会成功一样。

程为说：“宋媛，我们隔得有点远，我们还是做好朋友吧。”

宋媛看着程为发来的这行字，鬼使神差地点头附和：“是啊，说得也对，是有点远了。”

可她明显听到心里的梦“砰”的一声碎开的声音。宋媛来不及细想，只觉得自己不能僵在这儿，所以按着先前想好的方案之一，仓促回复：“哦，我们在玩大冒险呢，你知道他们一聚会就玩游戏的，还好你没当真哈，你真聪明！”

她末尾还发了个笑脸给程为。

嗯，除夕夜还在和同学凑在一起玩游戏？宋媛发完才觉出不妥，不过她也不能再补救，因为程为紧跟着发来回复说：“哦，我就知道你们在玩游戏。”

再接着，宋媛实在是难过得拿不起手机来了，就缩在床头坐着，甚至产生了幻觉，像又坐在那个四面透风，回想“leave me alone”的台阶上。

宋媛刚刚攒够了去旅行的钱，要去那个长满椰子树的城市，可是程为的回复让她顷刻间失去了目的地。

宋媛恍惚间听到手机的信息提示音响起，她迷迷糊糊的，没有再看。

第二天大年初一，宋媛终于在刘女士无数次进来出去的关门声里醒来了。她像是从昨晚开始，就对手机不再有兴趣了。

宋媛换好新衣服和爸妈一起去碧湖公园参加新年活动，手机就放在写字台上，没带走。

晚上回来时，宋媛才看到原来昨天程为最后还发了一条信息来："宋媛，你还会分享有意思的事情给我吗？"

宋媛心想：不会了，我永远不理你，再也不理你了。

发出去的信息却写着："会啊，干吗不发呢，还是好朋友嘛。"

她看着自己发出去的文字，深深叹了口气，做人要大度，看我多有风度！

似乎是宋媛才点了发送键，程为那边就回复了过来："谢谢。"

谢什么？宋媛低头瞟了一眼，看来隔得远，连语言系统都不一样了。她没在意，还在努力地摆脱自己的低落情绪，难得主动约了陈欣欣去文体中心看电影。

从那以后，宋媛不太分享自己的生活给程为了，不是她食言，而是她真的没什么有意思的事情能发给他。

她后来拿那笔钱去考了驾照，大二暑假的时候，在蒋鲲鹏的多次邀请和威胁下，宋媛去浦东机场接机，顺便一起去玩了上海迪士尼，还去试了试那边园区里，可以打出米奇头像的洗手液，发了一张泡沫米奇头给程为。从那以后，就只剩下寂寂无声的考研生涯了。

宋媛不再去参加学院的社交活动，学生会的工作也卸任了。她和岳思瑶的关系淡了很多，变成和纪薇薇更要好一些，她们常常一起去图书馆，会互相帮忙占座。研究生的时候，她俩还在一个宿舍住。研究生毕业那年，纪薇薇结婚，宋媛责无旁贷地去给她做了伴娘。

婚礼上，纪薇薇抛捧花给宋媛，她高高兴兴地接住了，不过拿在手里时，暗暗在心里寥落地想：这新娘捧花要是管用，没准儿我需要个十束八束的，不然怎么敌得过这百年孤独。

宋媛一直没有男朋友，后来妈妈也有点着急了。

暑假宋媛不敢回家，跟着学院去参加野外考古实习。

刘女士和她视频，说道："要实在不行，鲲鲲能不能争取一下？"

宋媛听得乐开了花儿："哎呀，你是说真的吗？你能忍得了鲲鲲妈的白眼儿了？天啊，你可真是个忍辱负重的好妈妈啊！"

"得了得了，当我没说，鲲鲲还是别考虑了！"刘女士被宋媛吓退了，从那以后再没提过蒋鲲鹏的事儿。

宋媛这样的油城孩子成长得比较特殊，大多都是跟着背井离乡的父辈聚在单位大院里长大的，没什么乡土观念。

宋媛读的是文博专业，注定不能回家来的，所以她研究生毕业那年择业的时候，老宋说："你想接着念书也行，想工作也行，自己决定，常回家看看就好。"

所以，宋媛考博物馆编制时并没受到来自家里的阻力，最大的阻力反而来自她的死党，蒋鲲鹏。

宋媛那时已经通过了一所博物馆的初试，正在等复试通知，于是对蒋鲲鹏说："我报了一个沿海城市的博物馆，也是省博，国家一级博物馆，很不错的。"

她还没说是哪座城市，蒋鲲鹏就发来了质问："为什么选这个地方？"

"刚好有招啊，省博是不容易进的，你知道吗？"宋媛耐心解释，给蒋鲲鹏扫盲。

"干吗不选别的博物馆？没招可以等一等啊，等招了再进嘛。"

“这话说的，我还想去国博呢，是我等一等就能进得去的吗？”

“可以呀，我帮你想办法！”蒋鲲鹏语气严肃。

“嗬！瞧你这口气，你快继承皇位了吧，大太子！”宋媛忍不住调侃他。

那边沉默了一会儿，宋媛以为话不投机，就算了吧，要挂断电话，却又传来蒋鲲鹏低沉的声音：“你还是为了那两个椰子吧？”

这回轮到宋媛沉默了，不过她反应过来后，马上反驳道：“你是又想被拉黑了吧？我有那么幼稚吗？我现在在选择我的工作，跟谁都没有关系。”

然而宋媛放下电话后，坐在电脑前许久没有动。

怎么办？蒋鲲鹏说的没错，这么多年过去了，她的选择，也还是关于那两个椰子。

宋媛去入职时，老宋和刘女士顺便跟来旅了个游。

宋媛一开始觉得，她正式踏入社会走上工作岗位，不想拖家带口的，让同事看见了，以为她工作能力有问题。

直到坐在机舱里，宋媛还是有点不太高兴。不过等他们到了福州，宋媛就明白自己多虑了，她爸妈根本没兴趣陪她在沉闷的博物馆待着，第二天一早就赶到旁边的城市看海去了，傍晚时还发来微信语音说：“环岛路夜景真美啊，媛媛你要不要来？”

宋媛刚上完一整天的入职培训课，大脑缺氧，眼眶沉沉发痛，回复他们说：“我在上班，我在上班，我在上班！”

刘女士紧跟着发来：“上班有什么了不起的！”

她言下之意是说“谁没上过班啊”。

宋媛马上改口，婉转地夸了夸刘女士的新丝巾，缓和了气氛，圆满地结束了对话。

和宋媛同时考进来的还有一位文物修复岗的同事，是个白净的男生，个子不高。宋媛一度以为他和自己个头差不多，心里还嘀咕：南方的男生果然都生得细巧。

不过那次是面试时匆匆一瞥，她忘了自己穿着高跟鞋，后来再见时，哦，人家还是有点高度的。

这位新同事姓庄，因为他长得细眉细眼的，非常秀气，宋媛便叫他小庄，其实他们后来办卡时互相看过资料，小庄还比宋媛大几个月。

小庄觉得吃亏了，说道："宋媛，你不许叫我小庄，我比你大。"

宋媛捏着资料表一角，听完思忖片刻，说道："那叫你大庄？"

"大庄"垮着脸想了想，觉得也不好，太粗犷了些，不像文化人，反悔说："那还是小庄吧。"

宋媛抬头瞪他一眼：真矫情。

就是这么一个矫情的小庄居然还有女朋友，真是让人不得不生气。他们有天在食堂吃午饭，因为是同期入职的，自动凑成一堆，吃饭总在一起坐。小庄吃到一半，忽然举着手机自拍。

宋媛好奇，凑过去看看，结果被嫌弃了。

"庄矫情"说："你别靠这么近，我是有家室的人啊，一会儿我老婆看见了会有意见的。"

啊！宋媛举着勺子自觉地撤回来，惊讶道："你结婚了啊？那你表上怎么填着未婚啊？这你也敢撒谎？"

小庄转头妖娆地瞪她一眼，收起手机道："我有女朋友，比我小一届，她明年毕业，打算等她毕业就结婚呢。"说着拿起汤匙优雅地舀了口汤，转头骄矜地反问宋媛，"你是不是没谈过恋爱啊？不知道女朋友就是老婆吗？"

宋媛听着不服气，椅子往远挪了挪，哼哼着反驳："有老婆就有呗，嚷什么？等你有十个老婆的时候再嚷吧，一个有什么好骄傲的！"说完，她气势汹汹地捧起汤碗，对着碗口咕嘟咕嘟喝完一整碗，还狠狠磕在桌面上，气咻咻地先走了，把小庄看得目瞪口呆。

不过大多数时候，宋媛和小庄还是很友好的，连小庄的女朋友吴菲也和宋媛相处得很好。因为小庄是本市人，不用解决住房问题，所以入职时，单位的领导悲天悯人地给宋媛安排了宿舍，就在博物馆后面的居民区里。虽然是个老式的社区，倒是很安静，设备也齐全。

宋媛过了七年的集体生活，终于熬到了有个人空间的时候，她特别欢欣鼓舞，常常邀请小庄携女友前来聚餐，觉得人生真是豁然开朗。

小庄的女友吴菲是个微胖的圆脸姑娘，在F大念化学专业，刚上研三。宋媛最开始听说这个专业的时候，心里动了动，因为程为也是学这个专业的。不过宋媛在决定考来的时候，就和自己说好了，认真工作、认真生活，要做个身心健康的人。

宋媛读本科的时候，兴趣广泛，加入过学校的心理协会，看到过一些被爱情困扰得有点不太正常的同龄人，觉得他们爱得太用力，太执着了，害人害己。许多个夕阳西下里，宋媛告诫自己千万不能那样，喜欢一个人，挺好的，没成功也不要紧，尝过了喜欢的感觉，不必非得追索结果。

人们怎么说的来着：我喜欢你是寂静的，仿佛你消失了一样。

转眼到了年底，宋媛觉得这地方真不错，冬天一点儿也不冷，她对纪薇薇说："你要不要携家带口来玩，你要是来的话，我特别提醒，不用带秋裤哦！"

这里确实有很多新鲜椰青随时可以买来喝，宋媛住的小区旁边，有个很大的生鲜超市，一年四季都有椰青出售。先时她乐滋滋地买回来两个，结果打不开，她想不起来当年收到程为那两个椰子时，老宋是怎么给凿出两个洞来的。她后来又回去请教超市的阿姨怎么开口，她现在手到擒来，吃椰子十分在行。

宋媛所在的博物馆每周一闭馆，那天总是要开会。

这一天，好不容易听书记讲完话，他们各自抱着本子水杯准备下班，小庄凑过来说：“晚上吃火锅吧，我老婆一会儿就到。”

“好啊，去哪里吃？”宋媛空闲时间多，约吃饭差不多有求必应。

“去你家吃，我老婆说她写论文写得快死了，出来透透气。”小庄手脚麻利地收拾好桌面，准备要走，转头朝宋媛抛了个媚眼来。

“才周一就这么没动力了，后面还有四天怎么活？”宋媛抬头接住了他的媚眼，跟着走出办公室，转而忍不住撇嘴，“你向吴菲谄媚去，干吗要在我家！”

“我们买吃的，你就出个锅，你多划算啊，你好好想想。”

哎！好像也是。宋媛在心里盘算盘算，愉快地回家准备锅去了。

天色将暗时，他们聚在宋媛的小客厅里，围炉涮肉，热气腾腾。

吴菲吃得脸颊绯红，伴着一声哀号，叹息着：“毕业设计太难了，实验也太难了，论文太熬人了，我简直是在沸水里翻滚，你们都是怎么过来的？”

怎么过来的？宋媛和小庄默契地对视了一眼：就是水深火热里蹚过来的呗。

宋媛看到吴菲在找啤酒，顺手递给她，劝道：“没什么，这就是一段阵痛，等痛过了，论文生出来就好了，呵呵。”

说得对面两人都同时抬头看着她。

吴菲举着杯子感叹：“媛姐，你这说得可真形象啊。”

“是吧，就是这么回事儿嘛。”

吴菲猛灌了两口啤酒，又摇头：“也不是，我这个特别难。你们不知道，我们上届有个神人一样的大师哥，优秀论文、优秀毕业生，有他珠玉在前，搞得我们猪狗不如，怎么做导师都不满意，简直了！”

“你说的，是你们学院那个叫程为的吧？”小庄随口一问。

宋媛愣住了，呆呆地看他们两人说话。

吴菲点头：“是啊，你说谁能做得过他，他就是个神话呀。”

小庄接着问："那他现在去哪儿了？读博了吗？"

"没有，导师亲自推荐他去研究院了，就杨桥西路那个，结构化学实验室。"

"哦，他这么牛，怎么没继续读下去？"

"嗯，这个嘛……"吴菲想了想，感慨道，"只能说，上帝是公平的，给了他一个无敌的大脑，但总要在别的地方让他欠缺点儿什么。听说他是单亲家庭，他妈妈好像这里不太好。"她说着，抬手指了指自己的头，接着道，"离不了人，所以这就是为什么他从大一开始就走读，听说他家没人照顾他妈妈，都靠他一个人。"

宋媛一只手扶在桌面上，想起读初中的时候，她和蒋鲲鹏常常去程为家。在宋媛的印象里，程妈妈中等身材，头发很长，会站在阳台上招呼他们上楼来。

有一次，宋媛给请假的程为送作业，程妈妈特别热情地把她接上楼。程为那天去参加英语口语比赛还没回来，宋媛本想送了作业就走的，结果被程妈妈拉着坐下来喝甘蔗瘦肉汤。宋媛那是第一次知道原来甘蔗还可以拿来做汤，她捧着碗，觉得还挺好喝。

程妈妈坐在宋媛对面，笑眯眯地看着她，还伸手摸了摸她的头发，感叹说："媛媛这头发长得真好，又黑又亮。"

宋媛碗里的汤才喝了一半，程为开门进来了，看见她，愣了愣。

宋媛也愣了愣，愣完了才想起来该走了。她连忙站起身背书包，和阿姨说再见。临出门的时候还听见程为妈妈在念叨："哎哟，急什么呢，喝完了汤再走啊。阿为你送媛媛下楼。"

那时正是日落，楼道里斜射进一道金黄的光柱。程为跟在宋媛身后，送她下楼，忽然问道："我妈和你说什么了？"

宋媛停住想了想，认真答道："没说什么，就夸我头发长得好。"

她这回答真是大实话，把程为听笑了。

她看着他在夕阳里笑得露出一点点虎牙，没太明白他乐什么。

程为说："我送你回去吧。"

宋媛赶紧摆摆手："不用不用，你快上去写作业吧，今天发了两套练习卷呢。"她说着转身走了，没看见他站在单元门口，一直目送她消失在水泥路的尽头。

宋媛看着面前翻滚的红汤，陷进回忆里，再抬头时，听到小庄和吴菲还在聊程为家的事情。

吴菲猜测："我估计程大神的爸妈离婚，就是因为他妈妈发病了，他爸爸就离婚一走了之，你看看，多残酷……"

"不是的，他爸爸是工伤事故去世的，那时他妈妈还好好的呢。"宋媛刚从往事里回过神来，脱口而出。

她一说完，对面的两个人都停住了，她这才蓦然发觉自己多说了一句，这时候应该保持沉默的。

宋媛仓促起身往厨房去，掩饰道："呃，我前天买的菠萝啤，你们谁要？"

"媛姐，你认识程为啊？"吴菲追问道，"还知道他家的事？"

宋媛站在冰箱前，打开的冰箱门遮住了半边身体，冰箱里的冷气扑面而来，让她清醒了一瞬：也没必要撒谎吧，认识就认识，认识也不犯法。

她爽快地点头说："小时候认识，中学同学。"

"真的？"小庄也有点吃惊，接着感慨，"这世界真是小，居然还能遇到熟人啊。"

宋媛拿了饮料坐回来，暗自想着：是啊，世界太小了，熟人总是相遇的。

那天小庄和吴菲走后，宋媛开着水龙头洗杯盘，哗哗的流水声里，她忘了抱怨小庄狡猾，让她出个锅，还要让她善后。她脑子里全是吴菲说的，关于程为的事。

程为是因为他妈妈的病才报了F大吧，所以根本不是什么高考失利，他这样的人哪那么容易失手。他妈妈怎么会突然病了呢？他从本科开始就走读，一个人照顾妈妈吗？他从来没说起过……

宋媛又想起吴菲在说笑间提起的话，说有同学曾经在一家有名的舞场附近碰到过程师兄，看见他带着个扎马尾的年轻女孩出来，还脱下外套披在女孩身上！虽然小庄听完连连摇头，说不可能，他和程为同届，有点交情，知道他不可能喜欢那一类的女生。但宋媛在一旁听着，还是隐隐地陷进另一重失望里，久久回不了神。

后来，宋媛一度也很想联系程为，甚至在心底无声地冒出些奇怪的思路来。

又是一个周一，领导们去文化局开会了，剩下的人便在大会议室里象征性地坐了坐，就自觉散会出来了。

宋媛从窗明几净的走廊走过，能看得到不远处西湖公园的冬景，她忽然想：要不这样，我发张在这儿拍的照片给他，他这么聪明，肯定一眼就看出来了，就会知道我在哪儿了！

因着这个想法，宋媛在回办公室的路上跃跃欲试，真委婉啊，多含蓄！但是等她坐回自己的位置，就又清醒过来了：拐这种弯儿干什么？

她向来讨厌人情往来里的拐弯抹角、欲盖弥彰，比如她本科毕业的时候，应蒋鲲鹏的要求，发了张毕业照给他，结果收获了他一顿嗤之以鼻："你怎么不捯饬捯饬，都不化个妆吗？真以为自己素颜女神呢！看你那素颜女神经的样儿！"

说得宋媛对自己照片产生了深深的怀疑，拿在手里仔细端详了好半天，还行呀，多质朴啊。比起别人的一片赞美声，虽然她还是觉得蒋鲲鹏的忠言是逆耳了些，但毕竟是真话，真话可爱。她后来也为了不有碍观瞻，会稍微捯饬一下自己，要感谢蒋鲲鹏的真朋友立场。

所以越是要紧的人，越是要真诚，宋媛便打消了那些花哨的念头。本来啊，突然有人冒出来说，我来你的城市了，也是个挺惊悚的事情，大家都怪忙的，就不要互相吓唬了！

宋媛起身去茶水间倒杯开水回来，顺便挨到小庄办公桌前，低声问道："今晚要不要来我家吃火锅？我出锅！"

"不要，我今天要早点回家，我二舅妈生日。"小庄头也没抬。

"你家亲戚真多。"

"嗯。下周，我三舅妈生日。"

宋媛下了班，坐在卧室的书桌前研究旅游攻略，她打算元旦假期的时候去一趟杨家溪。没找到同伴，她觉得自己一个人去也挺好，不用迁就别人，更自由。

手机没电了，宋媛放在床头柜上充电，听见信息提示音，也没动弹。现在除了领导，她没什么要紧的联系人，凡是发信息来的，她都默认不紧急。

等排定了第一天的行程，宋媛在椅子上伸了伸懒腰，又发了一会儿呆，才想起去看一眼手机。

这条信息居然是程为发来的："宋媛，你在哪儿？"

大概是因为宋媛许久没回复，程为又接着发了第二条："上次听说你考进了博物馆，我忘了问，你考到哪儿了？"

宋媛着意看了眼他最后一条信息发来的时间，五分钟前，她低着头斟酌了一会儿，回复说："哦，我考了一家省博，呵呵，我觉得还行。"

那边马上又发来了新问题："哪个省的？"

宋媛不知怎么，被问得有点心虚，像是偷偷做了件坏事，正在被人盘问，马上就要问到核心了，心里不由得怦怦跳起来，好半天想不出该怎么回答。她拿着手机，微微皱眉。

"是福建省博吗？"程为问道。

宋媛来不及犹豫，紧张地思考了一下，如实回复道："嗯，是的。刚好那时候他们有招文博类专业的岗位，我就试一试。"

她编辑完，又忙着补充："其实我们专业能进一级博物馆就是很好的选择了，至于哪个省的，也没有特别重要。"

宋媛发完这一条，程为沉默了一会儿。她在这几分钟里跟着空白了一刻，再低头时，看到他发来的信息："哦，你怎么没说呢，我一直不知道。"

宋媛回复他："我是想，毕业季大家都挺忙的，就不要互相麻烦了。"

然后那边就又陷入了长久的沉默。宋媛重新看了看他们的对话，觉得自己说得挺诚恳的，也没什么不妥。

见程为许久没动静，宋媛便放下手机，继续研究杨家溪去了，一边研究一边在心里夸自己：看我，真是个热爱生活的好姑娘。

第二天，大概上午十点多钟，电话铃响了，一般这时候宋媛总是接到快递的电话，不过这次不是，她看到手机来电，显示“程为”。她愣住了，他们之间好像有什么默契，从来不通话。此刻他突然打过来，宋媛举着手机心里疑惑，迟迟不敢接听。手机还在响着，宋媛回过神来，起身走出办公室。这通电话，于她像是绑匪打来的，她第一反应竟是不敢接，他绑走了她什么，她后来才想清楚，是一颗真心。

“喂……程为。”宋媛站在走廊外的一个转角，一开口，莫名觉得自己声音有点沙哑。怎么回事，许多年没有叫他的名字，居然觉得陌生?

“宋媛，”他说话好像也不太流畅，停顿一会儿说，“你下午有空吗？我们见个面吧。”说完还没等她回应，又接着补充，“我们好多年没见了。”

宋媛站的这个角落有点儿风，她被吹得手指冰凉，点头说：“哦，好啊，我有空的，你看什么时间？”

“呃，你能早一点出来吗？”他像是有点为难，同她商量着，“下午四点可以吗？我来接你。”

“嗯，可以的，我跟师父说一声，可以早点出来，”宋媛答应着，“不用来接我，你告诉我在哪里，我可以自己去。”

“好，那就这么说定了，我来接你。”程为重复一遍，挂了电话。关于她说自己能去的话题，他给自动驳回了。

宋媛在接下来的时间里，坐立难安。

下午三点多，小庄忍不住问她：“你是不是砸了库房的建盏了，瞧你那眼神！”

“哪样？”宋媛其实今天因为心里有事，在师父面前特别勤劳，多干了点儿活呢，师父答应她，准她开个小差的。宋媛本来是研究岗，没有师父带，但她一人吃饱全家不饿，空闲时候勤奋地跟着小庄的师父学点文物修复的知识，所以也随着小庄一起叫师父。

小庄眼神夸张地学她，说道：“这样，眼神飘忽，一看就是做了什么坏事。”

宋媛横扫了他一眼，抬头看看墙上的挂钟，时间差不多了，没空再理他。

宋媛走出办公室的时候，还在持续地给自己做着心理建设：没什么，只是见个高中同学而已，就像去见蒋鲲鹏，去见陈欣欣一样，没有什么的。

可她心底总有个声音冒出来质疑：你今天穿得不太好看啊，头发也没洗啊，你怎么没化个妆？用上鲲哥捎回来的高级口红，那个什么色来着，斩男色？

她被这声音折磨得在台阶上站了好几分钟，这十几年辛苦建立起来的完整人格，几乎要被摧毁了。她抬手在胸前顺了顺气，好了好了，平常心，不至于的。

就在这时，电话响了，是程为打来的。宋媛拿起来接听时扫了一眼时间，四点整，果然他们都是特别守时的人。

“嗯，我出来了，你稍等一下，一两分钟。”宋媛来不及再关心自己的灵魂，快走了几步，出了大门。

其实真的见了面，也不过如此，并没有怎么样，有的只是局促和生疏。他们两人像一直联系却从没见过面的网友，目光相接时，掺着含蓄的客套，似乎隔着一条长河，水汽迷蒙，隔岸相望。

他们沿着公园北门外的小路走了走，巨大的榕树影里，宋媛想：是啊，是隔着一条长河，时间的长河。

在宋媛的印象里，程为话少，向来是她和蒋鲲鹏说得多，当然，单拿她和蒋鲲鹏比，蒋鲲鹏第一名。然而这时候，程为好像也挺健谈，他问得多，宋媛老老实实一一作答。聊了一会儿，她才反应过来：他大概是怕冷场吧，所以在努力地维持话题。

宋媛走在程为身侧，天色渐暗，她抬头偷偷看了程为一眼，他其实没有特别大的变化，比她记忆里高了许多，还好她自己也长高了，身高差不是很悬殊；他的眼神和说话的神情还和从前一样。可同时，她心里也一阵凄凉，他们以前有很多要说的话，从来不用为话题发愁。

宋媛后来主动提起了他们共同的高中同学，其实是为了体谅程为维持话题的辛苦。她问道："你还记得蒋鲲鹏吗？他一直在澳洲，过得风生水起，去年暑假都没回来。"

程为听到她说起蒋鲲鹏，着意转头看了看她的脸色，继而点点头，配合地问："那他应该不回国了吧？"

"嗯，我一直怀疑他是一早就做好在那儿定居的准备的，不过我问他，他还不承认。"宋媛讲起蒋鲲鹏，明显放松了很多。

程为沉默着，这沉默的几秒钟，宋媛觉得像是回到了从前的时光，他低头的侧脸，是留在她记忆里的模样。

"还有陈欣欣，她去年结婚，我还赶回去参加她的婚礼，今年我来复试的时候，她刚好生孩子。对了，给你看她女儿的照片，"宋媛轻快地说着，拿出手机给程为看，"好胖的一个孩子。"

他们靠近了，凑在一起看胖孩子的照片，照片里半岁的娃娃正流口水，长长的一条。

程为笑了，他转头来看宋媛。宋媛也跟着笑了笑，与他目光相接的一瞬，大概靠得太近，她忽然看清，他和从前的程为似乎哪里不太一样，此刻的他是另一个她记忆里没有的程为。

那天，本来程为说要一起吃晚饭，宋媛也觉得久别重逢是该要吃顿饭的。结果他们刚准备前往吃饭的地方，程为的电话响了，似乎有什么要紧事，他抱歉地说得先走，看起来挺着急。

宋媛赶紧表示理解，虽然她也没说理解什么：“没事没事，你先走吧，咱们改天有空了再约。”

“你住得远吗？”程为大概是怕她一个人回家不安全。

宋媛心想，今时今日的她一个人去大洋彼岸都可以了，更别说一个人回家，便摇着头回应：“不远不远，我们单位的宿舍就在公园后面，我走走就到了，你放心。”

程为站在那儿想了想，对宋媛说：“你来，我先送你到小区门口。”他说着并未等她回答，脚步匆匆，在路口拦了一辆车。

宋媛还在推辞：“不用，真的不用，我可以自己回去的。”

程为已经替她拉开了车门，低声解释：“我有一点家事要先回去处理，你一个人在这儿，以后有什么事记得联系我。”程为等宋媛坐好，自己坐在了前座。

宋媛带着点客随主便的意味，点了点头。真的只是拐个弯的距离，她就到了，下车时，她站在路边，向他摆了摆手。

程为从后视镜里看着宋媛站在路灯下，细细的一道身影，直到看不清为止。他其实心里有点懊悔，原本也知道今天约她并不合适，今天舅妈店里进货，他们多半不情愿照看妈妈的。可他真的有点儿急，急着想见一见近在咫尺的宋媛。她真的在这儿吗？没看见她本人，他总是不敢相信。

那天周一一大早，程为一个师妹打来电话向他请教几个实验数据，他刚好不忙，给师妹多讲了几句。说到最后，师妹忽然提起她男朋友有个同事叫宋媛，认识程为。程为一开始没在意她说的这个名字，说认识他的人还真挺多，大概因为他本科就开始走读，总是有很多人怀着好奇心打听他的情况。似乎师妹说的那两个字在他潜意识里转了一圈，忽然落了地，他停了一分钟，问道："你刚刚说谁？"

"嗯？我男朋友的同事。"

"叫什么？"

"宋媛，她说和你是高中同学呢。"

"你男朋友是学历史的，是吗？"

"嗯，今年考进咱们博物馆了。"

师妹后来还说了什么，程为就通通听不见了。他没接着往下问，脑子里迅速地回忆着宋媛考博物馆的事。他一直没放在心上，全国好的文博单位太多了，他真的一点儿也没想过她会考到这儿来。

程为坐在电脑前，看着满屏的数据，第一次对数字没了感觉。他想起自己拒绝过宋媛，那年除夕夜，她发来一条向他表白的信息，可她不知道，他那时正在派出所填资料，他妈妈发病走失，他急得一整天连口水都没喝过。舅舅去印寻人启事，舅妈正在抱怨他们家事儿多，过年也不消停。

程为后来在派出所的走廊上站着，给宋媛回了信息，他想他们之间相隔的不只是距离。

程妈妈在第二天凌晨的时候找到了，那以后，程为更加小心，和妈妈一起圈囿在这一方天地里。只有他自己知道，很长的一段时间里，他都舍不得删掉她发来的那条信息。他一直没有勇气说的话，她先说了。他替她难过，她这么勇敢，还被拒绝了；他也替她失望，她喜欢的这个人，什么也做不了，什么也不能回应，只能远远地看着她。

宋媛不会知道，程为实际上很喜欢收到她发来的各种信息，那几乎是他仅剩的一点精神家园。他的世界一片灰暗，他只能在那些与她有关的信息里，透一口气。

程为坐在那儿，越想越远：她那淡泊的好性格，一定有很多男生喜欢她吧？是啊，读书那会儿，要不是蒋鲲鹏从中作梗，她会收到很多情书的。她后来究竟选了什么样的人呢？那人对她好吗？她怎么会考来这里呢？这里离家那么远，她爸妈没有意见吗？

那天晚上回到家，忙过了琐事之后，程为还是忍不住发了微信问宋媛。直到第二天，他看着她从博物馆门前的台阶上快步走下来时，也有点怀疑这是不是真的宋媛。

时隔多年再见面，程为其实并不觉得宋媛陌生，她一直在他的世界里，他从没抹掉过她。可她在电话里说，她是凑巧考进来的，怕大家都很忙，不想麻烦彼此。这些话提醒着他，他们是生疏的。

虽然程为知道今天仓促约宋媛，实在不算特别好，但不管怎样，再看见她，他还是很高兴。确定她真的在这儿，他有种开了一扇窗的感觉，吹来了一阵新风，带来了一点新颜色。

程妈妈最近在吃中药，是舅舅托人问来的偏方，程为虽然知道对妈妈的病没什么太大用处，不过花时间研究一下药方，觉得吃吃也无妨，所以顺着他们的意思，每天下班回来熬给妈妈喝。

程妈妈现在留着短发，似乎比从前还圆润了些，容貌仿佛定格在七年前第一次发病的时候。程为记得那时他马上要高考，复习纠错忙得无暇自顾，没太在意妈妈的变化，直到有一天，他发现端上桌的米饭没煮熟，烧好的黄鱼还带着血水……再接着，发现妈妈常常一个人在厨房里自言自语，有天竟然忘了关煤气，要不是他出来倒水喝，看到燃气灶的火灭了，开关还开着，也许已经酿成了大祸。

程为连高考的前一天都还在医院里陪妈妈做检查，其实那时医院的诊断结果已经出来了，舅舅一家大概不愿相信这样的检查结果，要程为带着妈妈换一家医院再看看，他只好连着换了好几家，做了好几轮检查。诊断结果依次出来，相互印证着，所有人都只能接受这是事实了。

程为其实考试没怎么受影响，不过去远方的理想受了影响，追求自我的勇气受了影响。程妈妈对陌生人和陌生环境有严重的抵触反应，渐渐地，生活能力和社会功能也出现了退化。程为来不及叹息自己的前途，往返在医院、学校和家之间，连本科的毕业设计都是在医院走廊的长椅上断断续续做完的。他实在没什么人可以依靠，他知道，当年为了爸爸工伤事故的赔偿款，妈妈和爷爷奶奶闹翻了，带着他回福州投奔舅舅。但再深厚的血缘亲情，也敌不过一个长期需要照顾的精神病人的折磨，程为很快就明白了，大家生活得都很艰难，他只能靠自己。

程为今天本来托舅妈照顾妈妈的，舅舅家在他们住的小区门口开着一间不大的生活超市，收入尚可，平常他上学或是上班的时候，就把妈妈寄托在他们店里，他放学或下班再接回去。因为妈妈曾经走失过，所以看人也是个极耗费精力的事。同龄人丰富多彩的业余生活，对程为来说，就是傍晚时带着妈妈在马路对面的健身广场上散散步，抬头看看远处商圈闪耀的迷蒙灯光而已。

久而久之，程为也习惯了现在的生活，情况已经越来越好了，妈妈的病比先时稳定多了，他也终于毕业了。程为把药碗端给坐在沙发上看电视的妈妈，看着她一口口喝完，忽然在心里冒出会不会更好一些的想法。

宋媛在和程为见过面后回到家，一个人坐在书桌前发了许久的呆。她以前好像真的挺忙，忙着考研，忙着写论文，忙着找两件开心的事打发时间。最近不知怎么，脑子常常当机，思路又空又远，总想着些不切实际的事。

她睡前努力地在电脑前给自己的杨家溪之旅安排住处，薇薇说她的烦恼太多，是因为眼界太窄。

宋媛想：是啊，我得赶紧去看看远方。

程为安排妈妈睡下之后，本来打算回房间去看几封邮件的，他今天下班得早，怕漏掉了什么事。还没在书桌前坐下，门外响起敲门声，他出来开门，是舅妈来了。

舅妈今年刚满四十，是个腰身圆胖的中年妇女，烫着满头的鬈发也遮不住宽幅的大脸，做了半永久的文眉，在灯光下显得有些惊悚。

“舅妈。”程为把她让进客厅，转身给她倒水。

舅妈伸手拉住他，她其实是不怎么来的，嫌弃这小姑子一家事儿多，尽拖后腿。当年她要开门口那家小超市，让程为家里出点钱，他们还不乐意，现在人犯了病，天天要她帮忙照顾，不知几时是个头。

舅妈今晚却是难得的热情，拉着外甥的手坐下来，用殷殷的目光盯着他：“阿为啊，来来来，坐下，舅妈问你呀，上次给你介绍的那个小林姑娘，你们后来联系了没有？”

程为听完没怎么多想，摇了摇头：“没联系，舅妈，不用为这个事情操心了，我也不想找。”

“哎呀，这是什么话，咱们这个情况，不找天上是不会掉下来的，你也这么大了，又不是小孩儿，听得懂舅妈的话吧。”舅妈一说起这个温暾的外甥就来气，看了看他无动于衷的表情，换了口气来劝他，“阿为啊，我跟你说，人家姑娘的条件很好，家里有车呢。我今天听主任说人家上次见过你以后，还挺满意的，就咱们这个情况吧，她也没说别的。你看看，这你要再不主动一点儿，可就错过了。”

程为只听着，依旧没什么表情。

舅妈微不可察地撇了撇嘴，接着说道：“虽然吧，这姑娘和你学历差得有点远，可你自己忙了这些年，也看到了，读书还能当饭吃吗？说到底还不是要实际一点儿，多一个人来帮忙，大家轻松，是不是？当然啦，主要是你也能松一松手，这么多年，你不累吗？说来说去，我这还不是为了你？别像他们一样，读书读得一根筋！”

程为只是听着，没回应。

“那这样，我帮你约一约小林，你们一起去看个电影好不好？你妈在我店里，我帮你看着，你放心去。”舅妈爽快地替他出着主意。

程为摇了摇头，拒绝了：“真的不用了，舅妈，过两年再说吧，我现在单位的事情太多，也忙不过来。”

“什么忙不过来！”舅妈眼睛一横，站了起来。

她一起身，程为也赶紧起身，让出通道来，就是送客的意思了。

舅妈气哼哼地走出去两步，又不甘心地回头来说：“这事儿等不得，明天让你舅舅跟你说。”

程为点着头把舅妈送出了门。他听着舅妈噔噔下楼的声音，看着楼道里昏黄的灯光，想起了今天刚见过的一个人。

见过程为后的几天里，宋媛异常安静。他们有一本文博期刊，是由博物馆和省文化厅联合主办的，宋媛入职以来渐渐承担起部分的编纂和校订工作，她是真的有点儿忙。

周五的时候，她终于交了差，腾出点时间来，和小庄一起跟着师父郑姐在库房里维护藏品，为下一期换展做准备。

郑姐做文物修复工作已经有二十几年，是这行里的正经师父。她戴着厚厚的眼镜，手指虽然圆胖胖的，却特别灵活。

郑姐就很喜欢清秀的宋媛，觉得宋媛眼睛里总带着点书卷气，虽然小庄也清秀，还是拜在自己门下的正经徒弟，但郑姐还是更偏爱宋媛一些。因为郑姐本来就想招个女生，修复工作需要心细如发，谁知塞过来一个大小伙子，只能勉强接受。

宋媛手脚勤快，眼神也好使，常常跟在小庄后面，郑姐就权当带了两个徒弟。

这天他们在库房里忙了一下午，等编码造册完毕，郑姐签了字，抬头问宋媛："媛媛，我上次跟你说的那个事儿，你考虑了没？"

"嗯？"宋媛正在脱工作服，迟钝了一秒。

旁边的小庄伸过头来，问道：“啥事儿？师父，啥事儿啊？”

“就是我上次说的嘛，你不是也在吗？我同学的儿子，和你们差不多大，媛媛反正一个人在这儿，介绍你们认识认识。”郑姐一边关库房门，一边说着。

“师父，我还没想好呢……”宋媛跟在小庄身后，站在走廊里。她其实是不好意思拒绝郑姐，知道师父也是一片好意。

“这有什么想不好的，就当多认识个朋友嘛，年轻人要有热情。哈！师父帮你们约着见见面吧，别的不多说，也许谈得来呢。”

小庄在旁听着，闪着亮晶晶的小眼睛盯着宋媛的脸。

宋媛只好点头说：“哦，那好吧。”

“哎，这就对了，好不好的你们自己判断，见见面没什么的，”郑姐明显很高兴，觉得自己看的没错，宋媛是个好姑娘，识时务，又接着说道，“那师父给你们约明天晚上一起吃饭吧，好吗？”

宋媛觉得晚上不太好，她读研那会儿，参加文化交流，认识过一个外校的同专业男同学，也是晚上吃过了饭，非要送她回学校，她费了好大劲儿才回绝掉。从那以后，宋媛就多长了个心眼儿，跟人吃饭尽量不选晚上，省得给自己找麻烦，于是宋媛赶紧回应说：“师父，约中午吧，中午一起吃饭比较好。”

郑姐被她说得一愣，心里想想，还是觉得晚上好，开始犹豫。

宋媛悄悄朝旁边站着看热闹的小庄使了个眼色。

小庄临时接收到宋媛的眼神，仓促开口：“是啊，师父，中午好，我们都爱约中午吃饭。”小庄没想好说辞，话说得苍白无力，被宋媛鄙夷地瞟了一眼。

宋媛接着小庄的话说：“嗯，师父，约明天中午吧，白天好，白天亮堂，彼此看得清楚。是吧？小庄！”

小庄刚被白了一眼，马上将功补过地点头：“是啊，师父。”

“是嘛……”郑姐疑惑着，觉得年轻人的世界有点难懂，那就随他们吧，点头应下了。

晚上，宋媛回到家的时候，接到程为的电话："上次太匆忙了，没来得及一起吃饭，要不约明天中午吧？宋媛，你有时间吗？"

宋媛在心里叹息一声，她以前每个周六都有时间，上赶着要参与小庄夫妇的逛街活动，没想到还有今天这样分身乏术的时候。

她抱歉地说："明天中午不行，刚好和人约好了。要不周天吧，后天你可以吗？"她一边说，一边在心里周全地考虑着程为家里的情况，不知道时间上能否允许。

程为倒是没什么为难，马上答应了："好啊，那就后天中午吧，我到时来接你。"

虽然宋媛还是觉得并不特别需要来接，但也没再推辞，点头回复说："好。"

她刚接完程为的电话，吴菲紧接着打来，问道："媛姐，明天要不要一起吃饭，我想请我们那个大师哥程为，你们刚好认识，你要不要一起来？"

嗬！她真是涨行市了，人生一会儿是寂静的 A 面一会儿是喧闹的 B 面啊！这以后是不是得找个助理帮忙登记档期？

"明天刚好我约了人，你们吃吧，我就不去凑热闹了。"宋媛一边回复吴菲，一边在心里想，程为倒是也挺忙的。

宋媛第二天掐着时间出门，师父约的还是上次他们一起吃过饭的那家商场，特地问宋媛是否吃得惯客家菜。宋媛不讲究这些，回答都可以。师父笑眯眯地看看她，觉得这媒做得成功了一半。

宋媛先到，她被服务员领进来，挑了个靠窗口的卡座，一边喝茶一边等人。这个餐厅挺大，中式风格，卡座之间有稀疏的木质镂空隔断。宋媛等了不多时，对方来了电话，说到了，问她在哪里，要不要去接。

宋媛觉得还真客气，并未多想，回复道：“我已经进来了。”她说着找了找桌号，“11 号桌，你请服务员带你进来吧。”

于是，她见到个身形偏胖的男生，满脸笑容地走近。

宋媛礼貌地站起身。

那男生看到宋媛，第一眼似乎有点儿意外，落座后显得特别殷勤，倒水、点菜，十分热络，让宋媛有点儿不适。她原本以为大家都是敷衍一下长辈的意思，走走过场的，没想到对方还挺当回事儿。

她端正了一下态度，坐直了一点，认真地听对面的男生介绍他家的生意：“我们家新开的酒店就在这条路的尽头，你听说过吧，福州很好的，旅游经济是热点。”

“哦。”宋媛看他说得这样自豪，忍不住附和他。

“而且吧，我爸让我学酒店管理，以后我奶奶肯定会把这几家酒店都交给我管的。”男生说完，还谦虚地抬眼看了看宋媛。

宋媛本来呆着脸，想休息一会儿，结果被他一看，不得不再接再厉地点头。

“我家的情况，郑阿姨都跟你说了吧，你还满意吗？”

嗯？！这个不能随便点头，宋媛警觉地看着男生，马上岔开话题，提醒他道：“那个，我师父有没有跟你说，我比你大一岁。”

“哦……”男生一笑，眼睛眯了眯，答道，“说了，我知道，不过你看着面相小，咱们站一块儿，我像是大一岁，呵呵。”

他这么一说，宋媛倒有点认同。她只好进一步发问：“我家是外地的，还挺远，听说你们都不太愿意选择外地人的，是吧？”

“没事儿，我们家不讲究这些，我奶奶说，只要模样好身高合适，其他都好说。哦，当然也得我喜欢，”男生说着，自己端着水杯掩饰地喝了一口，接着道，“况且郑姨介绍的肯定没错，你的工作都挺好的，呵呵。”

这话说得宋媛有点儿接不下去，这小胖子倒是不太挑剔！她想了想，问道：“我在博物馆工作的，你们不介意吗？”

她这么一说，把小胖子说愣了：“呃，不介意呀，博物馆工作挺好的。”

宋媛面前有盘客家豆腐，她挺喜欢，舀了一勺放在碗里，边吃边问：“我听说你们这里特别信奉神明，是吗？”

“嗯，对，我奶奶吃素，初一和十五都要拜神，很虔诚的。”

“哦，真好真好，”宋媛跟着点了点头，转而别有深意地说起，“我以前跟着我们系的野外考古专业参加过古墓发掘，神倒是没见过，可真的遇见过鬼哎。”她说得一本正经。

“啊？真的？”

“是啊，就是有一次开启棺椁，忽然有一股特殊的气味飘出来，然后一阵寒风吹过，我们在场的人都觉得特别冷。那次我们一个同学就被鬼魂附体了，不过带队的老师说，这是常有的事儿，不用大惊小怪的。”宋媛云淡风轻地说着，伸手又舀了一勺豆腐。

“啊！那后来呢？”

“后来我们这个同学疯疯癫癫了一阵子，也挺可怜的，过了好久才恢复过来呢。”

宋媛情真意切地回忆着，没注意到身后的卡座里坐着几个她熟悉的人——小庄正缩着肩头捂着嘴笑；吴菲拿眼睛瞪着小庄，怕他动静太大，坏了偷听的大计；程为则微微低着头，看不到表情。

宋媛偶尔瞟一眼对面听众的惊讶神色，心中甚是满意：“我们老师说这是我们的基本功，不用害怕，早晚会遇到的，毕竟我们天天对着这些成百上千年的旧东西，难免有点儿不干净。而且吧，就算没过到自己身上，还会过到家人身上的，这种事儿，我们圈子里常有，你听说过没？”

小胖子举着筷子半天没动了：“没啊，没听说过……”

“挖坟盗墓的故事你没看过啊？虽然他们杜撰得有点儿过了，

不过奇奇怪怪的事儿我们确实经常见。墓地我们也经常去，因为随葬品真的非常需要保护。”

“你也经常去啊？”

“嗯，那肯定啊，工作嘛，”宋媛恳切点了点头，“不过，听说遇见鬼是好事儿，见鬼会发财。”

“是……吗？”

“是吧！唉，我也习惯了，就是别带回家就好了，别把家人吓着了。”宋媛叹了口气，看到对面的小胖子无言以对地跟着点点头，心头松了松。

她接着见缝插针地在吃饭的间隙讲她知道的所有灵异鬼怪故事，对面这浑圆的酒店业之子明显有点儿吃不消，比先时沉默了许多，殷勤劲儿也消散了。等菜一上齐，他吃了没几口，就借口有事，要起身先走。

宋媛看他手里拎着崭新的宝马车钥匙，大度地点点头：“哦，那你先忙，没事儿，不用送我回家，我自己可以。”她跟着愉快地起身向他道了别。

宋媛没等人家走出餐厅的大门，就惬意地坐下来，打算再吃一点那个味道不错的豆腐，反正已经结过账了，浪费可耻。

旁边忽然传来一阵笑声，有人敲了敲她身后的镂空玄关，宋媛这才转头来看，吓了一跳：“你怎么在这儿？”哎，不对，应该是“你们”。

见宋媛手里还举着汤匙，小庄笑得上气不接下气，伸过头来说：“你可太行了，回头我要告诉师父去，说你故意吓唬人家，把人都吓跑了。”

“谁吓唬了！”宋媛忙着辩解，同时瞟了一眼坐在他们对面的程为。

这时，旁边落地窗刚好射进一道日光，映在程为眼里，微亮。

吴菲起身来拉她：“行了行了，人都走了，别说他了。媛姐坐过来，跟我们一块儿。”

程为含笑往旁边让了让，宋媛便坐在他身边。她目光从这几个人脸上扫过，放下勺子告诫他们：“不许再笑了，再笑我走了！”接着又瞪了眼小庄，“你怎么跑这儿来了？你是故意来的吧？”

“啊，是啊，”小庄一脸坦荡，“我们刚好约程师兄吃饭，我想着顺便来看看师父给你找的相亲对象，哈哈哈。”

“嗯，怎么样？好笑吗？”宋媛说这话时，程为帮她要了一副新碗筷来，放在她面前。

“还行，不枉此行，”小庄眉开眼笑，脸上显出吴菲都比不了的颜色来，“不过，你这对我们专业的歪曲，可太不好了，把群众的认知都搞乱了。”

“没有吧，我也没有太夸张，道不同而已，不然谁吓唬得了谁？”宋媛略反思了一下，觉得自己做得很对。

“哎，宋媛，说真的，我看那小胖子还不错，条件也挺好，你干吗不满意？”小庄不客气地把旁边桌上那盘客家豆腐连盘子端了过来。

“你这么满意，让师父介绍给你？！”

“那不用，我有老婆，对男人不感兴趣。”当着吴菲的面，小庄赶紧撇清，接着问道，“你也对男人没兴趣？”

宋媛定睛看了看小庄，作势点头说：“嗯，是啊！”

“嘁！”

程为从余光里看到宋媛一脸坦然，嘴角隐约浮起一点笑意。

那天他们四人一起吃饭，宋媛吃到后来几乎忘了今天是来干什么的，仿佛相亲的饭局是昨天的事。饭桌上，多是吴菲在问程为关于实验数据和毕业设计的问题，宋媛和小庄隔行如隔山，都听不太懂，坦然地专心吃饭，倒是轻松自如。

桌上有一道碧莹莹的西洋菜猪骨汤，放得离宋媛有点远，她抬头张望了两次，拿不准那里面是什么，不确定要不要尝一尝，正在犹豫。

程为低声问她："那个是西洋菜，你吃得惯吗？"说着看了看宋媛的眼睛，没等她回答，伸手拿她面前的汤碗替她舀了一勺，"你试一下，看喜不喜欢。"他的说话声，擦过她耳畔，滑进她心里。

吃完饭后，吴菲说："楼上的电影院有个不错的片子正在上映，要不要去看？"

小庄说："哪有什么好片子，都是些哗众取宠的尴尬小故事，不要去浪费时间。"

程为和宋媛错后两步，看前面的两个人反复争执到底哪个女演员的演技好。

程为转过头来，问道：“你今天是来相亲？”

宋媛被问笑了，有点不好意思，解释说：“单位的师父介绍的，师父一片好意，不好拒绝。”

他其实问题的重心不在“相亲”上：“那你……一直没找到合适的人吗？”

听到他的问题，宋媛抬头看他，心里迅速地分辨着，一般问这话的人，自己一定是名花有主尘埃落定的，她眼底不由得闪过一丝失望，掩饰着点头：“嗯，是啊。”说完腼腆地笑了笑。

她这么一笑，像回到了十几岁读书时的样子。程为看在眼里，愣了一下，这笑容是他书桌上照片里的现实版，他从前以为再也不会见到了，忽然重现在眼前，打断了他的思路。

这个空当，宋媛其实很想问“那你呢”，可这三个字在她脑子里绕了好几圈，最终还是没能说出来。她总记得被他拒绝过，让她再开口……她在心里叹息：唉，人生真是处处需要勇气，我的勇气有点儿不够用。

后来看了什么片子，片名宋媛印象不深了，只记得里面的男主深情不移，多年后跋山涉水跨越山海来到女主的城市工作，与女主重逢后，排除万难不屈不挠地拥抱在一起，是个荡气回肠又曲折的爱情故事。

然而这故事在他们眼前演绎，光影不断掠过宋媛的眼睛，她隔着吴菲，悄悄剜了小庄一眼，虽然明知小庄同学不知情，但还是怀疑他选这部片子的动机：这是故意要影射吗？我哪有这么歇斯底里，这么又哭又号，这么唯恐天下不知？

他们不知道，这么多年里，宋媛已经练习得游刃有余进退有度，有时连她自己都觉得，没有心里的这个人，她就是为了一份喜欢的工作而来，义正词严、冠冕堂皇。

如果真的很喜欢一个人，是无法轻易说出口的，像沉在海底的船，生满了红锈、长满了水草，轻易打捞不上来。

还好大家坐在一片黑暗里，她心中略有庆幸，谁也看不清谁，谁也不知道谁在想什么。

程为偶尔悄悄转头，看光影里的宋媛，猜测着她在想什么。

好不容易等到电影散场，宋媛像是接受了一场公开的嘲讽，有点儿沮丧，原来这样的故事一旦讲出来，没有美好，只剩尴尬而已。

她沉默着，回程时一路无话。

宋媛到家没多久，就接到蒋鲲鹏的视频电话，他在镜头里晃得看不清脸。宋媛把手机放在书桌上，省得被他摇晕了。

“宋媛，我跟你说，我带了个萌妹子周游世界，快，你给我解释一下什么是隔离霜。”

“干吗？你现在这么讲究了，都用上隔离霜了，马上要出道吗？”宋媛兴致不高，她还沉浸在电影的嘲讽里。

“没有，这妹子说一会儿去买隔离霜，我不知道是什么，怎么办？快告诉我一下。”蒋鲲鹏着急忙慌的。

“不知道。男生又不用，你就不能坦诚点？别装精致男孩！”

“哎呀，别整那些没用的，说两个高级一点的牌子，好配得上哥的身份，快点儿。”

宋媛抬头看了看窗外倾斜的日光，回忆了一下最近陈欣欣在朋友圈里炫耀的彩妆牌子，有点记不清，伸手倒回去翻了翻，然后发给蒋鲲鹏。

他一收到，立刻无情地挂断了视频。

宋媛黑着脸扫了一眼手机屏幕，蒋鲲鹏就是太不把自己当外人了，甚至常常搞不清楚她的性别。她坐在窗前发着呆，想起有一年的情人节，她在寝室里坐着，帮导师修订一组文稿，蒋鲲鹏打来电话闲聊。他说着说着，说到礼物，得意地讲起最近收到的最心动礼物是一盒粉嫩嫩的杜蕾斯。

往年这个冬季的著名节日总是在寒假，宋媛没有感觉，谁也寒碜不了谁。结果那年正好赶上在学校，同寝室的姑娘们都出去过节了，她一人坐在暖气边看文稿，好好的，突然感到一丝凄凉。本来她懒得伸手，手机开着免提，奈何蒋鲲鹏这话题走向难以捉摸，她悄悄从衣兜里把耳机摸出来，戴上了。

“我其实不喜欢草莓味的，甜丝丝的影响心情，不过，只要姑娘够可爱，我都能忍，哈哈哈。”

“嗯，挺好，有容乃大。”宋媛心不在焉地评论。

“嗯？那不对，太大了不好，容易有压迫感，尽在掌握刚刚好，”他说着，大概觉得宋媛回应得不够热情，便转了话题，“哎，你还没收到过这么令人心动的礼物吧？大龄女青年。”

“嗯，”宋媛也习惯了，和蒋鲲鹏讨论类似话题不是第一次，她觉得唯有不争，天下莫能与之争，抬手顺了顺耳机线，接着道，“你想送一盒给我？”

“哎，别这么说，多难为情，破坏了我们纯洁的友谊。”

“嗯，也对。”宋媛表示同意，为蒋鲲鹏的清醒点了个赞。

蒋鲲鹏忧国忧民地补充：“那你可怎么办啊？知识匮乏资讯落后，被灯红酒绿的好时代抛弃了，要不我拉扯拉扯你？”

“不用，我们这儿信息也很前沿的，应有尽有，况且没吃过猪肉还没见过猪跑吗？”宋媛不屑地回答。

“你见过猪跑呀？在哪儿见的啊？网站吗？啥网站？”蒋鲲鹏带着嬉笑声，问得不亦乐乎，问完了才反应不对，提高了嗓门，恨不能从电话里跳出来，“啊呸！说谁是猪哪？你才猪呢！”

宋媛从书桌前的椅子上挪到床头去，蒋鲲鹏说的这事儿吧，真不能强求，不是人人都能像他那样胃口好，爱好广泛。宋媛觉得自己嗓子眼儿细，咽不下那么多种食物，赶急了容易吐。

她睡前忽然有点想家，打电话给妈妈。

刘女士愉快地接了电话，没等宋媛问完家里冷不冷的话题，就说道：“媛媛啊，我跟你说，我在看的那个电视剧，就里面那个妈妈从她女儿家拿走的丝巾和包包都太好看了，你看了没有？那个颜色，和我也很配的哈？”

宋媛觉得妈妈最近越来越委婉了，怎么搞的，妈妈最近从国产电视剧里吸取与人交往的新技能了？她颇有心机地不接刘女士的话茬，寡淡地点头说：“哦。”

果然妈妈也沉不住气了，热切问道：“你们单位也发年终奖吧？你看抖音上人家小姑娘，哎哟，给爸爸买礼物，给妈妈买衣服，不要太贴心哦。”

“你自己不也发年终奖吗？爸爸说我的钱，归我自己管。”

“谁说要你的钱了，跟你爸一样小气。我明天就自己买去，我多买两件。”

宋媛挂了电话，觉得很满意，妈妈能这样乐此不疲地买新衣服，那一定是过得很愉快的。

她想：好吧，睡吧，明天依然是美好的一天。

第二天一早，天气确实很美好。她被快递电话吵醒，她买的一幅挂画到了，于是一整个上午，她卷着睡衣袖子，爬高上低，打算把它挂在床对面的墙上。

这幅画，她买的着实有点大，这面墙也着实有点儿硬，她折腾了一会儿没成功，想着力气不够，先吃点儿饭吧。于是，她在厨房里捯饬起来，着手炖汤。她前段时间跟超市的卖菜阿姨打听的新菜谱，一早在线上买了材料，要做一道白莲猪心雪梨汤。她站在灶台前收拾各样食材，一边在心里夸自己：看，我是城市版的李子柒！多么闲云野鹤寂静悠远……

忽然，一阵电话铃声打断了宋媛美好的想象，她在围裙上擦了擦手，伸着头来看手机。程为！

“喂！程为。”宋媛甩着手上的水珠，接起来。

“宋媛，可以下来了吗？约好一起吃饭的。”

“啊？”她听蒙了，吃饭？昨天不是吃过了吗？“今天还一起吃饭吗？”

“嗯？不是说好的？”程为语中带疑问。

“昨天我们不是一起吃过饭了吗？”宋媛看着砧板上切好的梨块儿，比程为的疑问更多。

“昨天不是巧合吗？”

宋媛语塞了一会儿，转而大方地邀请他：“我都准备好午饭了，要不我请你上来吃吧。不过我手艺有限，你就凑合一下哈，呵呵。我下来接你，等我一下。”

宋媛解下围裙准备出门，才发现自己还穿着睡衣，又赶着进去换衣服，匆匆跑下楼。她在心里和自己说：就当是蒋鲲鹏来了，他们俩是一样的。

她想起刚来的时候，向蒋鲲鹏炫耀自己的单人住房，让吹毛求疵的蒋鲲鹏少有地露出羡慕神色，赞叹着：“你考的单位还行，住处给安排得挺好。”说着还指挥宋媛，“哎，你把镜头往前怼怼，我看看床边的位置……嗯，还挺宽敞。你在那儿摆个沙发，等我回去的时候，我就搁那儿躺着怎么样？”

“搁哪儿躺着？”宋媛怀疑自己听错了，赶着打消他这诡异的念头，“我跟你说，这儿也是大都市，洲际酒店、凯宾斯基就在马路对面，你随便订。千万别霍霍我这小宿舍，别说一个沙发，摆十个沙发也盛不下你吧！”

蒋鲲鹏自觉受到了抬举，乐不可支，大度道：“哎呀，别客气，我其实最随和了，你那儿就是个地铺我也能躺得下去，咱俩聊天方便嘛。”

宋媛明显地撇了撇嘴，对着电话道：“我要挂了，你该忙啥忙啥去吧。”

“别急呀，不聊得好好的吗？我还夸你住得不错呢！”蒋鲲鹏实在是闲得慌。

“你干点儿别的去吧，我要上厕所去了。”

“你上呗，不影响，我又看不见……”

宋媛没等他说完，就按了挂断键，蒋鲲鹏实在是她见过的最啰嗦的男生。她今天带程为上来时，人家只稍稍抬头看了看，并没多说一句话。她在心里想：是吧，他俩确实还是不一样。

她请程为在餐桌边坐着后，转身往厨房去，重新系上围裙的空当，想起什么来，从门边的抽屉里找了个便签，低头在程为面前写给他。

程为欠身来看，听见宋媛周到地说：“Wi-Fi密码，有点儿长哈！”他认真扫了一眼，嗯，不长，这串数字他熟悉，是她那年中考时准考证上的编号。他记得那时在一中考点考完试，他们一起坐学校的校车回家，因为坐着无趣，宋媛说玩游戏吧，互相背诵对方的准考证编号，只给看一眼，考验瞬时记忆力。后来他胜了，所以记得特别清楚。

程为看她兴致盎然卷着衣袖进了厨房，心中在想：在这点上我们倒是差不多，我现在的工作密码，也还是用的那串数字。但也和她不同，她用的是她自己的，我用的是她的。

他微微偏头，透过厨房的玻璃门去看她，看她举着菜刀踌躇，过了一会儿，又放下了，打开手机找着什么，接着又举起了菜刀，下不去手的样子。

他不知不觉站起了身，走到厨房门边来。宋媛正在犹豫，这猪心里的血管着实多，她照着视频里的讲解，当中一刀剖开，被里面的“左心房、右心房、左心室、右心室”吸引了，半天没找着动手的地方。

“你要做什么？”程为站在门框边上，忍不住问道。

宋媛握着刀柄，回头来看了程为一眼，诚实道：“做汤，莲子猪心汤，呃，我先处理一下这个。”她一边解释着，一边拿定了主意，准备下手先把主动脉切下来。

程为倒是没再说话，只在旁边站着看她。

宋媛当然也敏锐地感觉到被人目光笼罩着，切了两刀后，自觉不尽如人意，转头来回看他。

“你会做吗？”程为眼中清澈，不紧不慢地问。

宋媛诚实地摇了摇头，但手上坚韧地准备再来一刀。

“你第一次做，就敢请我吃？”程为神色如常地问着。

宋媛被问得心虚，噎了噎，回应道：“你这时候应该坐在那儿，彬彬有礼地感谢我辛苦了，毕竟我请你，哪能随便指责别人的手艺！”

程为看着她一本正经的样子，笑了，不会做还这么要面子！他没再多言，走进去看了看她台面上准备的材料，接着转身拉开冰箱门看了一眼。宋媛有种被领导临时视察的感觉。

程为吩咐道：“你下去一趟吧，去路口超市买瓶青红酒回来，一会儿汤里要用，鱼露也买一下，一起带上来。”

宋媛眼珠转了转，问道：“你会做？”

程为点点头，不客气道：“比你好点儿。”

哦，那也行，谁做都一样，有的吃就好。宋媛向来是个识时务的好姑娘，她爽快答应着：“那你来吧，我去买东西，叫什么来着，你发我手机上。”

她麻溜儿地换鞋出门去了，走进超市没一会儿，又接到程为电话：“宋媛，买把剪刀回来。”

“剪刀？我有啊，在门口的抽屉里。”她回应道。

“厨房用的剪刀一般比正常剪刀大一些，你看好说明，别买错了。”程为耐心解释着，提醒她。

“哦，知道了。”

等宋媛买好东西回来的时候，汤已经炖上了，呼呼的火苗舔着砂锅底。

程为接过她手里的酒瓶，顺手开了封，回身倒了一点在沸腾的锅里，问道：“你那条鱼是打算怎么做的？”

“我要红烧的，”宋媛赶着回答，同时还想说她红烧鱼做得很好的，还没说出口，程为转头来思索一下，对她说：“我给你把刺去掉，油煎一下，你吃得来吗？”

啊！还有这么好的事儿，连鱼刺都给去掉？她听着呆了一秒，接着马上心动地点着头：“好啊好啊，吃得来。”

所以宋媛在接下来的时间里就站在水槽边看程为忙碌，带着欣赏的眼光在心里想: 这橱柜颜色和他毛衣的颜色倒是很搭，他这身高，炒菜刚好合适啊……

程为转身过来洗手，抬眼看了看她。

她知趣地赶紧让到一边，又后退一步，退到厨房门外去了。

程为一边洗着手，一边调侃她：“要不，你坐到那边去吧，再礼貌地感谢一下我辛苦了。”

宋媛给逗乐了，看来注定是要吃现成的了，那就别委婉了，顺从地说：“那我，就真的坐过去啦？”

程为点点头，朝餐桌边的位置看了一眼：“去吧，那儿还有Wi-Fi。”

“呃，太客气了……”

“没什么！”程为配合地回应，眼中漫起浅浅的笑意。她看不到，他心里也是。

因为宋媛这道汤要炖个把小时，程为准备好食材，洗了手出来，和抬头来看他的宋媛对视着：“汤还要一会儿呢，你这预备午饭的时间也太迟了，都要过了吃饭的点儿了。”

宋媛听完，眨了眨眼睛，幽幽开口道：“哦，是吧，那玩个游戏吧，闲着也是闲着。”

程为站在她面前，挡住了半面日光：“什么游戏？”

“钉钉子的游戏！”宋媛满眼希冀地望着程为。

所以，趁着还没开饭，程为被宋媛拉进卧室去帮忙挂她那幅新买的画。

程为站在椅子上，宋媛仰头看着他。

试了两下，程为停了手，看了看整个房间的格局，低头问道：“你一定要挂在这面墙上吗？”

“怎么了？特别不好钉，是不是？”

他点头道：“这面墙应该是承重墙，是打不进去的，你要非得挂这儿，得借个冲击钻来。”

啊！宋媛马上动摇了，这么麻烦，换个地方挂也可以。

他俯下身来看了看她那幅画儿，画的什么，他没太看懂，问道：“这上面画的什么主题？”

宋媛正回头打算找个别的地方，随口道：“守望的人。”

“什么？”程为没听清，或是没听懂。

宋媛忽然回了一下神，转身来含混着说：“没什么，就一幅好看的画儿。”

程为看了看她眼睛，没有再问下去。

后来，他们商议好，程为帮她把画挂在床头柜上方。宋媛后退了两步看看，觉得挺好，比她预想的位置还好些。

午饭期间，宋媛讲她当时考完试，来复试时的趣事，第一次见小庄的时候总觉得他是女扮男装，来回看他好几眼。后来正式入职了，和他办公桌面对面，常常一晃神儿，想叫他庄小妹。

程为听着，偶尔笑笑作为回应。宋媛故意绕过大学生活，绕过研究生生活，她不讲这些，既怕他过得太精彩，也怕自己过得太不精彩。

说到后来，她话题说尽了，宋媛本来不是特别健谈，讲不出妙语如珠字字珠玑的好故事，桌面上便显出一点寂静的沉默来。

“宋媛，”程为忽然开口，“你还记得我妈妈吗？”

宋媛抬头来看着他，她还以为多少要先追忆一下似水年华，好事说完了才能说一点点不好的事。他倒没有，竟先提起了他生病的母亲。

“嗯。”宋媛点了点头。

他停了一停，抬眸看向宋媛身后的半扇防盗窗，说道：“我妈她……生病好几年了。”

宋媛怕他为难，接过话题来：“哦，那……严重吗？”

程为点头:“有点儿严重。”说着把视线转回来，看着她的眼睛，“她是精神类疾病，几乎不能痊愈。”他其实从不和人说他妈妈的病情，可从他前些天重新见到宋媛开始，他就一直想告诉她，他也不知道为什么。

宋媛听着他的话，陷入了短暂的沉默。先时她初次听吴菲提起他家的变故，心里满是遗憾，再见面时既不敢问也不敢提。她从小就不会安慰人，特别是这样在她心里经年累月翻滚着的程为，无论如何，她说不出对他表示同情的话。

她想了一会儿，问道：“是受了你爸爸当年事故的影响吗？”她想别人不能这么问，她是可以的，她对当年的事一清二楚。

“嗯，”程为始终看着宋媛，“但也不全是，后来为了我爸的赔偿款，我妈和我爷爷奶奶吵得很厉害，我那时候忙着高考复习，没在意，后来发现的时候，就很严重了，一直到现在。”

“你一直自己照顾吗？”宋媛终于还是忍不住这么问他，语声轻微，像在耳语。

“嗯，也没有别人。后来用药之后好了一些，我舅舅家给了很大帮助，不然我很难顺利毕业。”

“你也是因为这个，没法去外地读书吧？”宋媛想起她发微信问他考了哪所大学时的那个暑假，他可能正在忙着照顾病人。

程为移开了视线，点了点头，不过他转而笑了一下，说道：“其实就近读书也挺好的，离家近，是吧？”

宋媛迟钝地跟着点头：他这是说我吗？我其实是因为当年考得不太出色，也不是因为离不开家的意思。

“你说，如果我去看看阿姨，她还认识我吗？”宋媛忽然这样问。

程为听着，心里狠狠动了动，但同时在想：还是不要去的好，妈妈不太能接受陌生人。

临开口，他看着她的眼神，又改了主意，说道：“改天吧，找个合适的时候，我带你去。”

她想去。

她不知道，他多想带她去。

这天他们午饭吃得晚，宋媛责无旁贷地负责洗碗。

日色偏西时，程为起身告辞，宋媛跟着送他出门。

临走前，程为斟酌了一会儿，还是转身来问道：“宋媛，为什么考到这儿来？我们这儿的博物馆应该不算特别好吧？”

她逆光站着，他这问题好答，她已经在心里演练过许多遍了，回道：“好的考不上呀，我还想进国博呢，人家不收。”

她说完下意识地去看他眼睛，可他垂眸点了点头，她什么也没看清。

程为走后，宋媛忍不住转到卧室的窗边去，她悄悄站在窗帘后面看他离开的背影，在心里开解自己：看看也没什么，是很喜欢他，喜欢了很多年，就算到了这时候，也还是……

况且，她也只能这样看看。做朋友的界限在哪儿，她想她得重新审视一下，万一一不小心越了界，连朋友也做不成，那就太遗憾了！

程为渐渐走远，绕过路口，她终于看不见了。

夕阳晚照，他从树荫里走过，像走在她斑斓的记忆里。

宋媛心里有个声音在说：各自有生活，也许他该有的都有了，互不打扰吧。这世上最好的爱情，是我很爱你，却没有嫁给你。程为，你看，我有这世上最好的爱情呢。

她莫名地笑了笑，却看不到自己眼里的失落，像狂风卷过。

程为在回去的路上计算从宋媛住处到自己家的距离。其实博物馆正好在他工作地和家的中点上，他想这样很好，以后他来找她，两边距离都不远，节省时间。

时间对程为来说总是不够用的，除了工作以外，照顾妈妈占领了他大部分的人生。他也抱怨过，也怨天尤人过，也有过满腔恨意，愤懑郁结在心口，不能去最好的远方，不能接受最向往的人，不能去试试自己才华的边界。他有一段时间想尝试抽烟、喝酒，听说那是缓解压力、释放情绪最好的办法，不过他后来还是放弃了，他想起宋媛说过，物理老师身上的烟味让她喘不过气来。他也许在心里的某一个地方，总还是想着有朝一日能再见她的，再见她时，他怎么能变成她不喜欢的样子呢！他也不能喝酒，喝醉了不省人事，妈妈出了事怎么办，他一人肩负着两个人的生命。

还好，他坚持着走过来了，走到了见她的这一日，他大概不知道，他还是她心里最喜欢的样子。

程为走到自家小区门口时，先去舅舅的店里把妈妈接出来。

“阿为，”舅舅招手叫他，“你等一会儿，我跟你说个事儿。”

舅舅个子不高，长得精瘦，眼睛也是细细的一条。

程为站在他对面，不说起，没人看得出他们有血缘关系。

“阿为，你舅妈找你说的那个事儿，你到底怎么想的？来，你跟舅舅说说。”

“没什么，我也没怎么想，上次她们来，舅妈也没跟我说明情况，我一直以为是给舅妈送货的朋友。”程为边说边转头看了看货架边坐着的妈妈，她正在看来买东西的一对母子。

舅舅低头看了看玻璃柜台里码着的一整排香烟，说道：“人家姑娘不是还跟你说话了吗？你要是感觉还行，就谈谈嘛，咱们这种情况，就别挑了。”

“舅舅，”程为微微低着头，声色沉得像门外的夜色，“确实是我的情况不好，这件事先放放吧，以后再说。”他踱开一步，伸手去搀扶妈妈，又回头来，向舅舅道，“让舅妈也别忙了。”

程为走出店门时，能听到舅舅在柜台后面嘀咕：“先放放？放到什么时候，再等下去还能变好？”

程为没有理会。

后来，程为进出舅舅家的店铺，有几次遇见舅妈介绍给他的小林姑娘母女。他考虑了一下，没有和她们打招呼，大概太显生硬了。他被舅妈叫住过一回，只好在门口站着，回身来勉强向小林姑娘笑了笑。

临近元旦假期，宋媛做好了去杨家溪的准备。29号这天，宋媛和小庄跟着师父在库房里做例行盘点，完工前，小庄问她：“你放假要回家吗？”

宋媛正在回顾盘点表上的数字，心不在焉道：“不回家，我打算出去走走。”

“去哪儿？”

“去杨家溪，你听说过吧。”宋媛复核过一遍，交给师父签字。

小庄仰头想了想：“哦，太姥山那个吧？”

“嗯。”宋媛还想说什么，但还没开口，被师父插了话：“你买票了吗？先别急啊，咱们这儿假期要安排值班的，等值班表出来你再确定时间吧。”

“哦，还有值班呢？还好我还没订票，多亏师父提醒我。”宋媛边说边庆幸，她本来准备下午买动车票的。

结果，不巧得很，她和小庄都是1月2号值班。宋媛很沮丧，她是新来的，不好意思第一次值班就跟其他同事换时间，小庄又跟她同一天，让她没了指望。虽然郑姐特地来问她要不要调换，她还是笑嘻嘻地婉拒了，师父家有孩子，他们也有家庭计划。

至此，宋媛的“杨家溪之行”就算是搁浅了。

31 号，她下班回家的路上安慰自己：这出发的日程可以向后推迟推迟，也许可以等到清明假期。

她抬头看了看天边落日，橘黄的一团，色彩浓烈。

她快到小区门口的时候，接到程为的电话。

“宋媛，你假期不回家吧？”

当然了，只有三天，是不够她回家一趟的，他知道。

“嗯，我不回家，来不及。”宋媛回答着，语气里带着遗憾。

程为在那头停顿了一下，大概是临时改的口：“你是不是想家了？”

那倒不是，宋媛不是那么恋家的孩子，她是在为不能出行遗憾，但听到他这么问，心里不争气地感动起来。这是关心人的话，他这关心人的话真好听。

“没有，我是因为本来想出去走走的，结果单位安排了值班，就去不成了。”宋媛缓缓地解释。

“哦，”程为语气轻松了许多，“那你哪天值班，我这三天都有时间，要不带你走走这附近的地方。估计三坊七巷你都去过了，我们看看哪里你没去过的，就近走一走吧。”

宋媛边听边想，这是作为东道主的热情吗？于是十分领情地点头：“嗯，我是 2 号值班，所以正好把假期拆开了。”她同时担心他有别的安排，因为毕竟小庄这三天都要和吴菲团聚，没空出来社交，又赶着说，“你要是有别的事，我们约 3 号怎么样？”

“我……”程为支吾了片刻，“我白天都可以，你看明天好不好？带你去吃好吃的。”

好吃的？！宋媛之前跟着小庄夫妇搞过一回寻味之旅，她本以为是边逛边吃，结果小庄用力过猛，把她带去一家古色古香的高级别墅吃私房菜，那里价格不菲，可不怎么好吃。

所以听见程为说的话，她试探着说："那、那好啊，另外我上次去三坊七巷被小庄他们带歪了，没去林则徐纪念馆，我想明天去一下。"

"好，那就明天一起去。"

于是，他们约好了明天同游福州城。宋媛这一整晚都很高兴，晚上关灯躺在床上时还在想：这感觉有点像小时候春游的前一天，虽不至于那么亢奋，却真的带着满满的憧憬。她转而又有点可怜自己，想起在学校那会儿，每年有数不尽的节日，那些节日是专为成双成对的人准备的。每到那些日子，图书馆、自习室、寝室里的人都会突然变少，有时会少到只剩她一个人，还好她内心强大，不觉得特别孤寂。

有一年暑假，宋媛没回家，七夕的那天晚上从食堂返回宿舍楼，那一路上的莺莺燕燕可真精彩，她不得不绕着走。

没什么，有人同行当然很好，没有就当是享受自由。她是不敢轻易承认自己执着的，这点执拗藏在内心深处，不能宣之于口。宣之于口也无济于事，是多少喧闹风景都当作过眼云烟，看看就好，她绝不上前一步。

第二天一早，他们两人几乎是同时到达约定的地点。程为带她去吃藏在小巷子里的本地早点。还没走到要去的地方，宋媛就被一路上水汽蒸腾的小店面吸引了，先尝了尝锅边糊，嗯，海鲜味！又买了一碗地瓜粉团，坐在小桌子旁边吃边吹，因为太烫了。

程为起身帮她拿了个小碗来，分一半出来替她凉着，提醒道："你这样吃下去就吃饱了，下面几家还去不去了？"

宋媛听完，特别认真地皱着眉头想着，对着面前的大碗发愁。

程为忍不住同情她，为她分忧道:“你吃一半我吃一半吧，好吗？”

“嗯嗯嗯。”宋媛忙不迭地点着头。这当然好，她抬起头来朝他感激一笑，毕竟浪费可耻嘛。

所以他们接下来在去林氏旧居的一路上，分吃了鱼丸汤、海蛎煎、芋子包。

最后参观完纪念馆出来，宋媛在街口的拐角处，发现卖茯苓糕的小车子，她极有兴致地凑过去看，被程为在身后拉住了。

“这种糕很甜的，你还吃得下吗？”

宋媛正伸头往那小木箱子里看，没听出程为的言下之意，只顾着满怀兴趣地点头：“嗯，吃得下。”说话的时候连头也没回。

程为站在宋媛身后，看她笑眯眯地买了一块，捧在手里，还热情地分出半块来递给他。

她盯着手里的半块糕，没来得及看一眼程为的表情。

“你这么瘦，居然能吃下这么多东西？”

她刚咬下第一口，有一点发酵的酸味，被他的话噎住了，呛在喉咙口，咳起来。程为伸手过来替她拍拍背。

可惜宋媛不能领情，缓过气儿来，转头毫不留情地瞪他一眼:“你怎么还能质疑我呢？你不是和我吃的一样多？”

“我是男的！”

“男的怎么了？”宋媛撇了撇嘴，“在吃上，也搞性别歧视吗？”

什么歧视？程为看着她边吃边抬腿走了，无语地跟在她身后，心想：我不是因为你才吃这么多的吗?

将近下午五点钟的时候，宋媛终于吃不下了。

程为陪她游了半座城，这时候背对着夕阳，准备打道回府。两人并肩走在路边的杧果树下，宋媛莫名有种小时候一起放学回家的错觉。

到了宋媛住的小区门口时，程为在水果店里买了两个椰青。

程为提着椰青送她上楼。宋媛偶尔悄悄看他，在心里揣测：他这样虚耗一整天，如果他真的有女友，那他女友一定会有意见吧，而且他还要花很多时间照顾妈妈。

所以，宋媛本来开了门，请他进来略坐坐，估计他坐不了多久就要告辞的。结果，程为看起来并不着急走，还调侃地问："怎么样？你今天吃得好吗？"

"嗯，还行……"宋媛含蓄地点头回应，警惕地分辨着，怕他又要提她吃得多的梗儿。

"那你晚上就吃简单点儿吧，"程为叮嘱她，还熟门熟路地拉开厨房的玻璃门，进去顺手把买来的椰青开了个口，插上吸管后递给她，笑着问道，"小时候，我说过的椰子，还记得吗？"

他说过的椰子？她记得啊，年复一年，记得多清楚啊，简直刻骨铭心！可她这时也没法向他说明。

“嗯，新鲜的椰子真的很好喝。”宋媛只这样回应。

程为微微低头，有一刻他着意去看宋媛说话时的眼神，隐约看到她眼中一闪而过的伤感。他们对视着，冷场了一分钟。

“呃……宋媛，你有充电器吗？我手机快没电了。”程为先开口打破沉默。

“哦,有的。”宋媛马上推开卧室门,去床头柜上拿备用的充电器,想了想，把充电宝也一起拿出来。

程为跟在她身后，斟酌了一下，停在她卧室门口没有走进去，但一眼就看到她床头摆着一盏悬浮的月球灯,亮着半明半暗的幽光,特别眼熟，于是故意问她：“你这盏夜灯倒是很特别。”

宋媛听完回头看了一眼，呵呵笑了：“嗯，我前两天刚买的，磁悬浮月球灯，有趣吧！”同时把手里的东西递给他。

程为这边刚把充电器接在手里，宋媛的手机就响了。她低头扫了一眼，是蒋鲲鹏打来的视频电话，她没多想就接了。

视频接通的那一刻，宋媛又有点后悔，这时候应该挂断才是。蒋鲲鹏口不择言，难保说出点儿不该说的话来。

不过，蒋鲲鹏的声音已经传出来了：“宋媛，你是不是放假了？你去那个什么溪了？今天玩什么？发我看看。”

宋媛举着手机，还没开口回答他，又被他的尖叫声惊到：“你等会儿，你别动！你门口那是个什么？怎么看着像个男人？”

宋媛才反应过来，果断地转过身，把镜头对着墙：“你能不能别嚷嚷！我门口有什么，你管得着吗？”她越说越没好气，其实也可能是心虚,面对蒋鲲鹏这个知情人,她心里生出一点说不出的慌张。

“你把镜头转过去，让我看清楚！”蒋鲲鹏不死心。

“我不！”宋媛断然拒绝，同时回头扫了一眼仍旧站在门边的程为，他正一脸平静地看着她和电话里的人吵架。

“你是不是有男朋友了？都带回家了？”蒋鲲鹏激动得嗓音都破了。

“你少管，”宋媛异常警觉，转念又觉得当着程为的面吵架不太好，迅速岔开话题，“鲲哥，你没有去参加新年派对吗？今年没发现新目标？”

“你先把你那个目标给我看看。”蒋鲲鹏坚持不懈地追问，轻易不上当。

“我哪有什么目标……”宋媛还没说完，就被程为的声音打断了：“是蒋鲲鹏吗？”

宋媛转身来点了点头，电话里同时也响起蒋鲲鹏的声音：“是谁？是不是程为？”他仿佛早有预料。

他们俩这样一来一回地问答，把宋媛搁置在了一边，她好像成了个摄像头支架。

程为倚靠在门边，朝宋媛伸了伸手，示意她把手机递过来，他自己拿着。

宋媛像从前读书时一样，总是程为对的时候多，而她言听计从的时候多，极顺手地交给他。

“你好，蒋鲲鹏。”程为语声简短。

“真的是你啊！”蒋鲲鹏说话中气十足，又有点阴阳怪气，“果然是你，程为。”

宋媛不由得凑到门边来，站在程为身旁。她竖着耳朵听他们对话，怕蒋鲲鹏说出什么令人惊慌的话来。

程为和蒋鲲鹏这些年都没联系，他们互相寒暄了几句，问了问彼此的近况。

蒋鲲鹏若有似无地提起：“咱们三个人还真挺有缘的，要不是宋媛急着要找工作，凑巧考到你们那儿，我都打算跟我妈说，把她弄回去教书了。是吧，宋媛？”

程为没说话，只抬眼看了看身旁的人。

宋媛毫不留情地否定道：“哪有，我不爱教书，一早就跟你说了，你别给我瞎帮忙。”

“你看你这个脑子，不老老实实回去待着，能干好什么工作？”蒋鲲鹏马上回怼，一脸不耐烦。

“我工作做得挺好的，你少操心。”宋媛把头凑到镜头前，她和蒋鲲鹏吵架从来没输过。

“嗯，那个，程为，你工作怎么样？国内的研究院环境好吗？”蒋鲲鹏忽然换了话题，转向程为。

“还可以，挺好的。你要回来吗？”

“工作也不忙吧，有女朋友了吗？”蒋鲲鹏嘻嘻笑着，假模假式，把宋媛听得一颗心提上来。

她在自己怦怦的心跳声里，听到程为平稳如常的声调。

“还没有。”

还没有！他说还没有！

宋媛没忍住，抬起头来看程为，两只大眼睛里凝着明亮的光。他们本就挨着，只有半尺的距离，程为略一偏头，就捕捉到她一丝惊异的眼神。

他回了个眼神给她，意思是：怎么？你以为我有女朋友？！

面对面的好处就是能随时感受得到彼此眼神的温度，蒋鲲鹏远在海外，吃了距离的亏。

这时候只有蒋鲲鹏一人还在说话：“哎，那你怎么没找个师姐师妹什么的，你们这七八年的学也是白上了。程为，你要是没遇到合适的，我给你介绍啊，我手里优质资源可多了，国内国外的我都有，你说说你想找啥样的？”

程为从小就能一心两用，说话和目光交流他一点儿不耽误，回应道：“那就不用了，我也不着急。”

“怎么会不着急呢？你不着急，你家人还能不着急啊？我帮你找，谁让咱们是从小的同学呢。放心，保你满意。”

大概这个话题超出了程为的兴趣范围，他面无表情地把手机还给宋媛，朝她着意看了看，意思在说：剩下的天，你来聊吧。

宋媛会意地接过手机，自动切换下一个话题：“鲲哥，你怎么没去你的花花世界？上次的隔离霜女神，没有下文了？”

“哎，对啊，你不是说要去游山玩水的吗？怎么还在你那小房子里待着？”

“哦，我们单位安排假期值班呢，我排在2号，就哪儿也去不了了。”

“哈哈，”蒋鲲鹏一如既往的没什么同情心，他开怀地说着，“那正好，你别去了，等我回去，咱俩一块儿去，我也去看看大好河山。”

程为站在电视柜旁听着他们聊，盯着宋媛的反应。

宋媛其实没兴趣和蒋鲲鹏同行，他们以前一起去玩过迪士尼，宋媛深知她和蒋鲲鹏的兴趣点相去甚远，实在不必硬扭在一起玩儿，于是她摇着头说：“别说我等不到你回国，就算你回来了，我也不爱跟你一块儿去，每到一个地方都赶得什么似的，不知道急什么！”

“我那不是……”蒋鲲鹏正想给自己解释两句，宋媛刚好一转身，他看到了一张深色沙发，马上在电话里叫起来，“宋媛，你真的买沙发了，走过去一点，让我看清楚。不错不错，等我回去了，我躺那儿刚好合适哈。”

宋媛听完立刻翻了个白眼，什么合适？哪儿合适了？她特地走近，让他看个清楚，同时解说：“你看到了，我这是张小沙发，盛不下你的大长腿，别打我这地方的主意。”

“没事没事，我哪儿都能将就。”

“你要是没事儿，我就挂了，我事儿可多了。”宋媛看了看站在房门口不远处给手机充电的程为。

这时候的蒋鲲鹏显得特别不重要，她没等他说下文，就把电话挂断了。

宋媛解决完了蒋鲲鹏，转身同程为对视了一秒。

她努力打破沉默，说道：“那个，你要是电量不够，充电宝借你带走吧，我不常用。”

“你这是希望我快点儿走？”程为也是思路与众不同得很。

“没有，哪有，那你，你慢慢充吧……”

程为一时没想出回话，凝滞在那儿！

程为那天走后，宋媛笼在一点憧憬的情绪里，沉默了一些时候。她转回卧室去，坐在床沿上，想着他说他没有女朋友，嗯……没有好啊。哪儿好呢？她没敢往下深想，大概是怕失望，只敢想这一点点。可就是这一点点，也让她觉得特别高兴。

与宋媛的默默开心不同，程为在回去的车上，并不特别高兴。车子开过湖滨路口，街灯晃过，他眼底郁郁，渐渐凝结了眉心：她本来是打算假期出行的，她想去哪里？蒋鲲鹏说可以陪她一起去……她想去的地方，我不能陪她一起去。我是被禁锢在这儿的困兽，受了诅咒一般，离不开这儿半步。

程为借着车窗外光线的昏沉，垂眸难过了一会儿，在心里沉沉地想着：这样越走越近，几乎不能自控，是要把她一起拉进这牢笼里吗？

程为提早一个路口下了车，他在街口的便利店里买了一块巧克力，他其实不太喜欢吃甜食，但巧克力可以接受。他小时候也爱吃各种零食，同其他孩子没什么两样，但自从爸爸出事后，世界就变得不一样了。

他有时候想，是命运在他的生活里加了太多料，唯独忘了放糖。他跨过一个又一个艰难险阻，个中滋味尝得太多，渐渐失掉了味觉，只好自己动手，添一点甜味进来。巧克力又苦又甜，喜忧参半，和他现在的生活一样。

走在渐浓的夜色里，他像一台精密仪器，精准运转不停，这时候忽然当了机，放空在那儿。

“哥！”有个脆生生的声音叫他，一个同他身高相仿的女孩儿由远及近地跑来，脑后的马尾辫左右有节奏地甩着。

“端端？你又跑去哪儿了？这时候还没回家？”

“我跟大爷大妈们跳广场舞去了，我妈知道的。”端端伶俐地回答着，她化着很浓的眼妆，眼周亮闪闪的，生动地朝表哥挑挑眉。

程为看见她这副打扮就眼晕，移开视线说：“你去跳广场舞，你妈能信吗？”

“信啊，干吗不信，我确实是啊，”端端一边言之凿凿，一边凑上前来抱着程为手臂，亲热道，“哥，你这大周六的，去哪儿了？是有小姐姐约你吗？”

程为把手臂抽出来，端端贴上来又抱住。

程为把剩下的半块巧克力拿在她眼前晃了晃，她立马松开了手，接住了巧克力。

端端嘴巴说个不停：“哥，我姑今天挺好的，都在店里，没出去乱跑。”接着又说，“哥，你今天是加班去了吗？还好你不在，今天那个小林姐姐又来了，和我妈在那儿有说有笑地聊了一下午，瓜子儿嗑了那么大一堆。”

程为停住脚步，转过头来，还没开口，端端先嬉笑着会意道：“你放心，她已经走了，我出来的时候看着她走的。”

程为放心地继续往前走去，端端还在耳边絮絮叨叨地说着什么，他没再听清。

下周五，程为要带妈妈去医院做复查，还要和王医生再商量一下是否能减少药量，他总觉得持续用药不利于妈妈社会功能的恢复。然而能在多大程度上恢复，他也不再抱希望了，像舅舅说的，吃了这么多年药，是不能变好了。

宋媛在假期的第三天，想起要打个电话慰问一下在远方的老宋和刘女士，她前几天应刘女士的几番明示，给刘女士买了一条价值不菲的丝巾寄回家，顺便问一下刘女士收到礼物后的心情如何。

“妈，你干吗呢？”

“哦，媛媛，我和你爸在海南呢。哎哟，海南这儿真热，还穿短袖呢……”刘女士兴奋地在电话里说着。

宋媛满头疑问，打断了她：“妈，你和我爸出去玩了？怎么没人告诉我呢？”

“告诉你，你就能来？告诉你有啥用？”

宋媛被妈妈一句话说得愣了会儿才勉强接过话头来：“哦，那个……妈，我给你买的丝巾，收到了没？好看吗？”

这是中年阿姨最爱的话题，电话来传来妈妈欣慰的回答：“哦，丝巾啊，收到了，好看好看，我都戴着呢，一会儿拍照给你看。”

“穿短袖你还能戴丝巾呢？不热啊？妈。”

“热什么？你这傻孩子，为了好看谁会觉得热？哎，我不跟你说了，导游要走了。”

宋媛听着手机里妈妈喊“老宋”的声音，自觉地挂断了电话，爸妈的退休生活如此愉快，她就别去打扰了。

程为这时候正在辅导端端做物理力学题，端端今年上高二，是个欢脱的不爱学习的青春少女，世界在她眼里，除了玩还有吃。她成绩特别稳定，也不偏科，所有功课都考不及格，但酷爱跳爵士舞。她跳舞时是人群里闪亮的星，其他时候，她是棵灰头土脸的菜。

程为受舅妈的指派，一有空就辅导表妹功课。不过，就像旱地里泼水，玻璃前吹风，端端刀枪不入油盐不进。他今天给她讲的是一道复杂的力学题，端端正在转笔，满脸的不屑，那表情仿佛在说：讲完了没？讲的啥？一个字也没听懂。

程为画完受力分析图，一伸手把她手里的笔打掉了，严肃道：“看懂了没？这种题型讲过好几遍了。”

“哎呀，你讲吧，我听着呢。”美少女不耐烦。

“是听见了还是听懂了？没听懂快说。”

“听懂了听懂了，你快点儿讲你的吧，你讲完不忙点儿你自己的事儿去吗？”端端垮着肩头，朝程为书桌上瞟了一眼，“看会儿你自己的书，那书叫啥名儿……”她抻长了脖子去瞄了瞄，说道，“《大宪章》……”这什么破书，听名字就无趣到土里。

程为抬头瞪了她一眼，恪尽职守地分步骤又给她解释一遍。

端端下巴抵在桌面上，向他摆摆手，示意她会了，不用再多言。

程为转身坐回自己书桌前去，等他再回头时，看到端端正埋头奋笔疾书。哟，是开了窍吗？还真听懂了？他不可思议地微微偏身，打算看清楚一点。

这一换角度，才发现端端正压着另一份试卷，对着那份试卷一字不落地抄写。果然在静悄悄作妖！

程为突然伸手过去压住端端的右手，她吓了一跳，警觉地抬起头来。

“不会就说不会，抄完了还是不会。”程为说着，顺手把那份写完的试卷抽出来，扫了一眼，这份试卷写得真工整，字迹娟秀整齐，字体有些眼熟，像从前一个他熟悉的人写的。

“哎呀哥，别吓人好不好，我马上写完了，”端端缓了口气，伸手抢回试卷，“你再讲，我也不会，我这样快点儿写完了，你也能交差了。”

“交什么差，你现在填满了，考试不照样不会。”

“我现在会了，考试也还是不会！”端端理直气壮，一把拽回卷子，继续抄起来。

程为站在一旁看她写，莫名觉得她说得也没错，确实是怎么讲她也不理解。他低头看那份写完的试卷，解题步骤清晰，写得整齐简洁，写字的习惯和宋媛很像，她总是最后一笔会稍稍长一点，他一眼就能认出。

高二时，宋媛的数学练习册曾经弄丢过一回，她自己不知情，是交给小组长后不见的，估计是被人拿去抄了，然后那人没给还回来。

数学老师上课时讲评作业，顺便惩罚没有按时上交练习册的三个人，破天荒地叫到宋媛的名字，老师自己也有些疑惑，反复看了两三遍，但本着一视同仁的原则，让没交作业的同学站起来。

宋媛说交了，放在组长桌子上的。于是老师让小组长上去找，确实没有。最后，宋媛也被罚站了一整节课，并且被要求写一份五百字的检讨。

宋媛做了许多年的模范优秀生，十几年的读书生涯里从没接受过这样的惩罚，下课时，她忍不住红了眼眶，坐在座位上许久没有动。

那天上课结束，程为看着宋媛坐在那儿低头写检讨，没有下楼去吃饭，一直疑心她低着头是因为在哭。

他们高中是封闭式管理，不到周末是不让学生自由进出的。程为生平第一次在放学后从学校教学楼的后墙翻出去，帮宋媛买了一本新的数学练习册回来，第二天一早放在宋媛课桌上。

程为还记得宋媛早自习进来，看到那本崭新的练习册时露出的惊讶表情，她拿在手里，四下看了一圈，迟怔了许久才坐下来。程为那时甚至还想过，如果老师要让她把前面的空白补齐，他打算帮她一起写，好在后来老师没有追究下去。

此时，看着端端在抄作业，程为忽然想起这些旧事来，仿佛就发生在昨天。他恍神了一会儿，继而转身坐回书桌前。

桌面一角摆着一个栎木相框，里面是有一年他和宋媛，还有蒋鲲鹏一起参加航模比赛时，带队老师临时拍下的照片。照片上本来是三个人，后来程为自己做了处理，只留下了他和宋媛。宋媛其实只拍到了侧影，她微微转头，像是要跟他说什么，有风吹过，她校服衬衫的衣领被吹得卷起半边，显得照片上的人既生动又温柔。

他看着照片上的人，那人现在就在不远处，她在忙什么？

宋媛在忙着做一道新菜，放假前，师父送了她一大包霞浦特产——头水紫菜，还详详细细地教她做紫菜煎。她这时候正在厨房里认真地搅拌地瓜粉，按师父说的，抓拌均匀，油温七成热，开始下锅煎。

很好，按照标准作业流程，她做得一步不错，可惜成品不行，外面焦黄，里面黏湿，似乎还有点儿没熟透。

宋媛端着盘子坐在餐桌边，有点儿沮丧。正午的阳光照在窗外的几棵马尾松上，参差疏离，像琴键上落的光。

要不，请教请教师父吧，也许是地瓜粉里水加得太多了，宋媛一边反思着，一边伸手把手机拿了出来。

手机屏幕打开的一瞬，宋媛忽然被那亮光照得怔住了片刻，打给师父吗？还是打给程为？

也不是不喜欢师父，只是更喜欢程为。

“喂，程为……”宋媛的声音听起来有点儿心虚。从前她最反感这种蓄意已久又佯装随意的行为，曾经因为陈欣欣总玩这套欲擒故纵的把戏，她便不肯跟人家做好闺密了。

到如今，她也不敢审视自己的行为。果然，做人还是要宽容，吹毛求疵还是太幼稚了，谁都不知道自己将来会走到哪一步。

“怎么了？宋媛。”电话里响起程为的声音。

宋媛看不到，程为因为要接她的电话，从书桌边迅速站了起来，瞟了一眼旁边抄作业的端端，绕到客厅的阳台上去了。

“那个，我问一下，你会做紫菜煎吗？”宋媛有点儿不那么理直气壮。

“你这时候还没吃午饭？”

宋媛被他问蒙了，解释道：“不是，这是我师父给我的，她教我做紫菜煎，说是小吃，不算正经菜。”

她一通解释，说完才发觉糟糕，说漏了嘴，磅礴的热血涌上面颊。

似乎那头的程为也是智商临时掉了线，他脱口问道：“那你怎么不问你师父？”

宋媛没有久经沙场的经验，这时候本该覆盖些别的话题，把这点儿尴尬遮过去，结果她心虚地语塞了，只顾着脸红，没想起补救。

程为话音一落下，仿佛提醒了他自己，他立刻智商回归，心里清明起来。

还好他们是在打电话，看不见彼此的表情。他没忍住，嘴角弯上来，笑了。

这一两秒的冷场，把宋媛的别有用心放大得无处躲藏。

她正说不出下文来时，电话里传来程为善解人意的声音："那你，准备好材料了吗？都有什么？说给我听听。"

"哦，"宋媛跟着程为的思路，仓促地接上话题，"材料我都准备好了，就是没做成，不知道是不是水放多了。"

"什么水？"程为问着，同时想了想，指挥她说，"我们视频吧，我看看你准备的东西。"

还好宋媛经过了些历练，几句话的工夫已经调整好了表情。他们视频连线，她神态正常。

程为开始隔空教她做。

"水不要太多，20 毫升左右，略有黏手，刚好。"他的声色沉稳，像在教一节高分子化学课。

果然，比师父教的精准得多。

在程为的远程指导下，宋媛第二次尝试，做得非常成功。

她端着盘子站在油锅边自己先尝了尝。

程为问道："怎么样？好吃吗？"

“嗯，好吃，比买的好吃。”宋媛满意地点头赞叹，全然忘了片刻前的尴尬。

“我们这儿一般还会加一点儿番茄酱，不过你不喜欢吃酸的，就不用了。”程为看着她两眼盯在盘子里的样子，靠在阳台一角，在阳光里微微笑着。

在镜头里扫到她没用完的半包原料时，程为提醒道：“剩下的紫菜收好，要扎紧袋口，别受潮了。还有另一种做法，下次我做给你看。”

“哦，好。”宋媛言听计从地去找夹子收拾袋口，同时脑中回放着他说的话，他说，下次！

她手上拿着封口夹，几番考虑之后，还是抬头来问他：“下次是什么时候？”语气里满是敦厚老实，连表情也是。

程为隔着屏幕看着她，忍不住要笑，低头掩饰着，回应说：“周末吧，等周末我再教你。”

“好。”

程为看到她眼里透出一点欣喜的光。

直到他们挂断了电话，宋媛眼里的那道光，还映在程为心里。程为一个人在阳台上又站了一会儿，隔着玻璃门，看到妈妈坐在沙发上看电视。他知道妈妈对电视里播放的内容没什么实质性的理解，只是个刻板动作而已，像一种必须要完成的仪式。

他和宋媛通话时的温暖笑容，透过他凝视妈妈的目光，冻结在这午后的日色里。

宋媛周一去办公室时，心情本来很好，但刚坐下没多久，就被领导叫到办公室去。原来，这一年度的“全国十大考古新发现评选”活动开始了，他们刚好有一处遗址符合参评资格，领导安排宋媛和另一位同事一起前往当地辅助各项筹备工作的开展。因为不远，他们当天下午就出发。

宋媛资历浅，没有参与过这样的评选工作，所以凡事都很勤快，本来以为一两天能完成的事，结果一连忙了四五天。评选要赶在截止日期之前完成，宋媛熬了几个通宵，反复修改了几次参评资料。

日夜颠倒，让宋媛忘了周末到底在哪一天。

程为周六一早给她打电话时，她刚刚躺下，脑海里翻腾的是多维空间掺着星辰大海搅成一团。

“喂，程为！”宋媛看到他名字时，努力地想集中注意力，刻意地坐起来，却带来一阵头晕眼花。

程为听出她声音的异样，迟疑着问她：“你还没起来？”

“嗯，不是，我是还没睡……我在外地出差，忙了好几个晚上……”她回答着，思路受阻。

“在哪里？”

“在安溪。”

“什么时候回来？”

“应该后天，后天我们所有资料都提交了，就可以回去了。”宋媛好不容易把眼睛睁开了，却听到程为说：“你们怎么还忙通宵呢？那你快睡吧，你后天几点的车，等你睡醒了发给我，我去接你。”

“哦。”宋媛答应着，脑袋不太灵光，嗡嗡作响，放下电话就睡了。

四个小时后，她忽然睁开眼睛，仿佛一瞬间接上了异时空的端口，他说什么？他说来接我？

宋媛“呼”的一声坐了起来，接我！谁会花时间去接一个自己不喜欢的人？

她无声地坐在那儿，几绺细软的头发没理顺，凌乱地散在一边。她睡醒后，智商仿佛也踏上了新台阶。他拒绝过她，那时他怎么说的，说他们隔得有点儿远。现在好了吗？

宋媛坐在床沿上，目光清亮，对着窗外射进来的重重日色，执拗地想：现在隔得不远了吧！

他拒绝她的话，她从前反复想过许多次。大概因为揣摩了太多次，渐渐放弃了从他那寥寥的几个字里找出别的意思的想法。宁愿相信他说的，是因为距离太远。

宋媛参加闽博招考时，某一刻曾悄悄这样想过：只是地理原因吗？不要紧，我能解决。

剩下的时间里，宋媛工作起来都特别有活力，一闲下来，就会乐观地想：没有了地域的障碍，是不是就没有问题了，我们之间就可以有很多机会吧。

她坐在临时办公的会议室里，装订最后一份材料时，发了一会儿呆。她盯着那朱红色的光亮桌角，想起程为转学那年高二暑假，他爸爸还没出事，一切还如常。夏日傍晚，他们家属院旁的碧湖公园里有很多散步纳凉的人，东北角上有一处灯光篮球场，几个汗流浃背的少年在抢篮板。宋媛被陈欣欣带着去人工湖旁玩狼人杀，她以前没参加过这些活动，这次是因为她之前应陈欣欣妈妈的请求，帮陈欣欣补习生物，让陈欣欣生物补考通过，才踏进这个陌生的圈子。

当时陈欣欣说有个朋友想认识宋媛，请宋媛一起来玩。宋媛没有多想，就来了。结果，到了现场，她着实开了眼界，先到的这些人都是男女自成一组，有些是她认识的，是别班的同学，有些她不认识，看起来不像是学生。她不懂，玩个游戏而已，一双一对的干什么。

陈欣欣介绍了个瘦高的男生给她，她便彬彬有礼地和他打招呼：“你好。”

瘦高男生笑了，笑得眼周都是细纹，说道：“你是宋媛吧，我认识你，以前开学的时候你做学生代表在台上讲话，我见过你。”

宋媛也不知道一句“你好”有什么好笑的，迟钝地寒暄说：“哦，那你，是哪个班的？”

结果引起了一群人大笑。

瘦高男生说：“我是……我是社会大学的，哈哈。”

宋媛一时没听明白，站在那儿有点儿僵。

陈欣欣笑着凑过来解释:“他已经不上学了,高中毕业就不读了。”

“哦……”宋媛终于听懂了，但她从没有过这种类型的朋友，不知道接着该说什么，所以仍旧僵站在原地。

瘦高男生倒是挺热络，大方地伸手说：“来，咱俩一组，一会儿我带你玩。”

但这热情，宋媛没能接住，她谨慎地后退了半步，开口问道：“一会儿，是玩什么游戏？”

瘦高男生一只手还伸在她面前，嘴角带着点儿戏谑的笑：“就是普通游戏，我们都这样玩的。来，你玩过一次就知道了。”

宋媛隐隐觉得，他们的游戏未必是她能玩得了的。她正犹豫着，有点儿骑虎难下，想先走，又找不到契机，忽然听到远处有个熟悉的声音叫她：“宋媛。”

宋媛迅速转头，看到从灯光处跑来的程为。

程为把篮球抛回球场，回头问她：“宋媛，你在这儿干吗？”

“我、我……”宋媛看了看眼前的人群和没了影儿的陈欣欣，不知要从何说起。她迟滞的工夫，程为已经跑到她面前来了。

宋媛自觉地挪了一步，站到程为身边。她刚刚没找到话头，这时候忽然敢说了，向那瘦高个儿直言道：“游戏我就不玩了，我该回去了，太晚了，我妈会找我的。”

她说着转身要走，对面的男生不肯放弃，仍旧想来拉她，嘴里说着：“还早呢，玩好了再回去……”

他伸长的手臂被程为偏身过来挡住了。

程为不客气地对瘦高男生道：“不早了，她该回去了。”

“你哪儿来的？”瘦高男生上前一步质问，和程为面对面，露出男人对着男人才有的角力表情。

宋媛从没见过这样的场面，紧张地看着他们，同时周围的人也都警觉地投来目光。

程为眼中倒是没有异样，他并未受谁的影响，转身要把宋媛带走。手臂被人扯住，他一用力，把对方甩开了。

这一甩手的力度，成了刀枪相见的导火索，对方追上来，撸起了袖子。

宋媛不知何时紧紧地攥住了程为的手腕，觉出他手臂上前所未有的力量。

还好这场对战并未发生，瘦高个儿被从人群里冲出来的陈欣欣和她人高马大的朋友拉走了。陈欣欣向宋媛使着眼色，叫他们快走。

宋媛拉着程为一路小跑，离开了是非之地。

跨出公园的大门，宋媛就有点儿跑不动了，她放慢脚步，悄悄回头张望了一眼。

程为居高临下地看着她，跟着她向后转了转头，问道："看什么？怕他们追来吗？"

"嗯，"宋媛诚实地点点头，"他们这些人，看起来很爱打架的样子。"

"你是怕我打不过他们？"程为停下脚步来。

宋媛被问得怔住了，实话实说："打架，是不好的，会被……"

"那你跑来这地方干什么？"她还没说完，就被程为先抢白了一句。

"我、我是好奇，就、就跟着陈欣欣来玩，来看看……"宋媛好学生做久了，经不起质问，一被人追问，就忙着低头自我反思，"我以后不来了。"

程为满意地点了点头，接着吓唬她："他们这帮人常常在公园里约架的，你跑来看什么？而且他们不光是打架，别的坏事也做。

你最好把你那点儿好奇心收起来，别用在这些地方。”

“还有什么坏事？”宋媛自来有颗闪闪发亮的猎奇之心，她一个没忍住，张口问出来。

程为被问得气竭，深吸了口气盯着她。

宋媛马上接收到信息，知错能改地摇着头：“哦，我不问了，我再也不来了。”

程为借着夜色送宋媛回家。走到她家楼下时，他停住了脚步。

他一停下，宋媛才恍然发现自己一直紧紧攥着程为的手腕。她赶紧放开，道了别，转身跑上楼去。

程为站在楼梯口看她一口气跑上四楼，楼梯间的声控灯随着她的动静一盏盏点亮，又一盏盏熄灭。

他在走回去的路上，还能感觉到手腕上被她抓过的地方有一点隐约的凉意，是她手心出了汗。

大概是一天后，他们暑期小组活动，在家属院的一棵老榆树下交换检查暑假作业。程为看见陈欣欣悄悄塞了一封信给宋媛，宋媛接在手里，似乎有点儿诧异，正低头看，被陈欣欣一把压到语文书下面去了。

他们活动结束后，程为特地走到宋媛身旁，伸手从她语文书下面把那封信抽了出来。宋媛紧跟着抬头看他，他已经着手在拆信了，同时用余光关注着她的举动。

宋媛慢了半拍，甚至没想起伸手抢回来，竟然还解释：“这个，陈欣欣转给我的……”

程为阅读的速度非常快，看完后严肃道：“这是那天晚上那个小混混写来的情书。”

宋媛听到这个，想伸头过去扫一眼，被程为一扬手，拿开了。她什么也没看清，嘴里为自己争取着：“是情书，那我看一下！”

“看什么！错别字连篇，语句也不通顺。”程为说着，把手里的信纸胡乱折了几折，塞回信封里，顺手放在了自己口袋里。

他心想：蒋鲲鹏不在，这些乱七八糟的事情就多起来了。

宋媛背好书包，跟着他走出去几步，还有一点仅剩的坚持：“那是写给我的，我还没看，你还给我……”

他停住脚步，回头毫不留情地瞪了她一眼，把她的话打断了：“你想看情书，我写给你，你想看多少我写多少，每天写一封都行。”

宋媛愣了愣，等再跟上去的时候，不得不跑了两步。

她没接上他的话题，一直想问他是不是说真的。

可他越走越快，她没机会问出口。

宋媛在安溪做完所有的参评工作返程那天，当地的同事送了他们伴手礼，她上车时拎在手里，等坐好时特地低头看了看，是湖头米粉。一般情况下，像宋媛这样的小年轻收到这类礼物，会让给办公室的中年同事们，不过这回，她没说什么，收下了。她坐在车上时暗自想：这种米粉我不会做，不会的好，可以问程为。

她昨晚把车次和时间都发给程为了，他说来接的。她看着车窗外飞速掠过的田地和山峦，估算着到站的时间。

可惜快到站时，她忽然接到程为的电话，他在电话里声色喑哑，说着抱歉的话，说他不能来接她了，家里临时出了点事，他走不开。

宋媛虽然也有一点失望，但马上表示了理解。她犹豫了一下，还是开口问他：“是阿姨吗？”

“嗯，”程为没有多想，如实回答，“我妈下楼时摔了一跤，我刚送到医院来，所以……”

“哦，那怎么样了？要紧吗？”

“还好，已经醒了，应该不是什么大问题，”程为解释着，“抱歉，说好去接你的。”

“没关系，我可以自己回的。”宋媛说完，心里想着还应该说点儿什么，一时没想出来，电话里安静了一分钟。

还是程为先开口：“我其他时候不太有时间，等周末来看你。”

“好。

宋媛答应着，挂断了电话。再看车窗外时，已是夕阳西下，万物染着落寞的余晖。

和她一起出差的肖老师因为住得远，宋媛便负责把所有证件材料带回单位去。

她到博物馆门口时，正好遇见小庄。

“哟，你怎么回来了？”小庄看见宋媛，既惊喜又惊讶，歪着头向她身后看了看，“不是说有人接你吗？怎么是打车回来的？”

小庄上周刚买了车，前两天曾热情地打电话给宋媛，问她回来的时候要不要体验接车服务，不幸被宋媛拒绝了。宋媛说有人接她，就不劳庄老师费心了，把庄老师弄得很是遗憾。

“接你的人呢？被放鸽子了？”小庄半扭着身子，一脸高兴。

宋媛看着他那张幸灾乐祸的脸，不忍心扫他的兴，点头配合道：“是啊，爽约了，我自己打车回来的。”

“看吧，你在这儿没几个朋友，别轻易相信那些浮夸的人，也只有我最可靠。”小庄热情地走过来帮她拿手里的资料袋。

宋媛这才想起来问他：“你在这儿伸头伸脑的干吗？等吴菲？”

“嗯，等我老婆来接我，她把车开走了，”小庄回答着，同时约宋媛，“你都被人爽约了，走吧，跟我们一起去吃烤肉，闲着也是闲着。”

“你不回家给舅妈们过生日？”

“近期没有了，下一拨，在两个月后。”

所以，宋媛这“留守儿童”又跟着小庄夫妇一起活动了。

吃饭间闲谈，吴菲忽然想起什么，问宋媛：“媛姐，最近我们那位大神师兄有联系你吗？”

宋媛正盯着烤盘上吱吱冒油的肉片发呆，被她一问，警觉地含糊了一下：“嗯，怎么了？”

“他前段时间跟我打听过你哎！”

“打听什么？”

“打听你是否单身，”吴菲单眼皮的眼睛里放着光，朝身旁的小庄瞟了一眼，“就我们偷听你相亲之前。所以，我们程师哥是不是要追你？我说你单身，未婚无男友。”

“说要接你的人，不会就是程为吧？”小庄浮想联翩，手停在那儿，举着的肉片开始滴油。

宋媛一边伸手给小庄抽了张纸巾，替他接着滴下来的油，一边机智地问吴菲：“那他呢，你不是说他好像有女朋友吗？”

“他没有吧，”吴菲当时也是随口一提，此时已经不记得了，接着宋媛的问题道，“你说的是有人看见他从舞场接一个女孩儿出来那件事儿吧？那也是道听途说，万一看错了呢。况且，据我所知，我们这位大师兄，被倒追了很多次，但从没听到过结果。我们私下都猜想是因为他妈妈的问题，他既没有时间，也觉得不能随便接受别人的好意，毕竟照顾这种病人是一件长期的事，一般人，呃……是吧，媛姐，你不是知道他家的情况吗？”

说起程为妈妈的病，宋媛也跟着沉默了，他是因为有个需要寸步不离照顾的母亲，才不能接受别人的吗？还是因为别的？他那年拒绝她，也是因为这同一个原因吗？

小庄听着她们聊程为，半天没说话，这时对宋媛认真道：“那他家这种情况，一时半会儿也解决不了。宋媛你还是好好想想，这可不是头脑一热的事情。程为本人当然没话说，但你自己得想清楚，都不是小孩儿，又不是一块儿玩两天再散伙儿的事。”

宋媛当然明白小庄的意思，也有点儿感动，是真朋友才会给她提这样的醒儿。她点点头，没有说话。他们不知道，她对程为的这份慎重，是浸透在时间长河里，旷日持久又经久不衰的执着；是他无论加了什么样的注释，拖了什么样的后缀，她都能义无反顾的选择。

不过，宋媛在后面的几天里，也认真考虑了程为妈妈的事情，她甚至找了相关的纪录片来看，想对这样的精神疾病能有更深入的认识。

周末，程为来时，宋媛拿给他看从安溪带回来的米粉，问道："这个怎么做？"

他低头看了看："你中午想吃这个的话，我们得出去买点材料回来。"

"嗯，好啊，那走吧。"

他们一起去路口的生鲜超市采购。树荫里，她走在他右手边，能听到他衣袖擦过的声音，细微的，真实可靠，不再只停留在想象里。

宋媛忽然开口问道："程为，阿姨好点儿了吗？"

程为转头看着她，点了点头，简短道："好多了。"

其实他没说实话，他妈妈刚查出了糖尿病，这以后，需要打胰岛素控制血糖，他最近正在学习使用注射器。

"你因为这个才一直没有女朋友吗？"宋媛直言不讳地问道。她想，等了许多年，就不必再等了吧，年少时问不出口的话，她现在要替那时的宋媛问一问。

程为显然没想到宋媛会这样直接问出来，不过也没什么，他从那天在博物馆门前看到她时，就在想这个问题了。他放慢了脚步，几乎停了下来，转头来看着她说："我妈的病确实是个问题，不过已经这么多年了，我觉得我可以照顾她，其实也没有大到要影响我个人选择的地步。"

程为说得很认真，希望宋媛能听得懂。宋媛抬头看他时，正有几缕从树叶缝隙里透下来的光映在他衣领上。

"你上次说，合适的时候会带我去看看阿姨的？"

程为彻底停住了脚步，他本来想要再等一等的，然而具体要等什么，等到何时，他也没有想好，也许只是有点儿怕，怕宋媛会后退，也怕就此会失去她。可她这样直面追问，让他忽然心里有了底。他调开视线向不远处的商铺张望了一眼，又垂眸来看她："下周吧，下周我来接你。"

宋媛向他微微笑了笑，她在这笑容里想告诉他，别担心，我不怕。

他们说完这些，快走到超市门口的时候，迎面遇上两个人，看起来像是一对母女，同宋媛擦肩而过。那个长鬈发的女孩走过的一瞬，回头来看了他们一眼，宋媛没在意。

等他们买好食材从超市出来，才走到路边树荫下，对面就有个长鬈发的姑娘朝他们走来，盯着程为，还不时转头向身后的中年女人指认着："你看，妈，是他没错啊。"

"小林？"程为也认出了对方，他诧异地站住了，同时几乎是本能地向后面赶上来的中年女人点了点头，客气道，"阿姨，你好。"

结果对方并不客气，那阿姨一步站定在宋媛和程为面前，威严地扫了一眼程为手里的购物袋，语气里的不满像她的白眼一样大："你舅妈不是说你没有女朋友吗？这女的是谁？你们这是干吗呢？"

她这么一连串的问题，把对面的两个人问得愣住了。

宋媛被横扫了好几眼，她脑子里迅速分辨着对方话里的恶意，同时抬头看了眼程为的表情。

程为似乎也有点没反应过来，这阿姨的质问，从何而来，他印象里，一早就把和这对母女有关的事情都回绝了的。

这阿姨有着中年女人特有的重量级眼神，见他们俩不说话，便觉得站在了道德的制高点上，对着程为不满道："小程，你这样可不行，当面一套背后一套，看着面上老实，底子里花样倒不少。你舅妈还说你忙得很，又要照顾你妈又要上班的，看样子你有的是空啊！”

这话就说得难听了，程为还在想这里面的始末，阿姨却开了口就停不下来，转头对着宋媛说：“姑娘，你跟他熟吗？他家里的情况你知道吗？别是只看上小伙子人不错，其他什么也不知道吧？他家里可是有个……”

“阿姨！”宋媛打断了这胖大婶的问话，“我和程为从小就认识的，他家的情况我比你清楚。”

程为转头去看宋媛，他从没见过这样和人针锋相对的宋媛。

“从小认识……”宋媛的话把阿姨说蒙了。

长鬈发的小林姑娘听着，眉头都挑起来了，扯着她妈妈的胳膊直撇嘴：“那还说他没女朋友，这明明就是有！你们还说好，哪儿好了？”

阿姨被她女儿摇得嘴角的横肉直抖，转脸来恶狠狠地说：“真看不出来啊小程，我是看着你工作不错又有孝心，才没嫌弃你家带着病人，没承想倒被你们给坑了。有没有女朋友的事，也是能随便瞎说的吗？你是不是连你舅妈也一起骗了？”

骗？谁骗谁了！宋媛听着心火直涌。

程为还在跟阿姨解释：“阿姨，我舅妈可能没跟你们说清楚，我从一开始就没答应过。你们第一次来的时候，我也不知情，所以……”

“阿姨，你话也说得太难听了，换个脾气大点儿的人，早就不理你了，”宋媛一边伸手挽住程为手臂，一边插进话来，“至于骗你吗？又能骗你们什么？”她说着话，迅速瞟了一眼旁边娇滴滴的长鬈发姑娘，用眼神把她们母女俩归为一类，接着说，“昨天没有女朋友，是事实，今天有了，也是事实，有什么不可以？正好通知你们一声，程为今后名草有主了，你们就不用考虑他了，有时间去看看别家吧。”

她口齿伶俐，句句清晰，说完还瞪了这母女俩一眼，把前面被她们连番的横扫还了回去。

程为自被她伸手来挽住的那一刻起，就自动忽略了那对母女的存在，只转头来看着她，嗯，她说得真好，“名草有主”，不错，说得还挺形象！

宋媛难得一见的气势汹汹，瞪圆的眼睛锋芒毕露。程为却越来越像个旁观者，他嘴角微微上扬着被她拉走，还顺便换了个手拎购物袋，方便让她挽住。

剩下林家两人站在树影儿里。

宋媛热血的一刻过了，边走边竖着耳朵听，想知道她们背后说什么。走出去一段路，她又忍不住要回头去看，被程为转头来制止住：“看什么？”

“她们走了。”她赶紧转回头来说，说完犹豫了一下，尝试着想把搭在他手臂上的手抽出来。

程为似有觉察，手臂用了用力，没松开，问道：“干吗？”

宋媛被他一问，忙解释道：“已经走了，看不见我们了……”她想，那演戏就结束了吧。

程为假意回头张望了一眼，配合地放下手臂来，但同时又伸开手掌顺势握住了她的手，声调平常：“那我们回去吧。”

宋媛被他这样拉着走进小区的大门，他掌心温暖，此时与她对握着。她忍不住抬头看他，眼神在问他：什么意思？

程为也边走边转头，也用眼神回复她：就是你刚刚说的那个意思。

直到走回宋媛家，程为才松了手。宋媛跟在他身后，默不作声，看他把买来的材料一样样拿出来，放在橱柜的台面上。程为虽然背对着宋媛，却似乎听得到她心里的声音，她在问：程为，你能说实话吗？你是喜欢我的吧？

程为终于停了手，时间好像静止在他手边。

那一点的间隙，他低头，最后再认真想了一想。转身时，宋媛仍旧站在他身后。

程为迎着宋媛坦诚的目光，话到嘴边，终究还是顿了一下：“宋媛，我、我其实一直很喜欢你，从小就喜欢……可我……”他有一点想为当年拒绝她的话做解释，临时又放弃了，改口道，“所以我，想再问你一次，为什么考到这儿来？”

他说的这番话，宋媛听得清清楚楚，字字入耳，直落进心底里。像她从前解不出的一道题，许多个夜晚暗自努力，无人知晓无怨无悔，等待了许久，等过了一整片汪洋的时间海，她终于解出了答案。

“因为你！”宋媛说话的声音像她目色一样宁静，是无数个日升月落里深思熟虑后说出的话。她以为这理由要永远深藏在潜意识里，原来只要他开个头，她就能说出口的。

没有再等他回应，她忍不住继续说下去，她很少能对人说出这样情真意切的话：“我也可以考别的省，我也考得进去，可别的地方没有你。”

宋媛这样郑重地说着，程为目不转睛地望着她。他有多么想听她说的这些话，每一句都是他世界里的光，边听边遏制不住地从心底涌出温暖来。

“还有呢？”他鼓励地问她，想听她继续说下去。

宋媛凝神了一刻，还有很多话，多得不知从何说起。

她停住了，看着他的眼睛，等着他回应。

程为没有回应，迟疑了片刻，伸出手来，把宋媛拉进怀里：“宋媛，我总以为等不到你了。”他轻轻拥着她的肩头，似乎不敢太用力，在她耳边解释着，“我那年拒绝你，我没有说实话，我是因为……”

“因为你妈妈的病？”宋媛抬头来，替他回答。

程为沉默地点了点头，其实就在此刻，他仍旧觉得有些不安。他本想等带宋媛见过妈妈之后，再决定要不要向前一步的，可今天，她挽上他手臂的那一瞬，他终于再也等不了了。

“我妈妈，她有时严重，有时稍好一些，我明天带你去看她，好吗？”

他眼中满是征询的光，那光刺在宋媛心头上。她点头，想安慰他，可终于什么也没说。

在她印象里，程为从不是欲言又止的人，可是不要紧，那么久远的答案她都得到了。

宋媛想：你看，只要我在这儿，再没有什么能挡在我们中间了！

再接着，他们那顿午饭着实有点儿晚了。

宋媛说：“我来帮忙。”

程为看了她一眼，不信任道：“还是我来做吧，你看着，等学会了再来帮忙。”

“哦。”她识趣地点了点头，站在他身边。

程为一边忙着，一边故意问她：“你今天得罪了我舅妈的朋友，不怕到时候难相见吗？”

“你说超市门口遇见的那两个人？”宋媛略回忆了一下，无惧道，“怕什么，你又不喜欢她，这事儿本来就不能强求。”她没多想，顺着心意说。

程为听者有意，她这立场转换得倒挺快，是他女友的立场没错。他转头来朝她笑了。

“你笑什么？”

“你几句话就把我的相亲对象说没了，”程为边说边开了火，转头来补充，“那你可要负责。”

宋媛听完就忍不住笑了："好，我会负责的。"

"嗯，负责到底！"他强调。

他们坐下吃饭时，宋媛看着对面的人，沉默了一会儿。

程为也停下来看她，眼神中在问：怎么了？

"你真的没有女朋友吗？"宋媛微微皱着眉发问，很谨慎的样子。

程为索性放下筷子，问道："我看起来像是有女朋友的样子吗？"

"这个，也是看不出来的吧！"宋媛说着话还上下打量了他一遍。

"我这么不可信吗？"程为严肃起来。

"那我听说，你被人看见，大半夜的从舞场送一个女孩儿回家……"

她这话把程为说得失忆了，他用力想了想，也没想起来："你这是听谁说的，哪有这样的事？"

"没有吗？"

"没有啊，"程为智商迅速上线，"你想想，我怎么会有空呢！就算是想做这好人，我也没有这时间啊。"

宋媛被说得迟疑了，但她不死心，提醒道："她穿得很少，你还借衣服给她。"

借衣服？他向来清醒，从来都和女生保持距离，一方面是实际情况不允许，一方面他心里有个人，实在装不下别的人，是绝不会做这样暧昧不清的事的。别说借衣服，单独聊天都很少。

衣服、舞场……程为忽然想起什么，知道她听说的是什么了，忍不住先笑了。

宋媛正看着他，他一笑，她就捕捉到了，问道："想起来了？"

他如实地笑着点了点头。

"是谁？"

"明天带你去见她。"程为还在笑着。

"我不想见，"宋媛断然拒绝了，"明天去见你妈妈，别人我不见，特别是这种。”

“哪种？”程为追问。

“前女友嫌疑这种，”宋媛直言不讳，看他脸上带着笑容，着实不满，严肃道，“过去的就算了，今后不许有联系，因为我会很介意的。”

“哦……”程为意味深长地附和着，但像是没往心里去，依旧含笑，低声说，“那有点儿难……”

“什么！”

“没什么，”程为马上回应，看着她一本正经的样子，终于配合地点了点头，“好，听你的。”说完，还是低头忍不住想笑。

这天剩下的时间，多是程为在看着宋媛，看她在厨房洗碗，看她去阳台上晾衣服，看她转头来问他：“你看什么？”

他是得多看看，他没看到她的时候太多了，从现在起，不得不抓紧时间多看一眼。程为倚在宋媛卧室的书桌边，看她桌面上放着一本摊开的《金雀花王朝》，他随手翻到扉页扫了一眼，垂眸笑了。

宋媛忙完手头的事，坐回书桌边，抬头同他对望着，也没有想起要说什么，大概只是想离他近一点。

程为被她看得有点不好意思，低头缓解了一下，再抬头时，开口问她：“我记得，你后来很少给我发照片，信息也很少，是为什么？”

宋媛心里有个声音嘹亮地回应着：是因为生你的气呀，你不是说，距离太远，只能做好朋友吗！但她回答时，眨了眨眼睛，故意问道：“什么后来？”

“就是……”程为想说就是被他拒绝之后，抬眼正瞧见她飘忽不定的眼神，他立刻止住了，她的意图他一目了然，临时改口说，“就是你和蒋鲲鹏去迪士尼玩之后。”

宋媛想：你倒是当真有智慧，想这么轻易地回避过去。

她坚持着，把话题拉回来：“那之前，大概发生了什么，打击了我的积极性！”

程为盯着她故意的眼神，终于无奈地调开视线笑了，妥协道：“这个问题就过不去了吗？我前面已经道过歉了！”

他这么轻描淡写地“道过歉了”，这个问题就能过去了吗？宋媛从来不是个爱翻旧账的人，可这时候，她忽然从心底生出些怨念来，替那些年花花世界中，一人独坐的自己。

“程为，如果我不来呢，你这道歉，要说给谁听？”宋媛身体微微前倾，向着他的方向。

程为大多数时候真的是这么想的，她怎么会来呢，她有自己的生活，毕业、工作、结婚生子，她的生活里没有他。他做好了见不到她的准备。

可她忽然来了！

“如果你不来，我就，不用道歉了……”

是啊，她不来，他们就没有故事了，所以她不能不来啊。

宋媛明白程为话里的意思，可就是觉得缺了点什么，她忍不住站了起来：“那你，再说一遍，我再听一次。”

“说什么？”

“道歉的话，我再听一次。”

程为近在咫尺地看着她难得的执拗，在心里渐渐升起别样的情绪来：我缺位了这许多年，她却只要一句道歉而已。

“宋媛，”他低声说，“我们以后再也不分开，好吗？”

程为语声温厚，回响在她耳边，他这段话确实比道歉的话动听。

宋媛眼底微潮，点了点头，还在想着他话里的深意，就已被他伸手来揽进怀里。他低头贴在她鬓边，有细软的发丝拂上他耳畔，有一点轻痒。

“我以后尽量少说抱歉的话，也不会让你再等我。”

也许是想说的话太多，宋媛一时不知道该回应什么。他不说对不起，只说今后的事，没错，他说得很对，她也愿同他一起，看向将来去。

宋媛忽然尝试着伸手环上他的腰身，原来怀抱着心爱的人，是这样的感觉，像虚幻和现实的重叠，是精神和物质在融合。

程为本来并未多想，是言语不能表达，才情不自禁地靠上前来，可被她手臂环住的一刻，他呼吸也随着凝滞了。

宋媛喃喃低语："程为，我是真的一直，在等你……"她说得太小声，小得像夜半呓语，隐约带着一点年深日久的委屈，他仔细分辨着，替她隐隐心酸。

程为不知道，宋媛的这些话，她从来不敢跟人说起，藏进潜意识里，对人对己，都成了不能说的秘密。若没有等到他，或许和他的道歉一样，永远都说不出口。

她说的是情深义重的话，若不是经年累月，蓦然说出来会显单薄，可她不同，她一字一句全都经得起时间的考验，是这世上最真诚又最滞后的表达。程为退开来想看她的眼睛，却先被她轻柔的呼吸扼住了心跳。她微扬的下颌，与他相隔寸许，他只要稍稍一低头……

"啪"的一声，床头的月球灯闪出一道极亮的光，又迅速熄灭了。他们同时转头看向光源，宋媛再回头时，才后知后觉发现他低头的角度……

被她清醒的眼神一看，程为立刻掩饰性一般松开了手，转身去看那盏灯："是……短路了吗？"

"嗯。"宋媛也不在状态，恍惚地点着头。

程为走过去查看月球灯的线路，她还呆在那儿。

他拔掉了插头，把组件拆开重装了一下，再插上时就好了，又能正常亮起，发着幽幽的、静谧的白光。

宋媛才想起走过去围观，忍不住道："你还……挺会修电器！"

程为回身坐在她床沿上，把床头柜推回到原来的位置，说道："我也有一盏，和这个一模一样。"说着，抬头来笑了。

"真的？"

程为点了点头，忽然觉得，也许可以这样想，从前许多个晚上，他们是在同一盏灯下。那后来，隔了很久，他偶尔说起，宋媛诠释得更好，她说这叫“谁知千夜里，各对一灯红”。

那天，程为走后，宋媛一人坐在床边，盯着这盏月球灯发了一会儿呆。今天好像发生了什么，又好像没发生什么，不过是告诉他，她喜欢了他很久，为他而来而已。可是还好，他说他也在等她。真好，等待终于过去了，原来等待是有尽头的。

宋媛进而又想：从此以后，我也是有男朋友的人了，再也不是单身公害了。

她眼睛亮了亮，小庄！对了，真想马上告诉他，我也是有家室的人……她这么想着想着，自己就笑开了。

第二天，程为按事先约好的时间来接宋媛，他在路上给宋媛讲妈妈的病情，顺便也讲了一点舅舅家的事。

“我妈因为长期吃药，糊涂的时候比较多，抵触陌生环境，也有点儿抵触陌生人。”

“哦，”宋媛点着头，不觉有点儿担心，“那她见了我，会不会……”

程为其实昨晚回到家，专程向妈妈讲起了宋媛，讲他们从前一起上学时的事情。妈妈坐在沙发上看电视，他把声音调低了，坐在旁边，一件事一件事地讲给她听，几乎讲完了整个中学时期。程为看着电视屏幕上透出的光影跳动在妈妈脸上，才发觉自己居然记得这样清楚，这些林林总总的记忆像被打了包，就放在他手边，等着随时被开启。

“妈，我其实等了很多年，也不知道在等什么，直到她来的那一刻，我才敢承认，我是在等她。”

程为握着宋媛的手，隐隐觉得她手心有点潮湿，她这是一紧张手心就出汗的毛病。他抬头看她时，眼角藏着一点狡黠：“要是我妈接受不了你，那我们的事情就难说了！”

“啊？！”宋媛听得忧心忡忡，“那怎么办？怎么才能让你妈妈接受我？”她开始焦虑，甚至在后悔没有多做一点功课，等会儿见面时万一哪里做得不好，说错了什么该怎么办。

程为看着她蹙起眉头，认真地发起愁来，他用力忍着没有笑，郑重道：“那得特别招我喜欢才行。”

嗯？宋媛听着他的话，分辨出一丝不可信的成分，抬头盯着他，警告道：“你这时候还有心思胡说。”

他终于忍不住笑了，用力握了握她手，让她安心，补充道：“我没胡说，我说真的。别担心，我特别喜欢的人，我妈一定也喜欢。”

“会吗？”宋媛还是忧虑，觉得这里面的因果关系不那么紧密。

“嗯，我妈很早以前就知道我喜欢你，”程为含笑地看着宋媛，“中学的时候，我们俩去参加一个表彰大会，有一张合影，我妈看到了，问我怎么牵着旁边那个女生的手。”

“有吗？”宋媛努力回忆着，她不记得他牵过她的手，特别是在拍照的时候。

“没有，”程为轻轻摇了摇头，接着道，“只是照片的角度问题，看着像是我牵着你的手。不过我跟我妈说，因为这是我特别喜欢的女生。”

他这样不紧不慢地讲起，宋媛听着，松开了眉头，笑了，他也跟着笑了。在这之前，这些事被他放在心里，只在没人的时候才拿出来想一想。

程为特地选在上午十点多钟带宋媛回家，这时他妈妈吃完了药，是相对最清醒的时候。他牵着宋媛的手，经过小区门口时先见了舅舅舅妈，寒暄了几句。舅妈脸色当然不怎么样，还好宋媛有准备，她和程为对视时悄悄笑了一笑，进而被他拉着转身走了。

宋媛跟在程为身后，走进他家时，一只手被他牢牢握着，然后看见他妈妈从客厅慢慢地走出来，用疑惑的眼神望着他们。

“妈，”程为边走进去，边向妈妈介绍，“这是宋媛，我跟你说过的，她是我女朋友。”

“哦……”程妈妈若有所思地点着头。

程妈妈身后的客厅里满是阳光，明亮的光线里，宋媛依稀辨认着记忆里程妈妈的模样。宋媛试探地称呼她：“阿姨，你好。”

程妈妈仍旧若有所思地点着头，没有回应。

程为拉着宋媛走进客厅，同时也把妈妈拉在身边，坐在沙发上。

宋媛谨慎地转头看向他，用眼神问：现在该说什么？

程为笑了，欠身过来，回答说：“你想说什么就说什么，不用问我。”

可她正是想不出要说什么的时候，他倒是把找话题的重任扔回来了！宋媛睁着大眼睛，再三看他。

程为终于会意，把面前茶几上摆着的一只果盘拉过来，对宋媛小声说道：“我妈喜欢这种香芋饼，你陪她吃一块吧，这是无糖的。”说着先拿了一块给宋媛。

宋媛这时极有眼色，转手把程为递来的饼拿给程妈妈：“阿姨吃。”

程为妈妈伸手接过，眼神却盯在宋媛的脸上看了好一会儿。

程为刚好起身去倒茶，宋媛只好乖乖地被看着，不作声，等程为快点回来。

宋媛正等得着急，门外响起了敲门声，她循声转头看向大门。程为去开了门，似乎是社区的工作人员，断断续续听到程为在和她们说话，说的什么，她实在没听清。

宋媛只好转回头来，看到程妈妈还在盯着她看，她谨慎地开口打破尴尬：“阿姨，我是宋媛，您不记得我了吧？我小时候和程为是同班同学。”

“我知道你。”程妈妈忽然开口，语速很慢，一字一顿。

宋媛听完吃了一惊：“您还认识我？”她不确定程妈妈说的话

能不能当真，尝试着又问了一遍。

程妈妈放下手里的点心，伸手来拉宋媛的手：“我认识你，你在阿为的照片里。”她边说边拉宋媛进旁边的卧室去。

宋媛一时无措地跟着她，同时转头向门口的程为张望。

程为大概也听到了动静，紧张得一步跨进来：“妈，你要干吗？”

“你来看。”程妈妈沉浸在自己的世界里，并没有理会儿子的问话，只顾拉着宋媛，径直走到程为房间的书桌前。

程妈妈拿起桌上的一个栎木相框，递到宋媛面前，缓慢地说道：“你不是在这照片里吗？我认得你。”

宋媛跟着低头来看，这照片上真的是她，这是什么时候拍的？在做什么？她一手接过照片，一手拂过照片上的自己。好像是一次比赛时，带队的老师拍的，后来老师把照片都给了程为，让他带给她和蒋鲲鹏，但她没见过这张照片。是被他特地留下了吗？他留了这么多年，放在桌面上……

程为看见妈妈只是拉着宋媛看他书桌上的照片，便站在门口没有进来。

此时，宋媛转头看向站在卧室门口的程为。被她这样望着，有一点被人当面指认的错觉，程为调开视线，看了看窗边被风吹动的纱帘。

“小程，那我们走了啊。”外面来登记常住人口的社区阿姨扬声叫着。

“哦，好，阿姨慢走。”程为回身出来，礼貌地送她们下楼。

为首的阿姨临走前又朝门里瞟了一眼，向程为点着头，低声道：“女朋友很漂亮，比咱们这儿的姑娘好看啊！”

程为也是第一次被人这样夸奖，不是夸他自己，而是夸他女朋友，是夸他的宋媛。他腼腆地笑了笑：“谢谢阿姨。”

这两个阿姨还在担心，听说他带女朋友回家，把他拉到一边去，忧心忡忡地压低了声音教他：“小程，阿姨多嘴一句，要是刚谈的女朋友，别忙着带回家来。等谈妥了，定下了，再说家里的事，不然那个……”

程为是这些社区阿姨们亲眼看着，一边照顾妈妈，一边又忙着上学的好孩子，她们私下闲聊过，这孩子好是好，有孝心，有担当，可惜负担重，将来娶妻生子可是个难题。她们每每在楼下碰见，总要夸他两句，但她们自己家的适龄女儿，是不愿意介绍给他的。

程为确实是个难得的好孩子，阿姨们的话一片善意，他听得明白，含蓄地笑了笑，解释着：“她，不是刚认识的，我们从小就认识，家里的情况她也清楚。”

“哦……”两个阿姨同时会意，又同时向前兴奋地挤了挤，要再看一眼里面的人。

程为善解人意地挪开一步，给她们让出地方来。

等她们走远，程为转身回屋来，看见宋媛和妈妈正并排坐在沙发上。

宋媛说：“阿姨，我就是这照片里的人，我是宋媛，我小时候还喝过您做的汤，您不记得了吧？”她着意地介绍着自己的名字，因为她看的纪录片里说，需要不断重复，精神病人的脑海里才能对一个事物留下印象。

可宋媛一提起汤，程妈妈就紧张起来，她急忙抬头，向走进来的程为说：“哎呀，我忘了买菜了，拿什么煲汤啊？”

程妈妈说着要站起身，被程为伸手按住了：“妈，不用忙，不用，我来。”

宋媛敏感地抬头看着他们母子，眼神里在问他：是不是不能提这个？

程为一手把茶几上的遥控器拿给妈妈，让她看电视剧，一边顺手把宋媛拉了起来。

他看着宋媛疑惑的眼睛，安抚道：“没有不能说的，说什么都行。你看，我妈记得你，就是能接受你的意思。”

宋媛被他拉着起身往厨房去，听着他说的话，心头一块大石落了地：“你说真的？”

程为含笑点着头，看她如释重负的表情，故意问道：“像考试过了关？”

宋媛诚实、愉快地点着头：“嗯！”

他想：这傻瓜……

程为把宋媛带进厨房，开始准备午饭。他站在厨房门口，后仰着张望了一眼客厅里正安静看电视的妈妈，也在心里渐渐放下了担忧。比起那年的情况，真的好多了，看来妈妈是真的对宋媛有印象。他在心里小小地庆幸了一会儿。

那年程为曾尝试过请保姆来照顾妈妈的，他几经踌躇，在家政中心请了一位阿姨。结果保姆一进家门，妈妈就异常紧张，坐立不安，一整个下午都在家里走动个不停，连药也不能正常服用，情绪明显地亢奋起来，直到保姆走后，妈妈才渐渐安静下来。程为坚持着，然而第二天依然如此，妈妈甚至出现隐约的躁狂反应，所以他第三天无奈把阿姨退了回去。同时，他也打电话给导师，放弃了去 K 大交流的机会。

程为今天看起来轻松，其实是怕把自己的紧张传给身边的两个人，情绪会感染。她们，对他来说都太重要，他不能出错。

他收回目光来，转向宋媛，她正挽起袖子在水池前洗手。他想：真的是我摆了许多年的照片起了作用吗？不，是她始终沉默却从没放弃的守望起了作用。

其实他那天听清了，她床头挂的那幅画，叫“守望的人”。

宋媛转过头来，皱着眉头问道：“要做什么？你买了什么菜？”

程为定神略想了一想，站着没动，故意先问她：“你会什么？你来做你最擅长的。”

宋媛发起愁来，伸手去拉台面上的购物袋，看看里面都有什么食材，低声嘟囔着：“没说要考验厨艺呀，我还以为……”

程为向来听力极好，他凑过来正对着她的脸：“以为什么？”

“嗯……”她被他问得一错愕，来不及转念，如实说着，“以为……只考验社交能力。”

社交能力！陪我妈说话算社交范畴？“你这脑子都装着什么？”他毫不客气地抬手推了她脑门一把，像从前她说蒋鲲鹏打篮球的样子比较帅时一样，他也这样没好气地推了她一把。

“哎哟。”

“想好做什么了吗？”程为拉过袋子来，追问道。

宋媛凑在袋口再三翻了翻，发现两只红彤彤的西红柿，马上欣喜地问道：“这个，是要做番茄炒蛋吗？”

“不是。”她那点儿高兴，程为看在眼睛里，无情地摇了摇头。

“哦……”宋媛又低头看了眼番茄，点头掩饰，“我猜就不是，哪能那么简单呢。是吧，程师父！”

“嗯，再想想。”程为鼓励地望着她。

宋媛放弃了挣扎：“我不会，你看这些鱼，我都叫不出名字。”她仰起脸来，一本正经地宣称，“我是外地人！”

嗬！还给自己找借口呢。程为听着她这“外地人”的解释，无言以对：“那就我来做吧，什么都不会的外地人。”

“好。”宋媛爽快地答应着，心想：还好，他是什么都会做的本地人。

于是，宋媛站在一旁围观，顺便递个盘子、尝尝菜。她看着他忙碌，间或偷偷看他眼睛，嗯，是真的放松。

她在心里悄悄地问他：阿姨没把我当成陌生人，你放心了吧？

等菜上齐，程为盛饭时，特地转头来，问道：“你还紧张吗？我妈对你有印象，还认识你。”

宋媛说：“我不紧张，阿姨说，她还见过我，在你的电脑里，等会儿你给我看看。”

程为没想到，这一会儿工夫，妈妈倒是什么话都跟宋媛说了。他把盛好的饭碗放在她手里，摇头拒绝：“不给。”

“嗯？我的照片，我看看都不行？”

“发给我，就是我的了。”程为理直气壮地回应，看着她质疑的眼神，甚至想说连你都是我的了。

吃饭时，宋媛坐在程为身边，和程妈妈面对面，听见程妈妈在絮絮叨叨地念着酱油水的颜色不够亮，莴笋干不怎么脆，又说汤炖得时间太短……

他们边吃边听着，趁着妈妈抬头看电视的空当，程为小声在宋媛耳边问道：“好吃吗？”

宋媛点头，也小声回答他：“好吃！”

她看见他转回去时含着笑。

他们刚吃过午饭，程为的电话就响了，他接电话时着意转头来朝宋媛的方向张望了一眼：“好啊，你来吧，带好钥匙，自己开门啊。”

因为程妈妈照例回房午睡，屋子里一片静谧。宋媛坐在程为的书桌前，看他打开电脑，在她眼前敲了一串数字，屏幕亮了，她跟着在脑中机械地回放了一遍，哦……

宋媛抬眸看他，他一手撑在桌面上，一手操作鼠标，打开一个叫“memory”的文件夹，帮她把照片找出来。宋媛心里却渐渐生出内疚的感觉：抱歉程为，你那串数字我已经不记得了，可我这串数字你还记得这样清楚。

程为其实有点儿不好意思，这些他保存下来的照片，是他拼凑的关于她的点滴，显得很琐碎。他退开一步，站在她身后，看着她一张张翻下去，没来得及看一眼她歉疚的眼神。

不多时，外面响起开门声，有人轻手轻脚地径直走进房间来。

宋媛听到动静，疑惑地转头看着来人，是个瘦高个的小姑娘。小姑娘十分熟稔地低声向程为说道："哥，我来看看……"说着回身关上房门，然后向坐着的宋媛展开笑脸。

宋媛礼貌地站起了身。

程为一切如常，介绍道："这是宋媛，叫姐姐。"同时告诉身边的宋媛，"我表妹，端端。"

"你好，姐姐。"端端真是个热情大方的人，笑着走到近前，把宋媛上下看了好几遍。

"你好。"宋媛还在想，要不要热络地问一问表妹上几年级，先被程为伸过手臂来，挡在了身后。

程为毫不客气地对端端说："你认贼呢，看来看去。"

端端倒也不示弱，一撇嘴，就近坐在床沿上，回怼道："好看才看的，瞧你小气样儿，姐姐都没说什么，是吧？姐姐。"

她这话问得，直把宋媛置于不义之地，点头也不是，摇头也不是，只好僵硬地呆了呆。

好在他们表兄妹迅速切换了新话题，宋媛成了悠闲的看客。

程为说："端端，你告诉姐姐一下，你最大的爱好是什么。"

端端警惕地偏过头来，眨了眨眼睛，又眯眼笑着回答："我那个，没什么特别啦，就是爱好点儿看书、画画、旅行……"

程为听着她胡诌，断然地替她回答："爱好爵士舞。"

端端大概猜到哥哥会这样说，赶着补充："排在最后，呵呵，我妈不让我爱好这个。"

“哦。”宋媛理解地点着头，犹豫着要不要夸她这个爱好很酷。

程为又问道：“你都在哪里跳，说说。”

端端嬉皮笑脸，含混道：“就，外面广场上……偶尔，也去一下舞场。”

“深夜舞场。”程为无情地替她加了定语。然后，他转头来看着宋媛，用眼神向她传达着：听清了吗？这个时间和地点。

宋媛被他一看，迅速明白了一点。

程为接着问道：“在深夜舞场斗舞，穿得还少……”

“哪有！”端端激动地打断了程为的描述，急得站了起来。

程为没有追问，只威严地扫了她一眼。

端端气短，嗫嚅着辩解：“有、有那么一两次，因为也不能穿着棉袄跳啊。”

“所以我每次奉命去抓你，还要借衣服给你穿。”

“谁要你借，我根本不想穿……”端端毫不领情，被程为狠狠瞪了一眼。

宋媛听着他们的对话，觉得十分有趣。

冷不防的，程为突然转头来问她：“怎么样？听明白了吗？”

“嗯，端端，很可爱……”宋媛忙着掩饰，顾左右而言他。

程为不理她这一套，靠近了再问她：“我的情况算说明了吗？沉冤昭雪了吗？”

宋媛抬头用力剜了他一眼，略偏了偏身，一手抓着他手臂，低声告诫他：“有则改之无则加勉的事，无所谓昭不昭雪。”

程为还没反应过来，听见端端不把自己当外人地凑过来问：“你们在说什么？”

“哦，我和你哥哥说，你这个爱好很酷啊，可以坚持下去。”宋媛机智地回应。

“真的啊？哥，你看……”端端一笑，露出两颗雪白的大门牙。

程为无语地瞟了一眼宋媛，拆台道：“姐姐这是客套话，别当真。”

宋媛被他一句话说得没了下文。

还好端端话多得像她的青春一样用不完，她撇开程为，自觉地挪到宋媛对面来：“姐姐，我妈说你在博物馆工作，那里面闹鬼吗？”

宋媛还没开口，程为先笑了，他起身往客厅去给她们倒水，边走边调侃：“这个，你姐姐知道的可多了，听她给你讲讲吧。”

“真的有鬼啊，像那个什么，卢浮宫里幽灵的电影一样？”端端两眼发亮，照射着宋媛。

“你是说，卢浮魅影？”宋媛猜测。

“嗯，对对对，你们博物馆里也有吗？”

“没有。”

程为把他这不学无术的表妹留给宋媛，自己躲出去，等端着水回来的时候，听见她们已经聊到别的话题上了。

端端兴致勃勃地朝宋媛脸上看着，问道：“姐姐，你抹的什么眼影，真自然啊，还好看。”

“我什么也没抹啊……”宋媛汗颜。

端端又问：“姐姐，你怎么没打耳洞，我认识一个打耳洞的师傅，手艺特别好，要不要介绍给你？你这种耳垂，戴耳钉最好看了。”

“呃，不用了吧，我怕疼。”宋媛推辞。

“不疼，一点儿都不疼，你看，我这一边都打了四个呢！一点感觉都没有。”

“哇，好厉害……”宋媛附和着。

后来，程为实在觉得宋媛快支撑不下去了，他一句话把她从这场漫无尽头的聊天里解救了出来：“端端，不早了，快回去写作业。”

端端苦着脸转头扫了她哥一眼，她哥不为所动。打满耳洞的美少女终于抵不过写作业的魔咒，余兴未消地回家去了。

端端走后，宋媛仍坐在程为书桌前看照片，虽然都是她亲手发给他的，这时再看，许多内容都有些记不清了，凝神时眼睛里不时露出疑惑的光。程为坐在靠窗一侧的沙发里，看他前几天没看完的《大宪章》，还时不时地偷偷看她。

宋媛终于转过头来问他：“这张也是我拍的？”

他寥寥抬头瞟了一眼，又看向她的眼睛：“这是你拍的你们学校元旦的新年活动，叫……钟楼晚会，是吗？”

哦，原来这一片黑乎乎的图像，拍的是学校的钟楼广场！宋媛找回一点记忆，在心里替自己解释：这个可能是手机的问题，所以拍得有点儿糊。

程为无意地补充：“你介绍说，这处钟楼是你们学校最高的地方，还说……”他说到这儿止住了。

“说什么？”时隔久远，宋媛一点儿印象都没了。

程为的视线从她脸上扫过，又收回，落到他手上的书页里，淡淡接续道：“说你们老师告诉你们，这是现代建筑学里的阳性崇拜。”

阳性崇拜？！宋媛听着，耳后一阵热血上涌，原本看着程为的眼睛极不镇定地移开了，转而看着桌角上的相框。嗯，当时老师确实是这么说的，不过……好吧，我那时大概只是当个学术问题拿来探讨的，没有别的意思。

过了一会儿，宋媛又悄悄转头来，瞄了瞄旁边坐着无声看书的程为，皱了皱眉：他这是什么样的好记性！

傍晚时，程为带妈妈下楼，顺便送宋媛回家。他们在小区门口遇到吃着棒棒糖的端端，程为把妈妈交托给她，嘱咐道：“陪你姑去小广场转一转，我有事，一会儿就回来。”

“好嘞，没问题。”端端爽快地答应着，伸手过来亲热地挽着程妈妈的手臂，同时在程为面前伸出另一只手，掌心向上，勾了勾手指。

程为面无表情“啪”的一声打开了她的手，端端一瞪眼：“我给我姑买甘蔗汁喝。”

“你姑不能吃甜的，你们转转就回店里去，不许乱买东西。”

“哼，小气。”端端一甩马尾辫，走了。

看她们走远，宋媛对程为说道：“我自己可以回去，不用送，端端……”她犹豫地猜测，“她看起来不太牢靠的样子。”

程为转头听笑了：“你看人倒挺准的，端端确实！”他含笑摇了摇头，“不过，就在家门口走走，不要紧的。”

“我不用送。”宋媛伸手推他的手臂。

程为顺势把她的手握住，他手掌温热，她指尖冰凉，正好被他全包在掌心里。

这时候，日光偏斜，从他们身后穿林而过，远远地投下两道修长的人影。宋媛垂目看着，看那两条身影跨过不宽的林荫道，映在对面马路上来往的人群里，忽然觉得恍惚。这样被他牵着走，像是从岁月里走出来，又像是要走进岁月里去。

“就走到路口吧，我叫辆车，很近，十分钟就到了。”宋媛抬眼望着前面不远处的三岔口，拉了拉他。

“嗯。”程为也跟着看了看远处，他还想说什么，还没开口，宋媛的电话响了，他看着她边走边接起来。

“喂，你怎么舍得打电话了，你不是说……”宋媛想说你不是说电话费很贵，以后要勤俭持家吗？

话没说完，先被电话里蒋鲲鹏的声音打断了：“宋媛，我买好机票了，原来悉尼可以直飞福州啊。哈哈，你那儿确实是个大都市！”

“你来福州？”宋媛一时没反应过来，“来转机吗？”

“啥转机！我来看看祖国的大好河山啊，况且咱俩很久没见了，你肯定也怪想我的，是不是？”

宋媛可算听明白了，不客气道：“你要来玩啊？可以啊，不过我丑话说在前面，自己订酒店，我还要上班，也不负责导游，全程自助，不许提要求。”

“不是，你那儿沙发不都预备好了嘛，我哪能不去捧捧场，是吧，你就不能让我省点钱吗？我这么节衣缩食的。”

“哼，节衣缩食地去参加游艇派对吗？”

程为听她说话的语气，猜到是蒋鲲鹏。已经走到路口，他站定听了一会儿，听出蒋鲲鹏似乎是想要住在宋媛那儿。

宋媛还想说什么，程为低头想了一想，伸手到她面前，示意她把电话拿过来。

程为把电话拿走了，不紧不慢地说：“你好，鲲鹏，你什么时候到？我和宋媛去接你。”

宋媛赶紧凑过去听，那边似乎凝滞了一分钟：“好啊，我把航班信息发给宋媛，你们记得准时来接啊。”

“好。”程为简短道。

宋媛抬头来看程为，关切地询问：“跟他说清了吗？让他先订酒店。”

程为把手机放回宋媛手里，笃定地向她笑了笑，简单道：“他知道，会订酒店的。”

是吗？宋媛将信将疑，总感觉他们什么也没说，怎么就算说明白了？

宋媛在回家的路上，心里还有些不安，那时她和蒋鲲鹏理直气壮地宣称过，自己是来追求职业理想的，要好好从事学术志业，现在呢！

她坐在床边的沙发上，拇指反复摩挲着手机边框，在心里替自己辩解着：现在学术志业不也还在，只是顺便找到了爱情。

蒋鲲鹏到的那天，宋媛和程为一起去长乐机场接他。

临近春节，机场的人流量明显增大，他们从人群里穿过，程为伸手把她拉在身边。

在来的路上，宋媛特地把蒋鲲鹏近期的照片翻给程为看：“你肯定不记得他长什么样了吧？喏，这个是他。”宋媛指着手机屏幕。

程为看完点了点头，没什么特别的表情，只是问道：“他这些照片的日期都很相近，他倒是经常发照片给你。”

“可不是吗？”宋媛边点头边说，“这家伙，但凡在社交圈里有一点阶段性的成果，就要找我炫耀，常年如此、从不间断。”

程为听着，只附和地笑了笑，这时车子转过路口，他顺势看向窗外，“常年如此、从不间断”，他在心里重复着她的话，听起来多么耳熟！

他们来得有点早，只好在出口多等一会儿。

蒋鲲鹏去年一年没有回来，此时突然出现在宋媛面前，她也有点认不出，眼前这个皮肤深了好几个色号的高个儿青年……哦，是那个小麦色的派对达人啊。

“看什么？没见过真帅哥？”蒋鲲鹏边走近，边顺手把行李车交给旁边的程为，一点儿也不客气。

“你怎么黑得像从非洲回来的？”宋媛转过弯儿来，忍不住脱口而出，又哼哼着道，“可见，沙滩、泳池你一个没少去啊！”

“不然我在那儿干吗？研究高精尖吗？哈哈哈……”说完，蒋鲲鹏还迅速瞟了一眼帮他推行李的程为，他笑声爽朗，盖过了机场广播的声音。

他们还像从前一样，宋媛走在两人中间。

她关心地问蒋鲲鹏：“你订了哪家酒店，我们送你过去。”

“我不是说了，住你沙发上嘛，你怎么这么不热情，小时候你还躺过我家地板呢。”蒋鲲鹏转头来撇了撇嘴。

宋媛听完立刻蹙起了眉头，无声地转过身来，看向程为，用眼神追问着他：你不是说你表达清楚了吗？你看！

程为倒是没什么特别的表示，只迎着她的目光，笑了笑，那表情仿佛在说：放心，他说说的，不会住你那儿。

宋媛疑惑，没太看懂程为那点笑容的深意，决定还是靠自己，转头对蒋鲲鹏说：“我窗户外面有棵巨大的榕树，要不我给你在上面搭个窝，你住大树杈上，行吗？”

“行啊。”蒋鲲鹏回答得中气十足，毫不客气地向宋媛扬了扬眉毛，亮出圆润的播音腔。

蒋鲲鹏最后没住在树上，他订了宋媛家对面不远的酒店。在大堂办好入住，他转身来扫了一眼牵着宋媛手的程为，眼角飘过不屑的神色，装作无事道：“走吧，上去坐坐，像我们这样的发小关系，应该喝酒到天亮，对吧？”

这时外面已经天黑，街灯陆续亮起来。宋媛抬头看了看酒店墙上的钟，拒绝道：“你不用倒倒时差吗？归国赤子，先把你的黑眼圈睡回来，我们再约吧，跑不了的。”

“哦，也行，”蒋鲲鹏毫不介意的样子，向宋媛轻松道，“没事儿，咱俩反正住得近，随时来。”

“好。”宋媛爽快地点点头。

她和程为目送蒋鲲鹏进了电梯后，转身穿过富丽堂皇的大堂。宋媛抬头关心程为的时间：“晚了吗？你来得及吗？”

程为低头看她，看她眼睛里投来的关切的光，交织着一点为了他和他妈妈的担忧。

他伸开手臂把她揽进臂弯里，低声地告诉她：“没关系，我出来的时候，安排好了。”是只有他们两人才能听到的声音。

蒋鲲鹏来的这天正好是周三，第二天宋媛照常去上班，傍晚时，她收到蒋鲲鹏的微信："有没有好吃的，帮我带一份上来。"

宋媛正走在回家的路上，想了想，回道："你要是睡醒了，就过来一趟吧，我现在厨艺见长，做饭可好吃了，你要不要来尝尝？"

蒋鲲鹏迟疑了一会儿后，发来哼哼唧唧的语音："可以是可以，不过你先说说，你晚上做啥，万一我不爱吃呢？"

"哦，那你别来了，等着我给你叫个外卖吧，我肯定做不出你爱吃的满汉全席。"宋媛黑着脸说。

"也好，你就随便给我叫个佛跳墙吧，我也不挑食，呵呵。"蒋鲲鹏含蓄地客气道。

"好，你等着！"

大约过了个把小时，蒋鲲鹏抱着一包东西，悻悻地找上门来。

宋媛晚上做炒米粉，刚刚做好，正油光锃亮地摆在桌面上。她开门看见来人，有点儿想笑，问道："怎么样，著名的佛跳墙还合胃口吗？"

"还行，就是有点儿冰！"蒋鲲鹏没好气地把那盅冰冻的成品拍在她桌上。

宋媛盯着他的脸，乐得合不拢嘴，她在线上超市帮蒋鲲鹏买了一份单人份的冰冻佛跳墙成品，她边控制住自己的笑神经，边向他强调："这个不便宜的，花了我六十九块钱呢，你看它多正宗，看这罐子，盖子上的佛像多生动！"

蒋鲲鹏耷拉着嘴角，把那盅生动的成品推给宋媛："我舍不得吃，特地带来给你。"他说话间一脸郁郁，大概是太饿了，闻到面前那盘油光锃亮的炒米粉冒出的香气，趁着宋媛没端走，捞起筷子迅速往嘴里塞了一口。

"哎哟喂，真烫！"他龇牙咧嘴地忙着散热。

宋媛在旁边站着，同情地瞟了他一眼："可不是嘛，刚出锅的。"

不过蒋鲲鹏饿了一天，饥不择食，没等宋媛把那盅佛跳墙热好，就风卷残叶般干掉了一整盘炒米粉。他一边朝厨房的玻璃门里张望，一边喊着：“你这个挺好吃，还有没有？”

宋媛站在灶台前，顺手把另一盘端出来，提醒蒋鲲鹏道：“你的佛跳墙快热好了，你少吃点米粉。”

“我对那盅汤没兴趣了，你这个是啥？确实挺好吃，有点儿手艺。”蒋鲲鹏一向嘴毒，难得有好话。

宋媛听着颇为顺耳，笑眯眯道：“是吧，这是我跟高手学的，等我再接再厉，再多学一点。”

“哪个高手？”

“程为。”

蒋鲲鹏听到这个名字，筷子停在半空，看着宋媛解下围裙，大眼睛里闪着一点骄傲的光，坐在对面座椅上。

“他还会做饭呢？他是怎么把自己搞得面面俱到的？”蒋鲲鹏懒懒地放下筷子，伸头看了看旁边的炖盅。

宋媛听他这么说，心里涌出一点伤感来。她看着眼前神采奕奕的蒋鲲鹏，想起高中那会儿，他们三个一起在学校外的小餐馆吃饭，宋媛点了一道地皮炒蛋，菜上来时，对面的两个人同时凑上去看，程为举着筷子犹豫再三，谨慎地问道：“这个是什么？黑乎乎的。”

宋媛本想给他们扫个盲，被他一问，忽然矜持了，看着这两个没见识的人，幽幽地鼓励道：“尝尝啊，尝过就知道了，好吃的。”

“你看她表情，这里面肯定有诈！”蒋鲲鹏和程为对视一眼，断定道。

那时，程为和蒋鲲鹏一样，对烹饪知识一无所知。如今，蒋鲲鹏也还是跟着番茄一起光合作用的水平，程为却……

“程为他……”宋媛因为想认真讲一讲程为的故事，不自觉地靠到桌面上来，“他当年转回福州，不是因为高考，是因为他爸爸出了事故，去世了，所以……”

“我知道啊。”蒋鲲鹏从汤盅上抬起头来，坦然地打断她。

“你知道？”宋媛吃惊。

“你爸都知道，我爸怎么会不知道呢？”蒋鲲鹏抬头向宋媛递了个彼此都懂的眼神，补充道，“是吧？！”

宋媛点着头，同时翻了个白眼。

“所以呢？”蒋鲲鹏欠身自己抽了张纸巾，擦了擦手，“单亲的发小，特别值得同情？”他向宋媛发问，努力地克制着情绪，其实他后面还想说，同情到以身相许？可看到宋媛认真的样子，他终于没说出口。

宋媛没在意他话里的异样，接着说程为的事：“后来，他妈妈受了丧夫的刺激，又和他爷爷奶奶那边有了矛盾，精神上出了一些问题，渐渐地，越来越严重，就需要人长期照顾了。”

她只说到这儿，没有再往下说。

蒋鲲鹏脸上不屑的表情还没收尽，转而添上一层难以置信的神色，停了一会儿，他才猜测着开口：“精神问题？！所以他去F大，是为了照顾他妈？”

宋媛点了点头，她也替程为遗憾了许多回，那些灯光璀璨，人才济济的舞台中心，程为不能去。

蒋鲲鹏本来跷着腿坐在宋媛对面，这时他靠回椅背上，沉默了好一会儿。程为怎么染上了悲情的色彩？他明明是个高考失利的人，人生态度软弱，偏安一隅，只有这个眼盲心也盲的宋媛才对他念念不忘，为了一个不值得的人，执着得像个傻瓜。

蒋鲲鹏甚至已经和程为约好了，周五晚上，要程为请他去最好的酒吧，喝最烈的酒，讲最直接的话，说他蒋鲲鹏除了输掉宋媛以外，其他从没输过。

然而，这时，蒋鲲鹏垂眸盯着桌面上残留的一点汤汁，陷入了沉默，又听宋媛讲了一点程为照顾妈妈的日常。

蒋鲲鹏仍旧盯着那一点圆润的光，疑惑着：奇怪！程为怎么没有拒绝？我约的这个时间，他能出得来吗？哼，最讨厌这种自以为沉默是金的人，以为世界尽在掌握吗？瞧不起谁呢！

蒋鲲鹏本来一直以为程为这些年从来没出现过。他远在海外，还每年回来看宋媛，虽然他也知道宋媛瞎，看不见他，可他始终觉得自己是有情有义的人。不像程为，忙着自己的生活，从没顾上过宋媛。可惜宋媛是个死心眼儿，别人不知道，他蒋鲲鹏最清楚。他总是怀疑，宋媛一来，程为马上接受了她，这里面一定有什么猫腻。男人心底的圆滑和算计，只有男人的眼睛才看得最清楚。他赶回来，是要拆穿程为的伪善。

听完宋媛讲的这些事后，蒋鲲鹏原有的想法被彻底颠覆。他趿着酒店客房的拖鞋，穿过车水马龙的街道，回酒店去。走过大堂时，忽然在心里想起一个人，一个和风车作战的人。他低着头走进电梯，在心里自嘲地哼笑了一声。

周五一早，蒋鲲鹏给程为打了个电话，推迟了喝酒的时间，改在周六下午：“咱们老同学了，就别搞那套虚的了，来酒店喝吧，我准备好酒，你准备好故事。”

他们自有男人间的默契，周六下午，两人相对坐在酒店客房的落地窗前，各自都不提宋媛的名字。

蒋鲲鹏说：“当年我说，谁也不许先表白，后来你到底遵守了没？”

程为点点头：“我没说。”他是真的没说，然而也是真的后悔过，在高三转校那年，回福州的路上，他后悔了许多遍。但同时还在想，没关系，蒋鲲鹏说得没错，等高考结束，他们约好时间一起表白，看她会选谁！那时还会有机会的。可惜，程为没等到那一天，他妈妈病了，他在这件事情上，失去了选择权，后来甚至等来了她主动的表白，然而那时，他也没能接受。

程为想着这些事，见蒋鲲鹏正盯着酒杯里的威士忌发呆，便开口问道：“你为什么没说？”

蒋鲲鹏从杯口上方抬眼来看程为，他没说是因为他最后没参加高考，直接去了澳洲。他妈妈没跟他多商量，把所有手续都办齐了，全家都不允许他有异议，他不得不走。他一走，便有种再难回来的感觉。那时，没了程为的威胁，他想再等一等。没过多久，他听宋媛说要攒奖学金，去一个她一直想去的地方，他一度以为宋媛是要来悉尼，暗自开心了很久。可后来，宋媛说她不去了，他问她不去哪里。她说，她不去福州了。他那时才知道，她是想去找程为。宋媛终究还是看不见他。

蒋鲲鹏抬手抿了一口酒，潇洒地说道：“我那年一出国就遇到更好的了，我可不像你们，来来回回走不出小圈子。世界很大的，好人儿也很多……”他说着，不屑地瞟了程为一眼，又喝了一大口，酒水入喉，冰凉蚀骨。

程为喝得慢，他从不和人拼酒，意思一下，点到为止，许多事情，靠硬拼是拼不出结果的。他们接着又聊了一会儿，程为记得后来聊到一些同学。

蒋鲲鹏提起他有个同学是北大医学部在读博士，跟着一位非常著名的导师，还笑着说：“国内优质的医疗资源，都可以找他帮忙。”

程为听在心里，没有特别的回应，心想：宋媛跟他说过了吧。

第二十二章 烫伤

蒋鲲鹏是第二天走的，他说：“我得回家当妈宝男了，你们在这儿好好建设祖国吧。”

宋媛说：“你放心，祖国就交给我们了。你回去记得帮我妈换张社保卡，等我回去估计社保处都放假了。”

蒋鲲鹏听完，翻着白眼儿进了安检口，再也没回头。

出机场的路上，程为说道：“他大概以后不会再回来了。”

宋媛听着半空掠过的巨大引擎声，声色悠远，说道：“也许，从走的那一天起，他就没有准备回来。”

程为转头看她，她正微仰着下颌，眼睛里倒映着那架穿云而过的飞机。

飞机越飞越远，终于飞过了云端。

他们无声地走出一段路，宋媛伸手来想找程为的手，被他顺势包在掌心里。

宋媛自从上次见过程为妈妈之后，程为就和她商量过，周末只要有时间，要经常来。宋媛明白他的意思，他是为了尽快让妈妈习惯家里多一个人。

所以出了机场后，她跟着程为回家。

程为低头问她："到年底了，你们会提前放假吗？"

宋媛正在看程为微微发白的指甲，清白圆润，听见他问的话，摇了摇头："不会提前，我们也按法定假期放假的。而且主任说要安排人员值班，不过我因为家太远了，特地不排我。"

"那你也是初七就回来，是吗？"

她还没走，他就已经在算她回来的时间了。

宋媛想了一想，笑着说："初七就正常上班了，我初六就得回来啊……"他居然算错了，数学这么好的人！其实宋媛在心里计划过了，她打算订年初五的返程机票的，她想留一天给程为。

"哦。"他反思了一下，是啊，是初六，不长，没几天。他同时为另一件事有点担忧，他看着她微笑着的眼睛，没有说下去。

他们到家时，程妈妈一如既往地坐在沙发上看电视，端端趴在茶几边，似乎在写作业。

见他们进来，她马上歪着头冲程为叫着："哥，怎么才回来？再不做饭，我和我姑都要饿死了。"说完把自己的大长腿盘在一起，一错眼，看见走在身后的宋媛，嬉笑着热情道，"嫂子来了，哈哈，那今天我哥会做好吃的。"

宋媛被叫得一愣，一点客气的笑容僵在嘴角。

"叫姐姐，"程为边脱外套，边纠正端端，"不要乱喊。"

"楼下那些阿姨们都说肯定是你老婆了，你老婆不就是我嫂子嘛。"端端一本正经，其实她留着心眼儿，没全说。楼下那些大婶们的原话是"如果你哥带的这个女朋友再来第二次，那肯定就是你嫂子了"。她在脑子里翻了翻，觉得是一个意思，没错。

程为听她说得这样自然有理，原有的一点尴尬也被信服取代了。他转头去看宋媛，宋媛正睁圆了大眼睛望着他。他一下就被看笑了，转而伸手把宋媛拉到身边来："别听她胡说。"他潦草地解释。

宋媛听见身后端端在嘟囔："哎呀，我哥笑起来还挺好看。"

她接着看见程为拿出钥匙开厨房的门，原来他平常是把厨房门锁住的。嗯，是因为担心妈妈进厨房会有危险吗？

程为这天准备了上次答应过宋媛的，教她紫菜煎的另一种做法。宋媛站在程为身后，看他把海蛎和紫菜放在一起，加了蛋液和葱花，看起来就很好吃的样子。

他着意偏身过去，好让她看清楚，一边开火，一边问宋媛："看清了没？下次你要不要自己试试？"

"嗯。"宋媛倾身过来看，被程为伸手拦在一侧，提醒道："小心！"怕热油溅到她。

第一盘出锅的时候，程为转身递给身旁的宋媛："尝尝。"

宋媛兴致勃勃地夹了一块，送进嘴里。

"哎哟，好烫！"她筷子还举在手里，被烫得不知怎么好，匆忙转身去找垃圾桶，吐了出来。

程为赶紧放下盘子，在心里后悔，忘了是刚煎过的东西，肯定把她烫坏了。他扶着她的肩头，低头问道："烫了哪里？我看看！"

宋媛大概是夹了一块最烫的，嘴唇和上颌一阵灼痛，眼里泛起了泪花。她抬头对着灯光给他看，一时说不出话来。

程为在灯下凑近，她本来唇色饱满，他从前没注意，现在集中精力仔细看，才看出她下唇边有一点特别的深红，应该是被烫的。宋媛疼得眼角又覆上一层泪花，忍不住舔了舔被烫的地方，问道："是不是起泡了？"她自己感觉不出来。

程为看着她，无声了一秒。

她抬眸，满眼的泪光，询问道："看我被烫得严重吗？"她没等来他的回答，却等来他在她焦急的目光里，低头挡住她眼前的光，他亲在她下唇上，那点被灼痛的地方，轻轻替她舔了舔。

程为鼻息温润，从她唇边扫过，连带着把她的痛觉神经也切断了一刻。她眼中的人被放大到无穷尽，清晰得过了头，便有些模糊，只听到他幽微的声音："没有起泡，有点红！"

宋媛那点儿理智被程为突然一亲，亲得没了作用，呆愣着许久没有回音。

他便趁机再亲一下，还清醒地为自己掩饰，低声问道："还疼吗？"

宋媛终于有了反应，专心地回答他的问题："有一点……"她的唇几乎贴在他嘴角上，她一说话，带给他一阵微痒。他眼神中升起藏不住的笑意，同她对视着，看到她的目光渐渐凝成焦点，里面映出一个微缩的自己。

程为想：既然还有点疼，那就……可被她这样清亮的眼神笼罩着，忽然有一丝心怯，迟疑了一秒。

"哎呀！还有没有饭吃了？"不知何时，端端一颗圆圆的脑袋伸在厨房门口，做着古怪的表情，嚷嚷道，"你们这——样做饭，什么时候能做好？！"

门里的两个人被她的说话声打断，还好程为反应迅敏，伸手把宋媛拉进怀里，挡在身侧，转头拿出兄长的气势吓唬端端："出去！"还顺手把门推上了。

可宋媛还是抑制不住地耳后发烫起来，加上听到门外传来端端阴阳怪气的笑声，她的热血像蔓延的春草，迅速满溢到脸颊。

程为倒是比宋媛镇定得多，松开手时，还不忘问她："现在也看不出来哪里红了，应该不疼了吧？"

宋媛抬头狠狠剜了他一眼，同时也发现他耳郭上一点没褪尽的潮红。她靠上去伸手摸了摸，微烫。程为一偏头，躲了。她就看着他笑，听见他一边接着忙碌，一边低声喝止她："不许笑！"

他们做好饭菜端上桌，端端一直咧着嘴合不拢。

程为吃到一半，实在受不了，放下筷子，"啪"的一声，把旁边的宋媛也吓了一跳。

“端端，你再这样乐下去，就不用吃饭了，光笑也笑饱了吧。”

端端一点儿不怕，她心想：你俩这是做贼心虚。

她不理她哥，专门对着宋媛道：“嫂子，那你今晚是不是不走了？”

“啊？！”宋媛第一时间没有听明白，等明白过来，深深吃惊，这小姑娘懂得真有点儿多。

“端端！”程为忍无可忍地放大声音。

“哈哈哈。”端端只顾着自己前仰后合，觉得他们特别好笑。

“吃饭，不能笑，会呛着的。”程妈妈一字一顿，在旁边慢悠悠地说着，提醒他们。

所以一吃完午饭，程为迅速把乐不可支的端端打发走了。

宋媛站在客厅门口，看他风卷残叶般把美少女送出门，回身来似乎还长舒了口气。

程为走近，程妈妈问道：“阿为，端端回去了？”

“嗯，回去了，她还要写作业。”

“那，媛媛，你什么时候回去啊？”程妈妈问宋媛。

“我……”宋媛回头来，一时语塞，她当真没想好几点走呢，程为说晚上要做蒸鲂鱼肝，她没想早走。

“妈，宋媛是我女朋友，你忘了吗？”程为走到妈妈跟前提醒着，耐心地解释，“她要在这儿陪我的，而且，以后她会一直在我们家。”

“哦。”程妈妈若有所思地点着头，但似乎并没听太懂。常年不断地药物干预，几乎摧毁了她独立思考的能力，她疑惑地朝宋媛脸上一再地打量着。

宋媛看着程为送妈妈回房间去午睡，他说以后她会一直在他家的话，宋媛也是第一次听到，她想，这是结婚的意思。

她跟在程为身后，看他准备了两种白色的药片，又倒了杯温水来，递给妈妈。

程妈妈吃完药，抬头扫了一眼程为身边的人，念叨说：“你该回去了吧，媛媛，让阿为送送你。”

宋媛不知该怎么回应，程为转头来向她微微摇了摇头，她于是会意地答应道：“哦，好。”

他们出来时，程为回身把妈妈的房门带上了。

宋媛小心地朝门上看了看，低声问程为：“阿姨好像特别希望我早点儿走。”

程为知道妈妈不过是久远记忆里的一点残留痕迹而已，大概宋媛在她的印象里还是端端那么大。

他边带宋媛回自己房间，边故意问道：“那你回去吗？”

“那我回去了。”她站住了。

他没回应，手上一用力，把她拉进房间来。

“你回去干吗？”程为反手把房门掩上。

宋媛想说，我忙着呢，你这话意思是我专为在这儿闲待着吗？

“我回去好多事儿呢，万一小庄他们要约我呢，也许有什么青年才俊要介绍给我……”

程为听着头也没抬，径直坐在书桌前开了电脑，说道：“那你就不用回去费事了，昨天吴菲问我，追到宋媛了吗？我说，追到了。”

他语调平平，仿佛在说，买到牙膏了吗？买到了。

“你说得这么容易！”宋媛站到他身边来。

程为坐着，抬头望着她：“不然呢？”

“不是应该千回百转、百折不挠……”

“我们还不够千回百转？”

哦……也是！宋媛当真地从内心深处认同着，无言以对地点了点头。

程为从余光里看着她怅然若失地坐在窗边的沙发上，把他放在那儿看了一半的书捧在手里。他有两封紧急的邮件要回复，是关于一组数据的分析结论，他一边思考，一边一心两用地听到她起身，从他身后走过。

宋媛去看他床边立着的一个小书架，他沙发上摆着的那本《大宪章》她看过了，有这点时间，不如看些别的。

宋媛俯身浏览那一排书籍：《神义论》《费马大定律》……看到最后一本，忍不住回头瞥程为一眼，果然术业有专攻，隔行如隔山。她对他这些收藏没有兴趣，最后在书架的角落里，找到一本《斯通纳》，嗯，还好，除了术业，还是有些人文关怀的。

她捧着书坐回窗边那处沙发上，翻了几页，悄悄抬眼看他在电脑前忙碌，目不转睛的样子。从前他留在她印象里的，也是这样的一个侧影。有段时间，他坐在她右前方，她做题做得特别累的时候，就悄悄抬头看他一眼，看他专心致志地沉浸在书山题海里，她便觉得很好，有种并肩作战、共赴杀场的意味。

然而这时，宋媛倒不是这样想的，她借着午后窗外的几缕柔光，在想午饭前厨房里的事。她不自觉地抿了抿唇，真遗憾，那一点被烫的地方居然真的不疼了，不然……

程为正写完第一封邮件，回看了一遍，点发送键的空当，转头恰好和宋媛视线相接。

宋媛被他一看，条件反射般地收回目光，埋头回到《斯通纳》里。可惜太仓促了，让人生疑。

程为分出一点精力来，多看了她一会儿，问道："在想什么？"

宋媛垂眸摇了摇头，全神贯注盯着书页，一副不意和他闲聊的态度。她其实正在心里慌忙地打点刚刚那一点不可告人的思绪，实在抽不出工夫来掩饰，就干脆不说话。

她想：还好，他不会读心。

接着，屋里便安静了一阵。宋媛不敢再轻易抬头。直到程为合上电脑，起身从她面前经过，她才悄悄欠身，看他去干吗。

程为去客厅倒了杯水回来，放在她手边的窗台上，顺便停在她面前。

宋媛被他挡了光，矜持地从书页里抬起头来：“邮件写完了？”嘘寒问暖的腔调。

“嗯，”程为点点头，站着没动，视线扫过她手里的书，高深莫测道，“好看吗？”

“还行。”

“刚刚在想什么？”

“没想什么。”

程为微微点头表示了信任，宋媛还在看着他。他忽然抬手指了指她膝头上的书页：“看到第一页了？”

宋媛本能地垂眸去看页数：“十七……”

话还没说完，他却已经俯身在她面前，微微偏头，亲在她唇上，满是柔软温润的感觉。

她说出剩下的一个字：“页……”

他听着，眼里蓄满了笑意，一手撑在她近旁的沙发扶手上，低声问道：“刚刚在想这个？”

宋媛被问得心头怦怦直跳：“没有……”

程为看了一眼她虚晃的眼神，善解人意地说：“那是我在想！”他说着贴上来再亲一下，她不得不微微仰起头，有点儿失了平衡，右手抓在他手臂上。

程为得力了许多，辗转含住她的下唇，她烫伤的那一点地方，他记得的，仍旧替她舔一舔。

“还疼吗？”程为气息温热，声音关切。

“嗯，”宋媛有点忘了怎么思考，反应了一会儿，“不疼了……”

程为顺势亲了亲她小巧的鼻尖，把头抵在她前额上：“是我治好的？”

宋媛含笑仰望着他，能看到他浓密的睫毛，她温柔地回应：“嗯！”

那一点难得的午后时光过得特别快，宋媛趴在程为电脑前，查询春节回家的机票。

程为问道：“你哪天回家？要提前请假吗？”

她盯着屏幕，摇摇头：“我不请假，刚来就请假，领导会有成见的，我是兢兢业业的好员工。”

程为拉了把椅子坐在她身边，也盯着屏幕：“那你回程呢？订初六这天的吗？”

宋媛看着机票的时间，沉默了一会儿，说道：“我想订初五的。”

初五？程为转头来看着宋媛，听见她接着说：“我爸妈不会有意见的，他们可能过年这两天不知又约了谁，要出去走走也说不定。”

她这是在补充解释吗？程为只听着没说话。他停了一会儿，伸手来替宋媛把订票的网页关掉了：“先别订吧，回去和叔叔阿姨商量一下，万一他们没什么安排，希望你在家里多住一天呢？”

宋媛沉默了一会儿。程为靠过来拉过她的手放在自己膝头上，柔声问道：“因为初五是2月14号吗？”

宋媛仍旧沉默着，没有回应，其实也不全是因为情人节的缘故，她过了那么多个2月14号，没有他的情人节并没有觉得特别难过，遗憾是有一点，可也没有遗憾到要找他弥补回来的地步。

其实蒋鲲鹏来的那几天，她曾经想过要替自己解释解释的，说她也没有干等着，不是也在认真生活嘛，读了该读的书，见了该见的人，看了该看的风景，不觉得特别孤寂。

可程为不一样，他一个人走，生活不断加码，他依旧坚持走下来。被剪断了翅膀，拷上了脚镣，他也没停滞不前。她想：幸好我没有太健忘，也没有太执着，做好了该做的准备，从来没放弃过，还在等着他。

宋媛更多的是觉得程为平时太忙了，工作和生活侵占了他所有的精力，没有多的时间相处。这样的假期，她想能和他在一起，哪怕像现在这样坐着，不说话也好。

“我们以后会有很多时间在一起的，”程为拉了拉她的手，也许是不想说这么沉重的话题，他转而笑了笑，逗她说，“也许，真的到了那时，相看两相厌也说不定！”

“那肯定是你先被嫌弃。”宋媛低垂着眼帘，喃喃地说着，像是自言自语。

“啊？为什么？”程为的听力极好，应声凑过来要看她的眼睛。

“因为你既不有趣，也不善解人意，可是我，正好和你相反，我又圆融又通达，特别招人喜欢。”宋媛抬起头，两只眼睛里发着不容置疑的光。

这是把自己一顿夸！程为听着她说的话，也没反驳，只问道：“那我是为了衬托你的优点，才存在的？”

可不就是嘛！宋媛默认着，没说话。

程为懒洋洋地站起身：“你知道古时候举孝廉吗？如果我生在那个时候，也许是第一名。”他客气又含蓄地陈述着。

“那为什么现在不举孝廉了？”宋媛跟着起身，追在他身后，“因为发现评选标准太单一了，容易选出不优秀的人。”

程为站住了，回身看着她：“所以呢？”

“所以，孝廉举才制就被历史摈弃了。”

“哦，那也是，所以像我这么没有优点的人，应该也做不出你满意的东西。晚饭我就不做了，你来吧。”程为说着，把厨房的钥匙拿出来，放在宋媛手里。

宋媛接着那串钥匙，眼看着他要转身，迅速伸手拉住他的衣袖，婉转道：“不是，我没说完呢，后来就作为道德标准了，至高的道德标准。”

“多高？”

“就，人家怎么说的来着，”宋媛脑子异常灵光地回想着，“以敬孝易，以爱孝难；以爱孝易，以忘亲难；忘亲易……”她临时搜索出来的，有点儿记不全。

“接着。”程为看着她。

“呃……”宋媛想不起来了，拿出手机，“我百度一下。”

程为伸手把她手机没收了，无情道:“背出这一段，我来做晚饭。”

“忘亲易……”宋媛依旧卡在这儿，思索了一会儿，抬眼不客气道，“你来，你背得下来，我就做饭。”

程为骄矜地瞟了她一眼，真的背了下去:“忘亲易，使亲忘我难；使亲忘我易，兼忘天下难；兼忘天下易，使天下兼忘我难。”

宋媛后悔不迭，程为这种机器人般的记忆，真不应该以短击长。

“输了吗？”

“嗯，”宋媛心悦诚服地点了点头，“我去做饭了……”

他看着她去开厨房门的背影，满意地笑着，不过知道她不会做鲂鱼肝，他跟在她身后。

宋媛晚上回去后，坐在床沿上，给家里打电话。

她问老宋：“爸，你们春节有啥安排吗？比如回余姚？老家亲戚要不要去看看？你们都多久没回去了？”

老宋被她说糊涂了：“浙江怪冷的，屋里没暖气。你不是不爱回去吗？况且要紧的几家亲戚都不在乡下住了，咱们回去看谁啊？”

“哦，那我妈没说要出去走走吗？”宋媛坚持不懈地引导着。

“你妈说想去泰国，说那儿的榴梿特别便宜，路边摆摊随便吃……”老宋说着不太确定，有点儿迟疑。

“啊，对啊，爸，你不知道吗？马来西亚也是。要不你们报个新马泰的春节游吧？找几个阿姨伯伯一起去，熟人一起去热闹。那个，钱阿姨家不是挺有空的？”宋媛热情地给老宋介绍着。

“你钱阿姨才崴了脚，出不了门。”老宋一脸遗憾地絮叨着。

“哦……”怎么这么不巧！宋媛心里迅速搜索着别家身体硬朗的叔伯阿姨们做替补。

电话里传来老宋疑惑的声音：“媛媛，你们单位春节不放假？”

“放啊，下周我们就放假，春节前一天回来，我都订好机票了，一放假我就回家。”

“哦，那我们就不要出去了，”老宋终于回到自己的节奏上来，“你妈大半年没见你，这两天都在给你晒被子了，趁着有太阳。”老宋乐呵呵地描述着。

宋媛听着沉默了一会儿：“爸，我是想赞助你们春节出游呢，我发了年终奖，可以全额赞助哦。”她温暖地说，想让爸爸高兴。

“哦，那你可别嘴快，你妈如果知道你出钱，难保不搞个欧洲游。”

“哈哈哈，也行的，爸爸。”宋媛大方地说。

宋媛要走的那天，程为一早来送她，坐在她床边的沙发上，看她将零星的物品一一收进行李箱里。她收好后，他俯身过来帮她关上箱子，不太确定地问道：“你真的初五回来？”

宋媛站起身来仰头看他：“是啊，你干吗？怕我不回来吗？”

他瞪她一眼，没说话。

“我爸妈要和邱伯伯家一起出去转转，他们也是初五走，我还赶上和他们一起去机场呢，”宋媛解释着，同时问他，“你还记得我家楼上的小邱一家吗？”

程为被宋媛带着，认真回忆了起来：“他家养了三只狗，你那时总抱怨他家狗叫声太吵。”

“对对对，”宋媛一边点着头，佩服他的记忆力，一边叹息着补充，“现在他家的三只狗没了，换了三只猫。唉，你不知道，猫叫声比狗叫声更大！”

程为没接着聊下去，想着别的事，也知道宋媛知道他在想什么。看她故意说着别的话，他伸手拉她坐在自己身边。

宋媛不忍心让他先开口，于是说道：“我会和我爸妈说的。你不知道，我爸妈都特别喜欢你，你在他们心里就是别人家的孩子。”

程为其实不怕面对这样的事情，可能最早他也生出过回避的心思，但随着一年年过去，他镶嵌在这样的生活里久了，渐渐有些游刃有余起来，这么难的事他都做得了，没有什么别的事再能难得住他了。可宋媛一来，让他有了向往，他忽然不那么从容了。

“要实话实说，我妈的病是不能隐瞒的，知道吗？”程为郑重地叮嘱她。他想得长远，是要和她一直走下去的，现在就要说清楚，不能留下隐患，拖得越久将来越不好解决。

宋媛点了点头：“我知道，你放心，我会说清楚的。”

程为仍有些不放心，也可能是有点不想让她一个人面对：“他们如果不同意，我可以打电话给他们，我自己跟他们说。”

宋媛听了心里不服：“你这么信不过我，就断定我解决不了这问题吗？”

“这是个大问题，你爸妈不能接受，是很正常的。”程为大概太明白了，总是怕她不能理解。

其实他低估宋媛了，她早几天就已经想好，她甚至规划好了步骤，要先说给爸爸听，爸爸的思辨能力好，在许多事情上能撇开情感，理性思考，她有信心先说服老宋。至于妈妈，得慢慢来，得到爸爸的支持后，他们父女俩一起说服一个人，总是有希望的。

程为说道：“我来说，比你转述得更清楚，也更有说服力。”

宋媛看着程为认真的样子，忍不住想逗他：“你不紧张吗？我见你妈妈都有点紧张，你怎么看起来很积极的样子？”

他正在一本正经的情绪里，想着如何解决问题，她怎么聊起紧张来了？他皱眉瞟了她一眼，纠正她：“你见我妈可不是有点紧张，是特别紧张！”

“哪有！”宋媛忙着反驳，险些被他带歪，临时又把自己拉回来，“你就一点不紧张？我和你真这么不同吗？”她怀疑着，倾身过去，朝他脸上探究着。

程为脑子里悄悄回转着：那是不一样的，从小我就比你聪明，你忘了！

看宋媛凑近前来，他几乎本能地、毫不迟疑地低头亲上去，她猝不及防想后退，被他伸手揽住。他贴在她唇上问道：“看出不同了吗？”

“嗯……没有。”

她一只手放在他胸前，他伸手把她手臂引到身后去，靠得更近，方便他换个方向，低声地告诉她：“这点不同，肉眼不可见。”说着带着点学术的精神，在她唇齿间探索，阻止她发表异议。宋媛不知何时学会了闭上眼睛，很好，这一整个世界连同她一起，都归他所有。

程为不太有经验，好在宋媛也没有，他随着心里的愿望索取，吻过她嘴角、吻她微微合上的眼睛。

和他这样亲密无间，宋媛心里有种难言的安定，他的气息像一直留存在她记忆里的某个地方，隐秘又让人向往。

程为贴着她的脸颊，吻她微凉的耳垂，在她耳边轻声提醒：“我们该走了，等会儿来不及。”

气息柔和，暖热地拂在她耳边，她更靠上去些，不想和他分开。

程为只好把她抱紧，偏过头来看着她，妥协道：“那，再抱一会儿……”

那一会儿似乎特别短，程为分心着时间的问题，一心两用。临走前，他从自己背包里拿出一本黑色封面的记事本来，放在宋媛手里，一边帮她拉行李出门，一边叮嘱她：“这个给你，回家再看。”

宋媛拿在手里，忍不住立刻要翻开，被他伸手压住了：“我那年转走前，答应过你，你想看的情书，我写给你，这个就是了。”

这个？宋媛马上低头去看那封面，想打开。程为严肃的眼神扫过她面前，威胁她说：“你要现在看，我就收回了。”

她立马停住了，忍着笑，问道：“不就是给我看的吗？”

他想了想，不放心，从她手里把记事本拿了回来，转身放进行李箱里，还塞在下层，说道："不能当着面看，看完了也不许评论，听见了没？"

宋媛垂手站着，看他俯身放东西的侧影，心里翻涌出那年暑假，他说话时的模样来。她后来一直以为他是随口一说的，原来不是。

"走吧。"程为伸手来拉她。

宋媛点点头，跟着他下楼，走到楼下时还是忍不住问他："里面全是吗？"

程为向前走出几步，没有停，过了一会儿，转头来说："全是。"

她听完，心里像洒满阳光的玻璃房，默默和他十指相扣，枝枝相覆盖，叶叶相交通。

宋媛边走边说："我早点回来吧？"

程为一时没有回应，快到机场时，他才说道："按时回来，我初五来接你。"

她想：他是既希望我早回来，又希望我多陪陪父母吧。

"好。"宋媛懂他的意思，点了点头。

宋媛坐在机舱里时，忽然想起前两年独来独往的自己，每一次出发都是一场独行的开始，心无挂碍，随风而去。

现在却不一样，她在这里有了一段要紧的牵挂，想和他有很多很多未来的牵挂，沉甸甸的，渗透进她生活的每个角落里。

映射在她心里的，是他没有转过来的侧脸、他手心里的温度、他不经意说过的一句话、他一行行写满的日记本……

这是何时回来的质朴思绪。

宋媛落地后，还要转车回家。

蒋鲲鹏打来电话说：“要不，我开车来接你？”

宋媛没好气地说：“为啥是‘要不’，你就来呀，犹豫什么？”

“我不是……有点儿懒得动吗？”他委婉地回复。

“那你在家瘫着，我坐大巴回去。”宋媛以退为进。

“那好吧。”蒋鲲鹏爽快地答应了。

等她大巴到了站，蒋鲲鹏戴着墨镜，和宋媛的爸爸一起在出站口等她，寒风冷冽里，蒋鲲鹏像纹丝不乱的人形立牌。

“媛媛。”老宋隔着人群招着手。

“爸，”宋媛拉着行李快走两步，家里冷，她特地戴着厚围巾，还是冻得连打两个喷嚏，转头看看天色不好，阴沉沉的，迎面问蒋鲲鹏，“这眼看着要下雪了，你这墨镜戴着防乌云呢？”

“哼，土了吧！”蒋鲲鹏不为所动，“我这是变色眼镜，不是墨镜。走走走，快上车，冻死了，我鼻涕都快流到嘴边了。”

“鲲鲲啊，”老宋语重心长地说，“让你多穿一点嘛，你们年轻人不听劝。”

“宋叔，快上车吧，我看你鼻涕也快出来了。”蒋鲲鹏手脚麻利地放好宋媛的行李，赶着跳上驾驶座。

“我哪有！”老宋否认。

车站到他们住的社区还有段距离，宋媛和爸爸在后座上讨论中午刘女士的菜色。

蒋鲲鹏因为听得到，吃不到，不怀好意地打断他们：“哎，宋媛，你这个，工作第一年，有什么收获啊，说说。”

宋媛在心里翻了个白眼：“收获了年终奖。”她一眼就看得透他那颗不太玲珑的心，转而问他，“那你呢？我听我妈说，你要带个金发碧眼的洋妞回家吓唬你爸妈，什么时候带啊？”

“嗯，那可容易了，我一个电话的事。是吧，叔，你刚还夸我全小区最帅呢！”

“嗯，鲲鲲越大越帅了，去年没回来，今年一回来，都认不出来了。”

“哈哈，叔，我才一年没回来，你就认不出来了，要是好几年没回来过的人，你更认不出来了。”蒋鲲鹏别有深意地说着，转头瞟了一眼宋媛。

宋媛隔着座椅回瞪他一眼，意思在说：你少说一句，我自有安排，再多嘴，当心削你！

蒋鲲鹏抬头从后视镜里和她对视，哼！他也不屑地回瞪她一眼。

宋媛蹉跎了半天，才摆脱了蒋鲲鹏的旁敲侧击，回到自己的节奏上来。

她和爸爸刚跨进家门，刘女士就从满是水蒸气的厨房玻璃门里伸出头来：“哟，挣钱的人回来了，快坐快坐，咱们年夜饭马上好啊。”

宋媛热情地放下行李进去帮忙，刘女士慈眉善目地把她赶了出来：“难得回来，是稀客啊，去坐好等着吃吧。”她还同时转头指派，“老宋，过来，把三鲜汤端上桌。”

宋媛知道，她回家来就是一条鱼，撑过了三天，在刘女士眼里，也就臭了，这两天还是鲜活的好时候。

宋媛腾出一点时间，说回房去收拾衣服，其实是记挂着程为那本记事本。她一走进房间，赫然看到刘女士给她换了一整套玫瑰紫的床单被罩，色彩浓烈，直逼人心。嗯，是妈妈的爱没错。

程为说记事本里本来不是专门写给她的，是他的日记，他说完，低头笑了，觉得这么说也不太准确，又补充说他其实也不爱写日记……他一时没想好怎么描述这件事，停顿了一会儿。

宋媛说她知道。

他们相视笑了笑，他便不用再解释了。

没错，宋媛清楚的，当年老师曾要求大家养成写日记的好习惯，但程为因为实在不爱做日常记录，常常不能完成，最后得到特权，可以不用写日记。

而宋媛则和他相反，因为日记内容质量太好，获得了免交的许可。于是他们两人算是殊途同归，是全年级独有的两位可以不用交日记作业的学生。

宋媛蹲在行李箱旁边，手指拂过那记事本的黑色封面。

她翻开看了第一页，他没有写日期和天气，只记录了事件。

"今天是第一天来新学校报到，这里一个班竟然有55个人，真多。老师很热情，同学们似乎不太热情，老师问我想坐在哪一排，我说想坐第四排，所以我坐在第四排靠窗的位置。这个位置好，如果空间可以重叠，我正好和明清后坐同桌。"

宋媛看着他短短的一段话，才想起他们从来没坐过同桌。她也看过许多校园故事，那些故事都从一对同坐的男女生开始，发展到灯红酒绿的大都市为止。红男绿女们要配合着玻璃酒杯和迷离的光线才能吐露当年，卸掉防备相互靠近，最后终成眷属。

她在心里庆幸，还好她和程为不用经过这样的周旋，他们没坐过同桌，但他们还像当年各坐一边时一样，近在咫尺。

“媛媛，来吃饭了。”老宋隔着房门叫她。

“来了。”宋媛赶紧站起来。

餐桌上已经摆满了菜，他们家还是家乡习惯，中间照例是一盆“全家福”，年夜饭要有鱼有虾，还有一盘油光灿灿的白斩鸡。今年不知道是不是真的像刘女士说的，宋媛成了稀客，她特地准备了一盘咸炝蟹。宋媛看着忍不住凑过去闻了闻，嗯，没错，是这个味道。她小时候跟着爸妈回余姚老家，那时爷爷奶奶还健在，她第一次在四方的木桌子上吃到咸炝蟹，特别喜欢，从坐着的长条凳子上站起来，尝试着要多夹一块。

可惜内地新鲜的水产少，宋媛后来很少再吃到。

“行了，别闻了，你就坐那儿，摆在你面前，好不好？”刘女士一边分筷子，一边白了宋媛一眼。

“嗯，”宋媛也不客气，“爸，咱们这儿现在也买得到这么新鲜的螃蟹了？”

“啊，那可不是嘛，现在超市什么都有卖的，不像从前了，”老宋正歪着头，给自己倒满一小盅白酒，“以前还说，你这么爱吃鲜货，将来得把你嫁回老家去，现在不用了，哈哈。”

宋媛举着筷子着意看了看老宋的表情，他一派闲适，所以她跟着试探说：“那嫁到海边去，吃得更多，是吧，爸？”

“嗯，那肯定的，靠海吃海嘛，和别的地方不同。”老宋自斟自饮自开怀。

“就是离家太远了，是不是？”宋媛小心翼翼地问。

“唉……”老宋叹了口气，“说起离家远，你看我们这一代人，都是离家远的，没啥，近有近的好处，远有远的好处。”

爸爸的思路真辩证，宋媛在心里欣慰地想着：真好真好。

“远？要去哪儿啊？”刘女士把炒年糕端上桌，顺势坐下来。

“哦，”宋媛警惕地回应，“说我工作的地方离家有点儿远。”

“远是有点儿远，不过你们那儿气候好，冬天暖和，从来不下雪，海鲜还多，嗯，我觉得不错。”刘女士点头表示满意，超出了宋媛的预期。

“呃，妈，你还挺喜欢那儿的呢？”

“嗯，多好啊，不容易得关节炎，是吧，老宋？”刘女士转头去嘲笑老公的老寒腿，哈哈笑着，合不拢嘴。

“那……”宋媛想顺水推舟地问问他们对海边城市生活的接受度，结果被电视里春晚的开场舞蹈打断了。

刘女士一挥筷子：“快别吵，开始了开始了。”

宋媛只好保持了安静。她专心吃饭，悄悄举起手机拍了张年夜饭的照片，发给程为。

不一会儿，程为回复了一张他们家年夜饭的照片给她，之后又特别发了一张单独的给她看，是一盘咸菜炒年糕，和宋媛家桌子上摆着的一模一样。

“你还会做这个？”宋媛微信问他。

程为说：“会啊。”他其实想说，你爱吃的我都会做，可要回复她时又有点说不出口，终于还是没说。

宋媛家除夕夜都守着电视机过，她坚持了一会儿，实在融入不进去，佯装去厨房倒水喝，提前退了场，悄悄回房间看程为的记事本。

他留给她的新年礼物，非常特别。她坐在床沿上，想不出一个贴切的词来形容它。忽然想起那年，她被他拒绝的大年夜里，也是这样坐着，难过得天旋地转。

她沉默了一会儿，是啊，时间会让故事变得有始有终。

她一页一页翻下去。

“高三的第一次月考过了，我考得还行，渐渐有人来找我问作业、问错题了。昨天有个女生给我带了瓶可乐，可惜我不爱喝可乐，还给她也不太好，我只好放在窗台上了，希望有人爱喝，把它拿走。”

宋媛看着，在心里笑了，她不爱喝可乐。上学时，蒋鲲鹏和程为参加篮球比赛，叫她去买水，她买了两瓶蒋鲲鹏喜欢的百事，以为他们俩喜好一样，没承想，程为说他不喝这个。他当时对宋媛说：“你喝吧，我喝矿泉水。”

程为一说完，就把蒋鲲鹏惹恼了，蒋鲲鹏伸手把两瓶都抢了过去，没好气地说：“我喝，我爱喝，你们不喝拉倒。”蒋鲲鹏知道，宋媛也不爱这个。

于是，回家的路上，蒋鲲鹏咕噜噜地灌着两瓶碳酸饮料，看着宋媛和程为手里的白水，气不打一处来。

宋媛后来就知道了，他们两人得买不一样的。

“期中考试过了，不知道她考得怎么样，应该进步了吧。蒋鲲鹏说她是考试型选手，别人一考试就怯场，只有她，一考试就超常发挥。”

宋媛看到这儿，忍不住撇嘴，这是什么话，我是实力使然好吗？说得我好像全凭运气似的。

然而那一页，他在末尾写着：“如果她没考好，没关系，我分一点给她。”

宋媛忽然发现自己在他的记录里，渐渐变成了一个字：她。

“今天老师讲评作文，夸邹静的作文写得特别好，要贴在年级公告栏里展览，让大家都去学习。这个题目我去年写过了，邹静这篇不怎么样，我觉得，还是她写得最好，她从来不引用名人名言。”

宋媛看到这一段，矜持着没有笑，但心里在想：嗯，算你有眼光。

宋媛一直看到春晚敲钟。

老宋在客厅里欢欣鼓舞地叫她：“媛媛，快来，要结束了。”

她出来捧个晚场，算是圆满过完了大年夜。

宋媛回房间后坐回床上，恰好收到程为的信息：“要睡了吗？不许再看了，先睡觉。”

她真怀疑程为在记事本里装了监视器，她乖乖地回复：“好，我现在要睡了。”

等他发来那句晚安后，宋媛放心地躺在床上，继续看起来。

宋媛床头只开着一盏小台灯，一直看到程为写他妈妈。

“有一天，我放学回家，妈妈正在摔东西，家里所有能摔碎的都碎了，满地都是，阳台玻璃破了两块。社区的阿姨站在我家门口，议论纷纷，不敢进去。那扇破了的窗户，呼呼刮了一整夜的风。”

后来的事，他没详细描述。

宋媛停在这一页没有往下翻，也许也有点儿怕看后面的内容，也许是灯光太幽暗，她渐渐昏昏然。睡梦里，是程为家遍地狼藉的客厅，有冷风嗖嗖地从阳台上吹进来。她站在过道一头，看到程为在打扫客厅的碎片，墙上的挂钟指着一点，已经是凌晨了。他放下手里的扫把，先去拉上了阳台门。果然，他说得没错，她隔着玻璃门，能听到呼呼的风声。

她着意偏头去看他眼睛，却看到他一脸平静。他无声地收拾好一切，转头去拿沙发上的书包，临睡前看了半个小时英语。她看着他，重新设置闹钟，时间定在五点半。

她站在他卧室门口，他欠身关掉了床头灯。一片迷蒙的黑暗里，她静心听到他均匀的呼吸声。

第二天是大年初一，宋媛没有跟着爸妈一起去参加老宋单位组织的新春游园会。她坐在阳台的吊床上，看完了整本程为的日记。他在后面写了许多备忘录，都是关于他妈妈治病的，去过的医院，看过的医生，开具的名目繁多的药品。

他详细地记录着各类医生的叮嘱，照顾精神病人的注意事项，能做的和不能做的事，能去的和不能去的地方。在这些密密麻麻的手工记录里，会有一两条关于她的信息。

“她今天说去参加志愿者活动了，认识了很多新朋友，原来土木工程不是只管造房子的。她今天很开心吧！”

“她说她拿到了一等奖学金，别骄傲，我也拿到了。”

宋媛想起他没办法报考更好的学校，只好就近入学时的煎熬。她按着时间线翻回去，一段一段看下去，他没有记录，他把这一段内容跳过了，她想，他一定跳过了很多这样的时刻。

外面天气不好，宋媛家住在五楼，半空中灰蒙蒙的一片。宋媛自己给自己热了两个菜，正准备吃一顿迟到的午饭，老宋回来了。

“爸，你怎么回来了？我妈不是说你们去文体中心看演出了吗？”宋媛刚坐下，猜测他们俩是不是吵架了。

“你妈在看呢，我回来睡一觉，昨天睡太晚了，没你妈那精神头。”老宋边摇头说着边脱了大衣，坐到桌子旁边来。饭菜飘香，热气腾腾，他看了两眼，自觉起身去洗了个手，拿了一副碗筷来。

宋媛热情地把爸爸爱吃的鱼往他那边挪了挪：“爸爸，咱们聊聊天吧。”

“嗯，好啊，咱们爷俩儿好久没坐一块说说话了。”老宋点着头，顺手拉了拉椅子。

“爸，你说，如果我以后都留在福州，你跟我妈想过要跟我去外地生活吗？”

“喔！这你放心，我和你妈很开明的，没有非要你在家门口生活。你想留在哪儿，你自己决定。我们呢，喜欢住在这儿，这儿离老朋友近。以后你成家了，需要帮忙，我们就去给你帮帮忙，都好说。我们没有死脑筋！”他说完，指指自己翘着几根头发的脑袋。

“哦，”宋媛点着头，觉得这是个很好的开端，接着说道，“爸，我在福州遇到一个从前的同学，中学同学。”

“还遇到同学了呢，谁啊？”

“爸爸，你还记得程为吗？就是我高三前，他爸爸出了事故，我们还去吊唁的。”宋媛放下筷子，倾身过去。

“程为……”老宋也跟着放下了筷子，回忆着。

“他爸爸去世后，他和妈妈搬回福州去生活，研究生毕业后，就留在当地工作。”

“哦，是那个孩子，老程家的，从前年年考第一，你和鲲鲲都超不过他的那个。”老宋忽然想起来，对上了号。

宋媛点头表示欣慰。

“程为没有考到清华北大去吗？怎么留在福州了？”老宋也是存疑。

宋媛沉默了一会儿，起身回房间，拿了那本记事本出来，一边翻，一边解释给老宋听：“爸，程为搬回福州之后，他妈妈出了一点问题，他高考完，就有点严重了。他因为要照顾妈妈，不能去外地读书，只好就近报了F大，所以一直留在当地。”

“哦……”老宋点着头，接过宋媛递过来的记事本，低头顺着她手指的方向看起来。

宋媛安静地在一旁等着。

那一段是程为带着妈妈辗转去医院做检查，出诊断结果的经历。他高考那几天，无奈安排了妈妈住院治疗，后来因为药物的副作用太严重，他高考一结束就把妈妈接了出来，从此再也没有送进过医院。

“他妈妈怎么是这种病？这种病可是治不好的啊。”老宋拧眉感叹着。

“程为从高三结束，就开始一边读书，一边照顾生病的妈妈，一直到现在。”

“哦，不容易，那真不容易，”老宋从纸页上抬起头来，仍在感叹，“不是每个孩子都能做到的。”

宋媛听着，心里有个声音在说：是啊，爸爸，你看，他是在这样艰难的困境里走过来的人，他是值得托付的人吧。

老宋抬头和女儿对视着，看着她眼里投出来的光，半天没说话。屋里一片沉静，听得到墙上挂钟的滴答声。

“媛媛，生活是很长的，这你知道吗？如果从第一步起，就带着沉重的包袱，你想想，自己能走多远！”

这些话，宋媛想了许多个日夜了，人生很长的道理、路途坎坷的道理、轻装上阵的道理，她都在心里反复掂量过。没什么，原本也没有一帆风顺的平坦大道，每个人的人生路也都是高低不平的，不能因为畏惧困难就放弃向往的人。相反，放弃了差条件的人，就一定选得到一马平川的路吗？

“爸爸，想走的路可以任意挑拣，可想要同行的人，可遇不可求，是挑拣不到的！对吧？”她眼中带着殷切，声音也有些发抖。

她想自己要表达的意思，也许妈妈不能马上理解，但爸爸一定是明白的。

老宋又低头看了一会儿那本记事本，那页的最后一行写着：“她说她考了Z大，挺好的，父母在，不远游。”

“媛媛，从情感上来说，爸爸是不愿意你选择程为的，他现在这样的家庭状况，太吃力了，”老宋合上书页，思忖着，“但是你说的也没错，人活一辈子，其实是没有避重就轻的捷径能走的，找到一个合适的人，很不容易，比找一条合适的路难得多。你要是想好了，爸爸不会拦着你。”

宋媛坐在一片昏黄的光线里，眼睛却异常明亮，她克制着心里的情绪，感谢爸爸的理解：“爸，我会努力的。你看，程为一个人也过得还行，如果以后我们是两个人，一定会越来越好的。”

老宋没有再说什么，他表情幽微，看不出别的态度，只缓缓点了点头，把记事本放回女儿手里，还顺势按了按那黑色的封面。他手掌宽大，是做了一辈子钻井工人的手。

宋媛觉得手心沉甸甸的，她到这一刻才忽然发觉，原来在恋爱这件事上，她内心里竟是这么需要支持，渴望得到父母的认可。她以前一直以为爱情纯粹是两个当事人的事，和别人无关，原来并不全是。

“你妈妈……”老宋叹了口气，“如果知道程为家这个情况，大概是不会同意的，你想想，怎么跟她说才好！”

“嗯。”宋媛也知道妈妈最现实，她可不是那么好说服的。

所以这天吃完晚饭，宋媛陪妈妈坐在沙发上看电视剧，谍战片，气氛紧张。

老宋切了苹果端过来，坐下来佯装随口问道：“媛媛，我听鲲鲲说你在那边遇到个老同学，你们现在关系特别好，是不是？”

“啊，是啊，鲲鹏真是话多……”宋媛一边回答，一边偷眼去瞄刘女士的反应，她盯着电视没动。

“那怎么样了，算不算有男朋友了？听说以前和你是中学同学哪，要我说，这种好，知根知底的，比外头的强。”老宋咬着半个苹果，也在瞄刘女士的表情。

“嗯，有男朋友了。”宋媛点头说，特地提高音量。

“什么？谁有男朋友了？”刘女士从军统的世界里转过头来，颇为吃惊，“媛媛有男朋友了？谁啊？哪儿的？”

宋媛小心翼翼地说：“程为。妈，你还记得他吗？高二以前我们都一个班的。”

刘女士蹙眉想了想，觉得耳熟，再深想想，问道：“是不是学习特别好的那个程为，他爸爸没了，后来就搬走了的那家？”

“嗯，他和妈妈一起搬回福州老家去了，我们……正好遇到。”

“真的啊！哎呀，程为我知道啊，一直就是个好孩子，不错不错，”刘女士点头先表示了满意，转而来问，“他现在怎么样啊？工作呢？”

“他研究生毕业之后，在当地的研究院工作，都挺好的。”宋媛回答得避重就轻。

“你看，我就说不用急，该有的跑不了，媛媛的缘分到了，自然就找到了。”妈妈眉开眼笑地朝老宋说着，转头看向宋媛，“我们也没啥别的要求，你们自己喜欢就好。像程为家这样，就是离得太远了点儿，不过也没事儿，将来你们没空，我们去也行啊。”

“啊，对啊，你妈最爱出去旅游了。”老宋赶着帮忙说道。

宋媛点着头，故意为难地说：“不过，妈，程为妈妈身体不太好，就是……”

“这我知道呀，他妈妈一直就身体不好，他爸爸在的时候就经常去职工医院看病。你们这些年轻人不懂，年纪大了毛病就更多了，不要动不动就嫌弃老年人，都有老的那一天。”

“哦……”宋媛被刘女士一席话说得无言以对。

“对，你妈说得对，谁还没个三灾六病的，又不是神仙托生。”老宋接茬，向宋媛递了个眼色，叫她先说到这儿。

宋媛便知趣地住了嘴。

宋媛一停下来，就被爸妈同时投来的眼神盯着，她不知道他们俩还想问什么。

“媛媛，你不让程为打个电话给我们？大过年的，不拜个年？”

刘女士急得很，她等这一天很久了，此时在心里迅速衡量着，程为合适，比鲲鲲家合适多了。

“哦，那、那我先跟他说一声吧，你们稍等一会儿……”

“好好好，快去。”

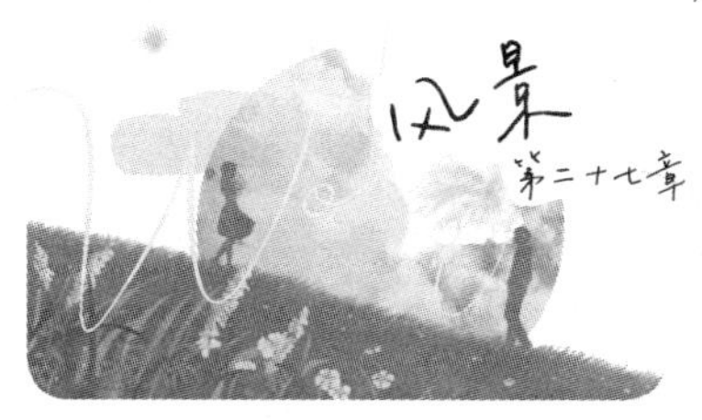

宋媛被妈妈催着，语气都乱了步调：“喂，程为……你现在有空吗？”

“有空，怎么了？”程为语声温沉。

“我已经跟我爸妈说好了，我妈说，想和你通个话，要不我们视频吧？”

宋媛看不见，程为本是坐在自己房间的沙发上气定神闲地看一组图谱，他刚安排好妈妈入睡，正是一天中最轻松的时刻。宋媛忽然说要和他视频，他立刻紧张地坐直了起来：“你说现在吗？”

“嗯，是啊，我刚和我妈说好，她说想和你通话。”

“你是怎么说的？说清楚了吗？”程为已经站了起来，语速飞快。

“我说清楚了，我还……”宋媛没说完，客厅里伸着头的刘女士等不了了，扬声叫她：“好了吗？”

“哦哦，来了。”宋媛也给催得有点儿慌，有种过了这个村就没有这个店的感觉。

视频接通的一瞬，双方都僵住了一刻。

“咳……”刘女士到底是久经沙场的中老年妇女，她清了清嗓子，首先破冰道，“是程为吧，哎呀，你不认识阿姨了吧，好多年没见了。呵呵，老宋，你看，这孩子没怎么变样哈，就是瘦了点儿。”她自说自话地热络着，还把宋媛爸爸拉进镜头里。

“哦，阿姨，我认识你的，宋媛长得特别像你，小时候就像。”程为说得态度诚恳。

“是吧，媛媛就是随我，眼睛大，还好没随他爸去，不然那就难看了！”

程为适时地笑了笑，及时地点头道：“嗯，阿姨说得对。”

刘女士听了特别高兴，嘴都咧开了：“程为啊，你和媛媛是同学，你们要在一起我们很放心的。”

“谢谢阿姨，叔叔阿姨放心，我一定会对媛媛好的。”程为从镜头里看了看宋媛妈妈和被挡住了一半的宋媛爸爸，认真地表态。

“哎，好，我们相信的，叔叔阿姨算是从小看着你们长大的咯，”宋媛妈妈满口答应着，“而且你们家的情况，我们也都清楚，没关系的啊，别往心里去，谁能保证永远不生病啊！年纪大了，多少都有点儿不舒服的地方，没事儿的啊，孩子。”

程为被说得心头一热，他没想到宋媛的爸爸妈妈竟这么开明，保有着这样的同情心和大爱，让他一时不知该如何回应。

他们隔着屏幕好一阵对视后，程为说道：“阿姨，我妈妈的病，你们不用担心，我可以照顾好她的。”言外之意便是不会拖累宋媛的意思。

“嗯，是啊，我们不担心，”老宋忽然插进话题来，硬凑到镜头前，“只要你和媛媛相处得好，我们别的都不担心，是吧，媛媛妈？”

“是是是，老宋说得没错……”刘女士忙不迭地点着头，没看见旁边的老宋微不可察地朝女儿递了个眼色，叫她赶紧过来拿手机。

宋媛会意地伸过手来：“嗯……程为。”她顺手把妈妈的控制权抢了过来，“太晚了吧？你是不是该睡了？”她信口胡诌着。

“啊？”程为看到镜头里忽然换了人，连气氛也变了，他有点儿没接上宋媛的节奏。

宋媛说话间兼顾到老宋的眼神，老宋摆摆手，示意他们回房间去说，所以宋媛不留痕迹地边走边问程为:“你没睡的话，在干什么？”

“在……看点儿东西，”程为迟疑着，看到宋媛回了她房间，反手关上了门，他才关切地问，“你怎么和叔叔阿姨说的，他们没有追问你什么吗？”

“我、我就实话实说，我爸妈都知道你们家的情况，我还说得挺详细的，讲了你妈妈的病情。我爸说虽然他在情感上也有点不太同意，但是觉得你做得特别好，特别不容易，所以不会阻拦我的。”宋媛回忆着表达。

“真的？”程为至此仍觉得有些不真实，他原本做好了被宋媛父母激烈反对的准备，想好了说辞，要告诉他们，他能处理好妈妈的问题，他们的顾虑他不会让它发生。他想以他八年来边读书边照顾母亲的经历，也许可以赢得他们的信任，然而他们竟没给他机会说出那番话来。

“是啊，我说的你不信，刚刚你不是自己看到了吗？我妈不是说，让你不必在意吗？”

程为当真地回忆了一会儿，确实，宋媛妈妈说得很清楚。他转而眼睛里聚起温暖的光，他想，是她做了很多工作吧，她是怎么说服他们的呢，是不是讲了那些旷日持久等待的故事？

有一天晚上，程为实在太想宋媛了，夜深时打电话给她。

“媛媛，”他嗓音柔和得像氤氲的床头灯光，“睡了吗？”

宋媛还没睡，进房间之前和老宋一起坐在阳台上，帮爸爸清理手机里的数据垃圾。

老宋坐在躺椅上，说程为家的事：“程为妈妈的病，等我慢慢和你妈说，你们都不要开口。特别是你，要是你说，你妈肯定不同意，觉得你小孩儿家，看问题简单了。所以你不要说，说什么你妈也不会听，你们先相处着。我呢，找个合适的时机，再说明情况，等她转过弯儿来，剩下的事就好办了。”

宋媛抬起头来：“谢谢爸爸！”她说话的时候，屏幕的白光映在她眼睛里。

“谢什么，”老宋伸长手臂枕在脑后，惋惜道，“程为这孩子，从小看他就是个心里有数的好孩子，他这一路读书下来可不容易，跟你们不一样啊。要是没有这些事，他可比你们强多了。”

宋媛听着爸爸的话，心里既难过，又掺着点特别的情绪，她爱的这个人得到爸爸的认可，是所有做女儿的人都期望的事。可惜这世上从没有十全十美的好时候，这样合适的人，总有不合适的地方。

“是吧，爸爸，是有点困难，没关系，我们会克服掉的。”宋媛语调沉稳。像那年十八岁她为自己的专业负责，没人替她做主，她挑定好，通知父母。老宋说，你想好了就可以。

“嗯！”老宋仍旧枕着手臂，没有特别担忧，点头答应着。

程为打来电话时，宋媛正在脑海里预设着一点今后的生活。

她回应道：“没睡。”

程为沉默了一会儿：“你后天就可以回来了。”他低声地说，像在心里暗自盘算的声音，忽然传到电话里。

“嗯，”宋媛有轻微的鼻音，隔空柔婉，落在程为的呼吸声里，她等了他一会儿，缓缓说道，“程为，我给你唱首歌吧！”

“嗯。”程为在那边点头。他没听过她唱歌，以前高中篮球场边的看台上，总有女生坐在那里看他们男生打球，有人会坐在夕阳里唱歌，宋媛从来没在那里坐过，哪怕是他们打进了决赛，她也没来过。

"……我等的人，他在多远的未来……"宋媛轻声地哼唱，声音飘散在时光里。

"你等了很久？"程为明知故问。

"嗯，我举着号码牌，等的那路车总是不来，我其实也等得很着急。"

"这一路上的风景好吗？"

"还行，别人都说很好。"

"那你呢？"

"我？我因为少了一个人，没有认真看。"

"这以后，我们可以一起看了。"

"嗯！"她在迷蒙的光线里，点头答应着。

初五那天，宋媛一大早在新郑机场先送老宋和刘女士一行人去上海转机，自己则掐着时间，飞往福州。

她第一次如此归心似箭，觉得飞机不够快，也许火箭能更好一点。

程为在机场等她，在人群里辨认那个熟悉的身影。宋媛大衣脱了拿在手里，从出口快步走出来，远远地看见他，露出明朗的笑容，向他而来。

程为伸手先接过宋媛手里的行李，然后把她揽在臂弯里。

宋媛抬头含笑望着他，他就有点儿……想低头亲她一下。

一位秃顶的中年大叔从他们跟前经过，眼神飘过来，严肃地瞟了他们一眼。

"我们先回去吧。"程为刹住了车，无奈地小声说。

"好。"宋媛眼里闪过一丝窃笑的光。

他们回到宋媛住的公园小区。宋媛一进门，就忙着去厨房收拾刘女士让她带来的炒年糕，妈妈帮她做好的，装在密封食盒里，还有两样拿手菜，硬要让她带来，说带给程为尝尝。

宋媛说程为自己会做，而且做得很好。

刘女士不信：“他才做过几年，我都做了半辈子了，还能做得比我好？带去！”

宋媛一样样拿出来，放在微波炉里热一热，就当午饭了。

她向程为吩咐着：“你帮我开箱子吧，把里面东西拿出来。”

“好，”程为点头，俯身时，又转身道，“你倒是一点儿不客气，指挥我干活，随口就来。”

“嗯，”宋媛从厨房门口探出半个身子来，“你要是不愿意，就留着我自己收拾。”她好说话，万事不强求。

程为转过头来笑了笑，仍旧弯着腰，手上没停。

宋媛热好饭菜来叫程为时，正看到他把她箱子里的瓶瓶罐罐一个个摆在书桌上，又拉开拉链的另一边，要帮她拿衣服，两件浅色的内衣露了出来。

宋媛赶紧伸手按住了，解释说：“衣服我还是自己来，呵呵，先去吃饭吧。”

他倒是没什么特别的反应，只低头浅浅扫了一眼，配合地站起了身，语气悠然地问道：“你这是A？”

嗯？宋媛愣了一秒，待明白过来，马上反驳：“是B！”

程为一边往餐桌走去，一边回头看了一眼，质疑道：“是吗？”

“是，你这目测的能力真差。”宋媛从他身后追上来语气不善，被误解身材是大事，不能忍。

程为转身，似乎很理解地点了点头，意味深长地感叹道：“确实，不能靠目测！”

因为那天是情人节，宋媛说：“那你表现一下，送花什么的就算了，咱们这么熟了，你去洗个碗吧，我刚好去收拾一下那些你目测不准的东西。”

“也好，”程为和气得很，没什么怨言，点头道，“有些东西，确实得实测。”

宋媛刚跨进卧室的门，听见他说的话，回头来看他一眼，正看到他转身的背影。

她边走边想：实测？那就实测啊，谁怕谁！

午后时光，天气不好，天空阴沉沉的，像是快要下雨，把人心也压得昏昏欲睡。

宋媛坐在床边的小沙发上潜心找一款电子相册播放器，打算买给爸妈。刘女士拍了许多得意的照片，苦于不能一一贴在墙上展示，她替他们想个办法。

她垂眸在平板上认真地一页页翻看着，顺便在心里夸自己是个多么温柔细腻的好女儿，如果和某人比孝心的话，应该只差一点儿吧。

程为走来坐下时，只看到她低头时前额上一点细软的发丝，他伸手替她理了一下，指节从她丝柔的发丝间滑过。

“在看什么？”程为凑近问道。

“你对电子相册有研究吗？”宋媛说着，欠身过来看向他，“你帮我看看，哪个好？简直眼花缭乱。”

“你自己用？”

“不是，我妈用，你知道她自从有了时间，就到处玩，顺便把我爸培养成御用摄影师了，拍了好多照片。我想买个播放器，让她摆在床头柜上。”

“哦。”程为点头从她手里把平板接过来，翻了一会儿，速度很快。

宋媛伸头过去陪着浏览，不一会儿，就眼晕了。

“这个吧，无边框，操作简洁，适合叔叔阿姨。”

“哦，好。”宋媛没什么异议，其实全然是因为她没来得及看清，她点击购买一气呵成。

嗯，这算是迷信他吧，谁说迷信不好的？

“你爸妈……”程为似乎还是有点儿迟疑，“你跟他们说的时候，没有特别反对吗？”

宋媛在回程的飞机上，是想好了要跟程为实话实说的，告诉他她爸爸的想法和意见，他们可以一起等一等老宋的进度，老宋一定可以做好刘女士的思想工作的。爸妈这么多年里，向来是这么吵吵闹闹过来的，多少大事都在争执声中达成了共识。

可看着程为询问的眼睛，宋媛忽然心头一疼，下意识地向他身边靠过来，点头道：“是啊，我说明了你家的情况，我爸妈都挺理解的，大概还是因为他们认识你，从你小时候开始，到后来你爸爸出了事，他们都清楚。你在他们眼里，一直都是别人家的孩子。”

程为看着她含光的眼睛，凝神听着，不知在想什么。

宋媛接着补充：“你看他们，这两天又约了老朋友出游，就知道……”

她还没说完，就被程为低头吻住了嘴角。她本能地后仰，想把话说完，他追过来，没给她说话的机会。

宋媛呜咽着坚持说：“就知道他们……他们心宽似海……”

“嗯，那就好。”程为还抽空回应她，顺便用力吮了吮她饱满的唇峰，柔滑温润的感觉。在这些事上男人似乎无师自通，他渐渐觉得不够，要向深处探索一点，索性伸手把她抱到身上来。

窗外一片昏沉的静谧，宋媛本来被程为气息包裹着，觉得很满足，忽然被他抱起来，换了视角，双手环在他后颈，略比他高出一点，仓促间看到他微微翘起的嘴角，她还在心里满意了一刻，是她可以低头去吻他的角度。

下一刻，程为就已经侵入进来，进阶到了新的进程，他一手扶着宋媛的头，尝试着索取更多，渐渐地几乎要封住她的呼吸。

宋媛不得不腾出一只手来推他，可他真的一停下，她又忽然觉得失去了什么，看他的眼神里带着一点怅惘的光。

能彼此靠近的相爱才是真的爱情，她从前觉得，遥遥相视的彼此守望也是爱情的一种。现在她不这么认为了，爱情真的是一个动词，要有无数次的拥抱和亲吻才能诠释和证明它。

宋媛呼吸声微促，仍旧不舍得和他分开，气息相融是种奇妙的感觉，尝过了滋味就特别上瘾。

“媛媛……”程为似乎也有点呼吸紊乱，腾出一只手来扶住她肩头，“我、我们……”他眼中露出难色，微微皱眉，没有说完。

宋媛后知后觉，用满是疑问的惶惑眼神望着他，和他无声对视着。过了一会儿，她才觉出异样。

她被他抱在腿上，坐的位置太特殊，先时她只顾着醉心在他温柔的亲昵里，忘了这些潜在的联动反应。这些以前在选修课上非常认真地学习过，她向来理论知识最扎实的。

“呃……嗯……”宋媛莫名嗓音有点喑哑，在想怎么办，没想出来，身上动作却不由自主，手脚敏捷地先站了起来。

程为怀里一下子空了，心也跟着空了半边，瞬间变成另一重煎熬，眉心拧紧地看她：“你……要干吗？”

要干吗呢？她也没想好。“我……”宋媛仓促转身，无情地逃到厨房去，“我给你倒杯水吧！”她说得很敷衍。

程为一言难尽地靠在沙发背上缓一缓，深呼吸着，不满地朝始作俑者抱怨：“这是喝口水能解决的事儿吗？”

曾经一段时间里，宋媛陷进一种难以用科学解释的谜团中。她窝在床头上看新闻，会看到“港屋一楼一凤”的报道，她好奇，点进去看什么是“一楼一凤”，哦，原来是特殊职业。呃！这个职业吧，是个谋生的艰辛的职业。

她在心里言不由衷地下着论断，思路飘到职业内容上去，又低头认真看了看，思考着，可真是篇良心报道，深入详细，恨不能把标准作业流程都呈现出来。

宋媛抱着平板，看着屏幕发了好一会儿的呆，这呆里掺着程为的影子。

春节假期的最后一天，程为要带妈妈去医院复查，他让宋媛在家休息一天，不让她陪着同去。

宋媛就宅在家里，一觉睡到十点多，起来时，觉得生物钟都乱了，看着窗外明亮的阳光，有种生死轮回后的重生感。

她略收拾了一下，下楼去拿快递，在小区门口，穿着短袖的高大威猛男在发健身房的传单。宋媛一看就是个不常运动的姑娘，四肢细软没有力量感，所以自知不能在这个领域发展，无声无息地走了过去，结果被人从身后叫住了：“美女！”

因为离得太近，她难得自认是美女一回，转过身来。

“美女，瑜伽健身看一下！”男人说话的同时，伸过手臂在她面前，露出一截紧实的枣红色肌肉。

宋媛迟疑了片刻，这是动态的广告啊！可惜了，除了《瑜伽师地论》，她对瑜伽这个词再没有别的爱好和认知，便遗憾地摇了摇手，婉拒了这位敬业的广告小哥。

不过宋媛边走边在心里悄悄地反思：原来异性的力量感和荷尔蒙真的是有吸引力的……嗯，异性，我也有一个合适的异性！

下午，程为来时，宋媛正趴在床沿上背对着阳光，研究自制奶茶的步骤，看了好几种不同的做法，犹豫着要选哪一种。

程为俯身在她身后，刚好遮住她背后的大片日光，目光从她肩头上穿过："又想做什么吃的？"

她皱眉，什么叫作"又"？人活着不就是为了吃吗？她一抬头直起身来，丝毫不差地撞在程为下巴上。

"哎哟！"他给撞得失声叫出来，一时间痛得说不出话，捂着下巴回身坐在床沿上。

"对不起，对不起……"宋媛第一反应说着抱歉，忙凑过去看，伸手替他揉一揉。他下巴上有未剃净的胡楂，微刺的手感。

程为不客气地把她的手挪到撞疼的位置，用幽怨的眼神牢牢盯着她。

"好点儿了吗？"宋媛揉了一会儿，关切地弯着腰问道。

"没有。"程为明显不满，一抬手把她拉到身边来坐下，转头来趁机亲她。他们终于生出了情侣间的默契，亲吻时带着柔软甜美的滋味，相互给予也彼此索取。她一只手攀在他肩头，另一只手正放在他心口上，他呼吸起伏，她渐渐后退。

"怎么了？"程为享受这样的接触，虽然也觉得不够，但总是聊胜于无。她一退，他追上来，贴着她鼻息问她。

"不能一直……"宋媛的眼神像思路一样清醒，放在他胸口的手臂微微用力，不让他靠近。

程为从眼神里判断着她的意思，明白过来，不肯分开，仍旧吻上来，微微喘息着问道："那怎么办？"

宋媛想，那就只有一个办法了……

然而她那个唯一的办法并没用上，关键时刻，程为的电话响了。他第一次露出不耐烦的表情，电话是研究院打来的，他调整了一会儿情绪才接起来。

宋媛倚在靠枕上，听他讲电话，同时在心里反思：看来并不是只有一个办法，这不，只要一个电话就解决了。

傍晚时，程为陪宋媛去街口的超市采购，在海产区逛了一会儿，渐渐走到收银台。收银台的位置除了五彩缤纷的口香糖以外，还有同样色彩鲜艳的各色安全套，一盒盒码在架子上。

宋媛远远走过来时就在盯着看，她其实有一点近视，开始看不太清，待走近了时，是想看看除了杜蕾斯以外，还有什么别的品牌，都是些什么种类。她从前没留意过，现在忽然兴趣空前。

程为推着购物车，眼见她越走越慢，转头顺着她的眼神看去。他也不自觉地放慢了脚步，及至走到那架子跟前，索性停了下来。

他和购物车一停下，立刻打乱了宋媛的注意力。她醒过神来，仓促地收回目光，却被他倾身来挡住了逃避的方向。

程为没说话，眼神从那些色彩浓烈的盒子上扫过，又扫回她脸上，传递着问题：看了半天，不买吗？

宋媛一双眼睛不自觉地睁圆了，光彩熠熠，眼神中推托着：我只是看看，没说要买。

程为又仔细看了一眼那排令人心动的产品，微微思考后，仍旧看向她，想征求她的意见：选哪一种？

宋媛偏身站着，谨慎地没有转头，只迎着他的目光，眨了眨眼睛：不如，选那个最知名的吧！

程为接收到指令，正抬起手臂要去拿，旁边走来一个穿着爱莎公主裙的小姑娘，六七岁模样，停在宋媛身边，毫不怕生地问："姐姐，这是新出的口香糖吗？"

这圆润的小童声把宋媛问得语塞，连耳郭也红了。

程为倒是一脸从容地把一盒杜蕾斯放进购物车，还目不转睛地盯着宋媛，看她怎么回答。

"这、这个是……"宋媛情急之下，灵光乍现，一转身，把"小爱莎"引到另一排货架前，"喏，这些是新出的口香糖。"

"哦。""爱莎"留恋地回头看了一眼"姐姐的货架"，目送着姐姐逃跑似的推着购物车头也不回地走了。

宋媛想：快走，赶紧结账回家吧，省得再节外生枝，谁受得了被这样追问！

回去的路上，宋媛看着购物袋里那盒"新出的口香糖"被程为拎在手里，一晃一晃有节奏地前后摆动着，好像在她眼前来回划出一道道弧线。

"你煮米饭了吗？"程为忽然开口问道。

"哎呀，出来得太匆忙，我忘了。"

所以等他们一走进家门，宋媛先去厨房忙了一通。再出来时，程为已经收好了买来的东西，从卧室走出来。她自顾自地走进去，直接走到床边，在两边的床头柜上各扫一眼。

程为不知何时也跟在宋媛身后折了回来，偏过头，故意问道："在找什么？"

他的声音从她耳后传来，她迟疑着摇了摇头，掩饰道："没什么？"

"找这个？"程为把那盒彩色的"口香糖"拿在手里，呈到她面前。

宋媛转身来定睛看着，嗯……看人家，这颜色，多娇艳欲滴！她犹豫着，言不由衷地建议说："那，放在抽屉里吧。"

没想到程为却问："我们，不试试吗？"坦率得出人意料。

听他问得这样从容，说不同意都不太好意思，可是立刻点头，是不是又显得不太矜持？

"你这是……"宋媛迟怔了一刻，微微皱眉问，"在邀请我？"

邀请？这事也能邀请吗？真是新颖的思路！他抿着嘴角忍着没笑，点了点头。

宋媛忽然低声道："你用过吗？"

他垂眸看着手里的东西，沉默着摇了摇头，再抬头时，正好对上她眼里一点流动的光。她的语声轻薄像流纱拂过："我用过。"

宋媛说完紧紧锁定着程为的目光。他努力保持平静，视线不知何时换了焦点，落在她身后某个地方："也很正常。"

"是吗？"她眼中仍有微亮的光。

他无声地点了点头：是啊，我也没给过她承诺，不该要求她什么。

宋媛低头，着意追看他的表情，同时伸手把他手里的盒子接过来，伸手拆了包装，声调如常："你没用过，那只好我教你了。你看，见多识广多重要，要是我们两人都不会用，多可笑呀。"

程为在心里哼笑，抬手把盒子抢了过来："这是常识，不用非要用过才会。"他表情不明，难辨情绪，边说边从拆开的盒子里拿了一个出来。

"那可不一定，老师说，用不好的人大有人在……"

程为听出一点儿蹊跷，打断她："什么老师？"

她坦然地说："协会的老师就是这样说的，要认真学，才不会用错。"

"什么协会？"

"红丝带。"

"做什么的？"

"艾滋病关爱。"

他们对视着的时候，程为迅速推论了一下："所以这是个志愿者协会？你是跟着那儿的老师学的？"

"嗯，学好了，才能去教别人。"

很好，真是好学！程为点着头，对她的行为表示了由衷的肯定，确实算是会用！他绕到书桌边去，把窗帘拉上了，再回来时，风度翩翩地脱了外套，随手抛在床边的沙发上。

他边走边简短地说着："既然你会，那就用吧，技术技能要经常练习。"

他说着走到她面前，抬手放上她肩头。

宋媛抬头呆了，眼睛里的疑问在说：现在就开始？

"怎么？老师没教你怎么开始？"程为还堵着一点说不清的怒气，伸手来解她身上开衫的衣扣，低头贴近她耳边反问。

他一动手，就把宋媛刚刚那点故作的平静和狡黠搅得一团糟，连带着心跳也乱了频率。忽然要进军一个全新的领域，即便是向往过的，也还是免不了慌张。宋媛不自觉地两手同时抓上他衬衫的衣袖，偏偏他还垂眸看了一眼，在她唇上追问她："不是很有经验的样子吗？"

宋媛正满脑子高速地搜索着所有亲密时刻的相关知识，来不及思考他的问题。后来，过了很久以后她才被科普，原来不管何时，男人在这件事上都不能被挑战，无论是第一次，还是最后一次。

还好他们以爱为基础，携手共同探索，像在合作研究一个新课题，从现有的知识经验出发，不断尝试下一步的路径，虽然也会偶尔走错，但尽快修正，变得越来越好。

程为一手抚在宋媛背后，亲吻渐渐不再是终点。他一心多用着，隔着层单衣顺着她柔婉的腰线摸上去，她身上那些连绵的起伏与凹陷，他远比她更向往。

他一覆上她胸口，她的呼吸明显不能自控，断断续续地说：“不是应该……在床上？”

“嗯。”程为正好也在想这个问题，没有多言，大概是怕她冷，抱她上床前只把自己的衣服挣开了，落在床边的地板上。

换个位置，果然会发现更好的世界。

他压下来的身体让她情不自禁地伸手环上他肩头，他后颈上的一点短发刺在她手腕内侧。

他靠上来细致地吻她的脸颊、耳后，她微微仰头，配合他流连在颈间。起初程为有点怀疑是她枕上的香气，可越往下，越温热的地方香气越馥郁不散，环绕在身上，攫取着他所有的注意力，便不能再等了。他撑起一只手，把她这层单衣扯下来，不想里面还有一件覆在他最想看的地方。

他本不是特别心急，这时候也彻底急了，低身下来摸索着要解决掉这最后一层障碍。实在不了解女人内衣的构造，他一时没找到关窍在哪儿，埋头下去。

宋媛看到程为微微皱起的眉头，感觉着他手指沿着下缘绕到背后来，于心不忍地微微抬起身子，给这个努力求解的人一点空间。

他在她背后来回摸索了一会儿，终于失去了耐心，转头吻着她耳垂，含混着求助：“在哪里？帮我。”他微喘的气息中是让人不能拒绝的声色。

宋媛眼里回荡着柔和春意，引着他的手到背心，稍稍侧身，解开给他看：“这里……”

可程为这时候做不了好学生，对她文胸的搭扣并没兴趣，甚至连它的颜色样式都没半点留意，一手用力扯下来，终于和那对被遮住的雪山和山顶的那一点让人窒息的粉樱见了面。他掩饰着心跳扶她躺平，专心在她身上探索那片新发现，每一处都颠覆他的想象。

随着程为手上不断延伸着活动范围，宋媛心头隐隐升起一丝恍惚的恐惧来：“程为……”

“嗯？”程为不舍地从她胸前抬起头来，正对上宋媛惶惑的眼神，这才忽然想起自己只顾着索取，忘了她的感受。他努力平缓着情绪，低头吻她的眼睛。

宋媛声音细软：“我、我有点儿……”

程为伸手拂开她额角的发丝，柔声回应她：“嗯，我知道，听说，会有点儿疼……”

“会出血。”宋媛迟缓地担忧，声音微弱，让听的人心颤。

“嗯，”程为附和着，温暖的掌心笼着她肩头，严谨地推测，“应该只是第一下有点疼，之后会越来越……”他气息不稳，到了这时候他其实有点儿停不下来，心里的欲望一旦松了绑，总有穿云破雾的力量。

“媛媛，”程为拉宋媛的手，同时把那片“口香糖”贴在她手心，“要教我用吗？”

看到他诚恳的眼神，宋媛才惊觉腿边被紧紧抵着的不是他的膝盖，是……

她像是站在大幕边缘怯了场，迷糊地摇着头把手心的东西还了回去。

程为在心里叹息，只好自己来。

他一抬起身的瞬间，带来一阵凉风，宋媛更清醒了一点，从温润的柔情里抬眼看到天花板上的一处光斑，不规则的形状，静止不动。

程为再覆上来时便有些势不可当，宋媛愈显紧张，一手攀在他肩头，问道："会、会弄脏床单吧，应该先准备……"

她想说也许该先准备条浴巾，被他低声打断了："我来洗！"

他真的已经装备齐全，再蹉跎下去，怕是……他沉了沉身，一手挪下来控制她的腰腿。

宋媛从前接受过的所有理论知识都只到这一刻为止，纸上谈兵得太久，上战场就容易傻眼。她忽然对男人的强硬和力度有了别样认识，手心都泛了潮，滑腻得扒不住他，仓促地想反悔："要不我们、我们改天再试？"

"嗯？"程为正专心致志，她忽然要退场，便艰难地分神来哄她，"就快好了……弄疼了吗？"他低头看了看，其实还差得远。

疼确实还没有，只是不舒服倒是真的，她诚实地摇了摇头："不疼，可我……"

程为被这一刻折磨得眉头结紧，低头吻她的唇峰："媛媛。"

"嗯？"

他横下心来，忽然在她耳边问道："知道莱布尼茨最后在哪个学院教书吗？"

"什么？谁？"宋媛没听清，只听到一个人名，凝神来看他。

"莱布尼……"程为自己也没能重复清楚。

随着宋媛手心一攥紧，在他肩后留下明显的几道红印，他们再没有精力对话，所有感觉都聚集在那一处地方。

这真不是一项需要学习的技能，本能渗透在每一次进退里。先时被他偷袭，她身上眼中尽是痛色，弄得他着实慌神，然而过了那一会儿，就好了。前路并不坎坷，越来越顺利。

被她暖热的湿滑包裹着，他剩下的时间全心全意关心着她的感受。她在喘息的间隙里，抬头看到天花板上那一点不规则的光斑，荡漾着、摇晃着，像漂浮在月下的海面。

卧室的窗帘被拉上了，只剩了一点黄昏时的光线。再后来，外面彻底天黑，窗帘上映出一团虚晃的路灯光。

程为已经是第二次问她："起来吗？"他手指顺着她的发丝，从脑后滑过停在她光润的后背上。

他真温暖，每一处地方都是暖暖的，她转过脸贴在他胸前，靠在他有力的心跳声里。像某个下雪的早晨，大概是放寒假，她溺在棉被里任由自己睡得昏昏沉沉，直到日上三竿，想这神志不清的尽头到底在哪里。她想：如果时间能停止，那就停在这里吧。

"到八点了吗？"宋媛略仰头来问他，八点钟他该回去了，是他妈妈吃药的时间。

程为听了微微叹息："没有，还早呢，不到七点。"他无意识地抚摸她背心里一点凹陷，轻声哄她，"不想睡的话，我们起来吧。"他动了动，凑到她耳边来，"还要洗床单。"

"嗯……"宋媛呜咽着答应，人却没动，把一只手从他腰身上拿上来，又抚过他的手臂。其实男人的皮肤也是很光滑的，怪不得各路妖精都觉得唐僧细皮嫩肉的要占有，诚不欺人。她在心里思忖着：

今时今日，这也算是私有财产了吧，那再摸一下。

“别乱动，”程为忍了一会儿，实在忍无可忍后，索性把她牢牢圈住，压在手臂下，诚实相告，“你再动，该复苏的会复苏，该重启的会重启，我也控制不了。”

“你不是说，在休眠状态吗？”

“那可不一定，”程为眼瞳里亮着一圈细碎的光，极谦虚地解释，“你现在这样，我随时能开始。”说着，垂眸向下迅速扫了一眼，尽收眼底。

“那……”宋媛清醒过来，奋力挣开他手臂，“那我们还是起来吧。”她说着开始在床头找衣服。

程为横过来的手臂一把把她压回被子里，他一方面怕她着凉，一方面被她趋利避害的反应深深伤害了，低头来狠狠问道：“这么不好吗？一说要重启就逃走？”

“喔……真的，有点儿疼！”她连眼神里也掺着畏惧的光，那点可怜的光融化人心。

他顺势亲了亲她眼角，伸长手臂替她拿衣服，低声问道：“不是后面好多了吗？也许下次就不一样了。”

“嗯。”宋媛接过衣服来，理智地点头答应着。

“下次，是明天？”他居高临下地问。

“明天？”宋媛迟疑了，觉得不妥，“后天吧？”说完看他表情不悦，极有心机地补充，“明天正常上班，很忙的。”

程为维持着原有的表情，没说话，散发出来的气息似乎不太同意后天。

程为临走前，宋媛在收拾厨房的碗筷。他从身后圈住她，低头在她耳后留恋地亲了亲，低语着同她商量：“不跟我回去吗？”

宋媛手上满是泡沫，任他抱着，摇了摇头。宋媛说她周一一早八点开会，怕来不及。他说，我送你。她说，不要，你太暖和了，我容易睡过头。他听了笑得没法言语。

宋媛送程为下楼，回来时也觉得落寞，第一次发现这屋子里空得有点儿荒寒。她经过阳台，不经意看到晾在那儿的床单，随着窗外的夜风摆了摆。她站在玻璃门边，笑了，他果然还是言出必行的好性格。

第二天是博物馆开年的第一次大会，宋媛和小庄挨着坐，听书记继往开来的讲话。

会议气氛严肃庄重，不能交头接耳。小庄低着头频频做着笔记。宋媛侧目，小庄真是书记领导下的好青年，不像她，实在不知道该记录哪一句，觉得哪一句都差不多。她只好打起精神来，目不转睛地盯着书记的脸，奈何眼珠不争气，总是被书记头顶上疏落的几根头发吸引。

宋媛正在痛苦中挣扎，小庄胳膊肘挪过来碰碰她的手臂。宋媛警惕地瞟他一眼，看他正把笔记本亮给她看，上面写着："你和程为谈得怎么样了？"

这问题……她目光顺便向上扫了扫，正瞄到他拿黑水笔画的一幅书记讲话的人像——突兀的大脑袋，油光锃亮，旁边写着："苍蝇别来，小心滑倒！"

宋媛一个没忍住，咧开了嘴，太不庄重了，赶紧低头掩饰，并狠狠剜了小庄一眼。

小庄这才发现暴露了，一伸手把画像捂住，留下一根手指用力点了点最后那句话。

宋媛迅速调整好情绪，再抬头时仍是标准的肃穆表情，同时骄矜地瞥小庄和他的笔记本一眼，意思在说：看看姐的职业素养，怎么样?

看到了！小庄不耐烦地又点了点那句话。

轮到宋媛写字，她认真地低头奋笔疾书，还间或看向书记的脸，写道：“挺好的，诸事顺利。你敢涂鸦领导，你等会儿别动，让我拍下来留着当把柄！”

哼！小庄鼻孔喷了喷气，手上缓慢地把那幅画涂满了，销毁了证据，同时写着：“他妈妈的情况，你去看过了吗？你知道程为以前在学校，是多少人追逐的目标吗？你以为冷漠低调的全优生，是什么逼退了那些花痴？”

“不是他的“冷漠”吗？！”宋媛故意写着，稍稍转头想看小庄的精彩表情。

小庄果然不端庄，他毫不掩饰地翻了一个巨大的白眼，宋媛真怕他翻不回来。

他好不容易翻回来了，龙飞凤舞地写着：“就数你有智慧，征服得了冷漠的人性！”

宋媛想写：可不是嘛！看看我这魅力。但还没来得及动笔，书记的讲话进入收尾环节，大家都开始准备鼓掌了，她手上忙不过来，没写成。

散会出来时，小庄谦谨地抱着笔记本，等领导们先退场。

宋媛因为要整理一期展品的文字资料，一整个下午都没见到小庄。他大概是跟着师父进库房了，他们有一些织绣品是需要长期维护的。

临近下班时，小庄才又出现在办公室，他难得的沉静如水，坐在宋媛对面写工作记录。

等办公室同事走得差不多了，小庄才伸手敲了敲宋媛桌面。

宋媛抬头来看他。

“哎，写完没？”小庄惯有的妖娆眼神勾了勾。

“嗯，”宋媛点头，“要说什么？”

“给你讲个惊悚故事，听不听？”

宋媛一边着手整理文件，一边潦草点头。

“关于你男朋友哦！”

她停了手。

“我听我老婆说的，那时候她们班有个女生，专业课成绩数一数二，特别仰慕你们家程师兄，好像因为想考和他同方向的研究生，就经常去找他。可惜程为在学校的时候不多，她就找到他家去，”小庄边说，边指尖流畅地转着一支黑色水笔，“结果，听说有一次去他家，看到他妈妈举着一把明晃晃的菜刀站在家门口，又哭又笑的要砍人。”

宋媛坐在对面凝神听着，她在想：这是躁狂失控的时候吗？

小庄继续绘声绘色地讲着：“把那女生吓得半死，逃都来不及，后来就再也不敢上门了。”

宋媛若有所思地点着头，但眼神的焦点不在小庄脸上。她在推测这是什么时候的事，是药物没有控制好的时候吗？她同时想起了另一件事，一道她没太留意的伤疤……

“哎！”小庄拿手里那支笔在宋媛面前晃了晃，“听懂我说的意思了吗？”

宋媛调回视线来，点头：“听懂了，你放心，我都清楚的。”

小庄自顾自地用手里的笔敲了敲桌面，说道：“知道就好。”同时收拾文件起身向宋媛回眸，“那我先走了，我得早点回家，我二舅舅生日。”

“轮到舅舅们了？”

“嗯！”

“舅舅们生日快乐！”

“多谢！”

宋媛下班回到家，晚上的时间用在查阅资料上，她给自己进一步普及了精神病学知识，花了一些时间。程为打来电话时，已经十一点多了，她还在看一篇国外的论文。

“媛媛，你睡了吗？”

“哦，睡了，明天要上班的啊。”宋媛的眼睛仍盯在电脑屏幕上，随口回道。

“哦，你开着灯睡啊？”

“嗯？”宋媛眼神还没挪开，就听到开门声，马上从椅子上转过身来。

程为边挂电话，边径直走进卧室，走近时的表情仿佛在说：你撒起谎来倒是脸不红心不跳的！

宋媛下意识地抬头看了一眼床头柜上的闹钟：“这么晚了？你怎么出来的？”

程为走到她跟前，本来看她穿着身浅色睡衣，抱膝坐在椅子上，缩成一团，十分好抱。正伸长手臂要把她圈进怀里，临时瞟到她电脑屏幕，他读取速度特别快，已经看清了。停了一秒，他抬手把屏幕合上了，仍旧把她抱起来，在她耳边告诫她：“你看这些做什么？有我在，不用你帮这些忙。”

被他腾空抱上床，宋媛本能地搂住他的脖子，仍旧担忧地追问他：“你怎么出来的？阿姨一个人在家吗？”

“放心，我妈吃了药睡了，中途不会醒。”程为凑近亲昵地在她耳边悄声低语，像是怕吵醒了谁。

“那明天早上……”宋媛还是不放心，被他压进被子里，借着一点月球灯的白光，找他的眼睛。她担心明天一早，他妈妈醒来找不到他，她今天刚研究过，这类病人对环境变化的反应不一，万一……

程为做好了准备来的，抬手把月球灯的开关按掉了，房间里一瞬归于黑暗。

“我早点回去。”他说着，一只手伸进她睡衣里。

“多早？”

“很早……”程为从宋媛睡衣下缘摸上去，潦草说着，说话声渐渐淹没在她唇齿间。

他一只手臂撑在她头边，另一只手在她身上畅通无阻，越过柔滑的平原，攀上峰顶。他真是那种一回生，二回就能深谙其道的人。他放慢了速度，腾出手来在黑暗里解自己的衣服，一件件顺着床沿滑落在地板上。

宋媛在心里疑惑是否被他亲得有点儿缺氧，刚刚想问的话，他一贴身上来她就忘了，滚烫的身体有驱散思想的功能。

她被他的动作牵引着，眼睛渐渐适应黑暗，在昏沉的光线里看清他的轮廓，寻着他耳朵低声问道：“你是特地为这个来的？”黑暗里，她的双目炯炯发亮。

程为坦荡地点了点头，微微带着鼻音：“嗯。”他沿着她光裸的脖颈一路吻下去，昨天太仓促，他走马观花，现在正是好时候，供他细致地一一饱览，他是特别仔细的人。

宋媛被程为亲得有细碎的微痒和不明的难耐，蒙混中伸手抓住他的手臂，渐渐不得力。她一点点挪上去，快要到他肩头的位置，摸到那处伤疤，忽然清醒过来，昨天似乎也摸到过，她没留意，此时她重复抚摸了一会儿，大概有一根手指长，斜斜的一道。

“程为，”宋媛猜测着，“这是伤疤？”

“嗯？”他感受着她手指拂过的位置，一时难以从她胸前的温腻里脱身。

“这里。”宋媛又重复一遍，趁着他回神，努力从他身下挣出来，攀着他的肩头坐起身，低头来确认那处伤痕。

程为顺从地由着她起身，又伸手揽住她的后背：“嗯。”他顺着她手指的位置低头看了一眼，“不小心弄伤的。”

“哦……”她缓和地点了点头，追索他眼里的光，猜测道，“是刀伤吗？”

程为怔住了片刻，不知是怕宋媛冷还是别的，他也坐起身，把她紧紧抱在身上，依在她肩头。似乎过了好一会儿，他才说：“别怕，媛媛，这些事我能处理好。”

“嗯，”宋媛贴在他耳边轻声说着，“阿为，我们一起吧，一起看风景……”她双手搂住他的肩头，“有多少好风景，就有多少不好的。我不怕，你也别怕！”

她征求他的意见，眼神温柔又坚定。

“可我不想，不想你……”程为沉沉的声色从昏暗里传来，贴在她温香不尽的颈窝里。

“我们试一试吧，好吗？”宋媛胸腔起伏，任他在身上摩挲，一只手仍笼在他那道伤疤上，维持着混沌里的一点清醒。

许多的相爱随时随地都能开始，可许多的相处却特别需要坚持，宋媛是特别能坚持的人。

程为不肯回答，宋媛低头来寻着他的鼻息，先吻他眼睛，再是鼻翼：“好吗？”她追问他，吻在他唇边，等他回答，“我们还要在一起很长时间……”她在昏沉里喃喃地解释着，语声细微，飘进人心里去。她换了方向，吻他另一边的眼睛、眼角、唇边。

“好……”程为终于松了口，心里有多少不忍，都一一结进眉心里。他低头贴在她胸前，那一团“怦怦”的心跳，那一点圆润的樱果被他含进口中，暖热裹在唇齿间，他生出贪婪的心来，本能地吮吸着，感受着身上的人微微颤抖。

宋媛渐渐无力支撑，在他耳边，小声说：“放我下来。”

他一手托住她，一手在她身后摸索着找到枕头，放在她背后。

他倾身把她压住，低声同她商议：“我觉得，这个角度好。”他同时尝试着要更进一步。

她也来不及细想到底哪个角度好，只觉得他滚烫的满心满意地挤进来，填满了她所有空间。他带给她源源不断的酸胀让她忍不住用力抓住他的手臂。她想，确实是这个角度太好。

宋媛入睡时想回头看一眼床头柜上的闹钟，被他手臂搂着，转不过来，她轻声问道：“明早你几点走？”

程为把下巴抵在她前额上，没有睁开眼睛，含糊地回答她：“是今早……快睡吧。”他顺便亲了亲她的额头，“我不吵醒你，你别起来。”

“嗯！”宋媛若有所思地答应着，听见他梦呓般的声音飘在头顶，他自言自语着：“你被子里好香……是你身上的……”

后来，程为走时，特别小心，天光微亮，他要赶回家去。宋媛房间拉着遮光的窗帘，她呼吸均匀，平静的睡颜朝着他躺的方向。

程为起身前忍不住想再亲她一下，他俯身下去，有衣服的窸窣声，靠近她鼻尖时，终于还是停住了。

等他悄悄出去回身关上大门，宋媛才睁开眼睛，光影里是少了一个人的痕迹。她转头扫了一眼床头柜，五点半。真早啊，她在初醒的慢节奏里缓缓地回想，这像他从前读书时的起床时间。

这天其实是周五，但是因为春节补班的原因，周六也还要上班。快到下班时间，宋媛站在办公室窗口，背对着成片的斜光，给程为发微信：“你几点下班？下班来接我。”

程为不多时就回复过来：“好，我一会儿就到。”

宋媛低头看着那行字，透过屏幕，似乎一直看得到他心里去。

宋媛跟着程为回家，他一路上都牵着她的手。上楼时，他低头看到他们两人映在楼梯上的影子，心想：我牵着的，是我今后的美好生活。

他们进门时，程为在鞋柜的抽屉里找了一套钥匙出来，放在宋媛手里。他没说话，只抬眼来同她对视了一下。宋媛点了点头，把那串钥匙加在自己的钥匙圈上。

程为下楼去接他妈妈时，宋媛接到刘女士的视频电话，她临时斟酌了一下，按掉了，没接。过了一会儿，她机智地打了语音电话回去："妈，什么事？我刚刚在办公室呢。"

"哦，在忙啊？没事没事，我就是想告诉你一声，新加坡的辣椒螃蟹真好吃呀。你啥时候有空，咱们再来一次，真的好吃，是吧，老宋？"刘女士一贯的大嗓门。

"哦，是啊，这个苹果汁也好喝……"宋爸爸没说完，被刘女士拿走了手机，剥夺了话语权。

"你吃饭没？媛媛。"刘女士关心道。

"哦，我一会儿就吃，"宋媛不无骄傲地说，"我按时吃饭的，妈你放心，不仅今天，以后都是。"

"哦，那就好，你最近可有进步啊，"宋妈妈在那边点着头，宋媛看不见，只听见她进入常规话题，"吃饭要重视，你们年轻人都不当心，老了来不及的。"

"哦。"宋媛在心里想：那你可放心吧，我打今儿起，吃饭可规律了，而且还会一直规律下去，满意吗？刘女士！

她正这么想着，门外响起开门声，她赶紧说道："妈，我们领导来了，我不说了啊。"

"哦，领导啊，那挂了吧，挂了。"

程为和妈妈进来时，宋媛正拿着电话站在走廊一端。

"哦，媛媛来了，"程妈妈满脸的和蔼，迟缓地转头看了看程为，向宋媛客气道，"来找阿为写作业吗？"

宋媛也看向程为。

程为一边引妈妈去客厅，一边耐心地解释："妈，媛媛是我女朋友，我们都毕业了。”

“哦……毕业了好，妈都给你准备好了……”程妈妈自问自答地点着头，去找电视遥控器。

程为伸手把宋媛拉在身边，想了想，解释道：“我妈因为药物的干预，神志不太清楚，很多时候说的话没有实质意义，你随便跟她聊什么都行，她其实并不理解里面的意思。”

宋媛点了点头，跟着程为去厨房：“是控制狂躁的药吗？”

程为转头来看了看她的眼睛，低头解释：“不是，像我妈这样的病人，都伴随不同程度的被害妄想症，会有防御和攻击行为，所以需要药物控制。”他极尽简短地说着，其实如果不加大药量来控制不良行为，就得用别的方式来管控，这里面的取舍，程为当年是没有办法的办法。

他接着转身来补充：“媛媛，别担心，我妈吃药太长时间了，以后不会再有攻击行为了。”

宋媛看到程为眼睛里的难色，听得懂他话里的意思，理解地点了点头，伸手来摸了摸他侧脸，心想：你那时做过许多决定吧？许多艰难的决定。

程为转头来亲了亲她手心。

晚上八点多钟，程妈妈睡得早，她的精神常常是涣散的，丝丝缕缕飘在半空里，天黑就要入睡。从前，因为睡眠障碍，医生给开过安眠药，现在好了，完全不再需要药物帮助了。

宋媛站在餐边柜旁，看程为给妈妈准备睡前要吃的几种西药。他一样样地说明，宋媛记在心里，跟在程为身后。

等他们关门出来，整个家里就剩一片寂静了。

程为顺手关了客厅的电视和灯，压低了声音侧头在宋媛耳边说道：“暂时要保持安静，别把我妈吵醒了。”

“哦。”宋媛也低声答应，配合得小心翼翼。

程为看着她像个言听计从的小学生，忍不住顺势咬了咬她耳垂，问道：“去洗澡吗？洗了早点睡！”

宋媛转头来目光闪闪：“这么早？才八点半……”

“不早啊，床上还有很多事情要做。”程为说得一脸庄重。

“我、我还有资料没看完呢，我带电脑回来了……”宋媛说着，走回他房间，她电脑放在窗边的沙发上。

程为跟着宋媛回房，顺手把门关上了。宋媛回头注意到他只是关门，没有锁。

程为的房间是这套房子的主卧，特别宽敞，可见在他妈妈心里，是多么重视这个儿子。房子还是他们当年回来时用爸爸的赔偿款买的，彼时房子还不贵，现在倒是很值钱了。可惜他们是自住，涨到何种程度，也不过是个数字而已。

宋媛径直走到窗边，她最喜欢他这处沙发的位置，窗帘旁边，有种避世的静谧。她弯腰去打开背包时，他站到她身旁，问道：“带衣服来了吗？”

“嗯。”宋媛点头。

程为伸手替她拿出来，低头看了看几件细软的衣服，问道：“只有这两件，不多带几件？”他转身帮她放进衣柜里去。

“不用，我周末要回去的。”她一边低头开电脑，一边说。

程为没回头，在心里想：还要回去？我不会让你回去的。

程为看宋媛端端正正坐着，电脑屏幕亮了起来，便拿了睡衣去洗澡。等他洗完出来，宋媛还坐在沙发上，不过电脑关上了，在低头专心写着什么。

他走近了垂眸去看，她在写标签，标记着药品名、吃药时间，还有药量。

他伸手打断她：“有我在，你不用记这些。”他的短发刚洗过，带着清亮的星点水珠，没来得及吹干。

宋媛没抬头，只把他按住她笔的手拿开了，喃喃自语着：“生活要互相融合的，万一用得上呢，说好要一起的嘛。”

她的轻声细语像夜色里微明的光。

她向来是喜欢把准备做在前面的人，要做很多的准备，才能从容面对生活的变数。

程为没再说什么，只站在旁边看她仔细写完。

等她一写完，他伸长手臂把灯关了，房里亮起幽暗的月球灯。

程为俯身把她整个人抱起来，他越来越觉得她玲珑轻巧得像他身体的一部分。

“我还没洗澡。”宋媛挣扎着提醒他。

程为转身把她放在床上，自己也跟着贴上来：“我不嫌弃你。”他其实喜欢她身上的气息，她不洗他更喜欢。

他正极顺手地解她的衣服，在她胸前沉沉地回应：“完事再洗。”

她一手环上他的后颈，摸到他头发上未干的水珠，低头吻他的额角，亲昵地抱怨：“头发都没干，把我衣服都弄湿了……”

程为正在这件事上积蓄着空前的兴趣和经验，探索地沿着她柔滑曲线摸下去，他的手停在那里验证从前所有的理论知识，抬头来细致地吻她，在她唇上控制着喘息，纠正她：“是你把我弄湿了！”

第三十二章 坦诚

这是宋媛住在程为家的第一天，她其实从小不认床，在哪儿都能睡着，睡眠质量只取决于疲劳程度，昨晚的辛劳也足够她睡到闹钟响起。然而，程为一起身，她就醒了，像灵魂的一角牵在了他身上。虽然他轻手轻脚，她还是睁开了眼睛。

程为俯身在她耳边安抚：“睡吧，还很早。”同时伸手来拂了拂她额角。

她看着他回身掩上了房门，房里弥漫着朦胧的清晨光线，她躺在枕上静心听外面渐起的尘嚣声，悄悄坐了起来。

客厅里传来程妈妈的咳嗽，程为用闽南语说了什么，她没听懂，却忽然想起小时候无数个早晨，在她半睡半醒的时候，透过她房间的门，能看到厨房里亮着灯，刘女士在准备一家人的早饭，刘女士用余姚方言和老宋说快点儿去把媛媛叫起来，一会儿上学要来不及了。

宋媛换好衣服出来时，在房门口正好和程为妈妈面对面。程妈妈站在那儿疑惑了好半天，盯着宋媛来回看了好几遍。

宋媛想寒暄说阿姨早，还没来得及说，程妈妈先开口问她：“你昨天睡在阿为房间了？”

被长辈这样直接地问，宋媛一阵热血从耳后排山倒海地涌上面颊来。她有限的人生经验里似乎从没有这么窘迫的时刻，她连呼吸的功能几乎都要被迫停止了，还听到程妈妈接着在问：“你睡在阿为床上啊？”

程妈妈这样诚心诚意地连番提问，把宋媛问得无措到了极限。

还好程为听到说话声，已经走过来，他伸手把宋媛揽进怀里，声调如常，耐心向妈妈解释：“妈，我不是说了嘛，媛媛是我女朋友，我们要结婚的，她当然跟我住啊。”

“哦……”程妈妈机械地点了点头，看着程为把人环在臂弯里，带走了。

宋媛侧脸紧紧贴在程为衬衫上，他低头来看，她不肯抬头，伸手把另一半脸也遮住了。其实她是在笑，笑自己的尴尬一刻。

程为搂住她笑得微抖的肩头，把她抱进怀里，低声逗她：“好了吗？脸红退了吗？”

宋媛把前额抵在他肩头，脸上还是发烧，诚实地摇了摇头。

程为在她后背轻轻拍了拍，岔开话题：“早饭想吃什么？”

宋媛稍稍恢复了一点，抬头看他：“给我一大杯冰水。”

程为笑了，配合道：“给你一个冰箱，你去冰镇一下吧。”

“也行。”她真的朝厨房张望了一眼。

等他们忙好早上的诸多事宜，程为送妈妈去舅舅家，宋媛跟在他身后。

他回头来说：“你在楼下等我吧，我一会儿就下来。”

“不用，我跟你一起。”

程为没再坚持，牵起了她的手。

他们一起去上班，宋媛比较近，在程为去研究院的中点上。他一路上都在想一件要紧事，他其实筹划了些日子了。

年前，研究院有个重要的项目，和程为的研究方向非常接近，项目负责人来找程为谈过，希望他能加入项目小组。程为是年轻的研究员里研究能力强且表达和呈现能力都最出色的一个，他其实没有什么别的顾虑，唯一的问题就是项目后期，学术成果要产业化，对接中科院的协同创新中心，但这个中心所在地不在福州，而是在厦门，他不能出差。

然而项目完成，成功促成产业化，会有一笔非常可观的奖金。程为第一次在奖金面前犹豫了，他有一项重要的人生大事要完成，学术变现的机会实在不多，他想他不能错过。

这天傍晚，程为来接宋媛回家。

小庄和宋媛一起下楼，远远看见等她的程为，小庄热络地向他点头致意，同时对宋媛说："你老公来接你了。"

宋媛忍不住侧目感慨："你叫得比我还亲热呢！"

"啊，不然呢，你叫他什么？"小庄八卦道。

"程为。"

"啊！你俩这……"小庄失望，同时向对面的程为道，"我还在想，你俩要是进程快的话，咱们能不能赶在一起办婚礼。唉，看样子，我和吴菲是等不了你们了。"

宋媛听了，不怎么失望，面无表情。

程为转头来问小庄："你们什么时候？"语气一本正经。

小庄说："我们打算国庆节。"同时看了看程为的表情，"怎么样？程为兄，你赶得上吗？"

程为若有所思地和小庄对视了一眼，心里计划了一遍项目进程，如果顺利的话能赶得上。然而没有十成的把握，他不能轻易点头。

宋媛在一旁看着他们对话，仿佛这事和她无关，她纯粹看个热闹。

程为忽然把视线转到她身上来，把她看得一脸疑问。

小庄马上就笑了，调侃道："哈哈，好吧，你还没求婚！"说着摆着手先走了，一副我可不等你俩的样子。

他们回家的路上，程为特别认真地问宋媛："我们什么时候请你爸妈来福州看看？"

"哦。"宋媛含混地答应着，才忽然想起没有催一催老宋的进度，不知道他和刘女士说明白了没有。

于是，她趁着程为下楼陪妈妈散步的时间，打电话给老宋："爸，你在哪儿呢？和我妈在一起吗？"

"你是找我还是找你妈啊？"老宋没明白。

"我妈跟你在一起的吗？"

"没，你妈和几个阿姨去酒店后面的花园里拍照去了，我搁房间里歇会儿。"老宋坦诚道。

"哦，那太好了。爸，我问你啊，程为妈妈的病，你跟我妈说过了吗？我妈什么态度？"宋媛赶着追问。

"哦，这事儿啊……"老宋举着手机站在酒店窗帘前面，"我说了一点儿，呵呵。"

一点儿？宋媛没听懂："哪一点儿？"

"就是，我推荐你妈看了那个《飞越疯人院》的电影，"老宋咧着嘴替自己解释，"那算是说了一点儿吧！"

宋媛听了，无言以对。"爸！"她语声里明显有些不满。

"哎呀，没来得及嘛，这才没几天啊，你急什么呢？"

她倒是不急，但是有人好像有点儿着急。她被老宋一埋怨，忽然反应过来，确实，这事儿还是得慢慢来，事缓则圆，急不得，刘女士还是慢慢攻坚的好。

于是，她临时改口，和缓道："哦，爸，那你找到机会，千万记得和我妈说啊。"

“好，我知道，你放心，爸有办法。”

老宋和刘女士回到家，趁着一个春暖花开的下午，老宋抱着茶杯站在书桌边看刘女士整理照片，问道：“怎么样？媛媛妈，出去玩，有意思吗？”

刘女士扶了扶老花镜，头都没抬，说道：“那当然，比待在家里有意思多了。哎老宋，都说桂林山水甲天下，我想啊，等天气热了，咱们再去那儿走走。”

“可以啊，”老宋低头喝茶，慢悠悠道，“你看你，想去哪儿就去哪儿，多轻松。你可不知道，有些人年纪轻轻的，就哪儿都去不了，可是不容易！”

“谁啊？谁这么惨？”刘女士抬起头来，问道。

老宋摇头晃脑地走到阳台去了，自顾自地感叹着：“有的人啊，不容易，不容易。”

隔天，他们两人去菜市场买菜，看到新鲜的毛蟹，虽然价格不便宜，但老宋知道刘女士爱吃，拉着她要买，还随口问道：“哎，从前你三姨做的咸炝蟹最好吃，好多年没见了，也不知道她还在不在了？”

刘女士一边觑着眼睛往小贩的称上瞄，一边说道：“在是在呢，上次表姐不是打电话来说，三姨老年痴呆，他们都顾不上她，送养老院了。真是，这么多儿女，没一个肯管她，七八十岁的人了，作孽……”她絮叨着，顺手把称好的毛蟹拎在手里，掂了掂，在心里估计了下斤两，觉得差不多。

“嗯，是吧，”老宋在旁提点着，“这做儿女的心啊，可不一样重，轻易称不出来的！”

刘女士不明所以地点着头，表示十分同意。她边走边感慨：“不是我说，我们媛媛可不是那样的人，我就敢肯定。”

“嗯，那是，那都是你教得好，绝对的！”老宋挖起坑来不遗余力。

他看着刘女士笑眯眯地走在回家的路上，心想：回头我告诉你媛媛给你找的亲家，你可千万记住今天的话啊！

刘女士心目中极富同情心的宋媛，这时候正坐在程为房间的沙发上听他打电话，他面前的电脑屏幕上展示了一幅极复杂的多维图谱。宋媛站起来着意看了看，辨识了一会儿，没看懂。她心里略有不服，一边转到阳台上去收衣服，一边想着：没什么，我们专业也有很多你看不懂的东西，印欧语你懂吗？古梵文你见过吗？闻道有先后，术业有专攻。

她把衣服抱回程为床上，一件件叠整齐。自从不用自己花时间做饭为觅食浪费精力，她觉得业余时间多出来了，果然群居生活有助于资源整合，各司其职，减少不必要的浪费。

她没在意程为什么时候打完了电话，合上了电脑，扭过身来靠在椅背上专心看她叠衣服。

她把三个人的衣服分成三堆，他看着她把自己的衣服折好拿在手里，才想起她说明天要回去的事。

程为站起身从宋媛身后圈住她的手臂，靠在她鬓边明知故问：“明天不要回去，好吗？”

宋媛转头重复前面说过的话：“我周一很早开会，怕会迟到。”

“我可以很早叫你，不会让你迟到的。”程为笃定地说，温热的气息回荡在她耳边。

宋媛怕痒，转头躲他，被他用力控制住：“我怎么照顾不周了？一定要回去？”

他经历的世事比她多，看起来总是神色微澜，说话极少带情绪。

宋媛觉得特别有意思，像找回了他小时候的样子。她那时总是想不到立体几何题的最优解，他就会拿水笔敲她脑袋，说道：“干吗又要舍近求远，这样！”然后画给她看，她不得不点头。他脑子里似乎装着所有的正确答案。

宋媛此时回头来看程为的表情，看出他眼睛里有一点难能可贵的孩子气，故意逗他：“那你说，宋媛我爱你！”

她还没说完，就先被他打断：“那你就留下来？”

他脑子太好，她仓促地想点头，又忍不住在心里权衡，觉得好像还是他得的好处多。

“是不是？”他追问道。

“嗯。”

他收紧手臂把她压到身前来，低头在她耳边如实表达：“媛媛，我爱你！”说完便向她要答案，“不许走，以后都不许。”

宋媛便凝眉反思，确实还是他占的好处多，她怎么才只要了他一句话呢？然而看到他眼底含光的笑，又觉得算是打了个平手，自己也占了很多好处。她透过他肩头，望向他身后一片幽蓝的窗帘，再难的数学题总找得到最优解，不像生活，无论怎么努力，总探究不到最后。她想，现在就是最优解。

第二天一早，程为站在过道，看到宋媛和妈妈面对面坐在餐桌前吃早饭。宋媛背对着他，一道晨光洒在她背后的座椅上，像笼着层薄纱。

他听见妈妈问宋媛：“你又住在阿为房间了？”

程为无奈地皱起了眉头，想上前去解释，也心疼宋媛又要面对尴尬，却听到宋媛不急不缓地回答：“嗯，是啊，阿姨，我和阿为住，我们要结婚的。”

他站在那儿听着，连什么时候笑了，他自己都没发觉。

已经到了四月底，刘女士买菜回来，经过楼下的花坛，里面碗口大的牡丹花正花开过半。她看着觉得实在美，拿出手机来拍照，发朋友圈，配上她最爱的美文：“春光正浓，时光正好！”

老宋坐在自家阳台的吊床上喝宋媛前段时间寄回来的岩茶，十分惬意，看到刘女士在手机里说“时光正好”，他抬头朝窗外的远空放眼凝视了一会儿，觉得确实，正好。

他等着刘女士进门，热情地跟在她身旁鞍前马后。

“你怎么了？昨天打牌输光了？”刘女士警觉地瞥了他一眼。

“没有，我昨天赢了，老秦他们输了点儿，”老宋纠正，正帮忙洗西蓝花，水哗哗直响，“我说，天气暖和了，咱们要不要去看看媛媛？”

“行啊，咱们等过了五一去。别跟媛媛说，也给她来个惊喜！”刘女士说得起劲，顺便把老宋挤到一边去，她嫌他手脚慢。

老宋识趣地转到冰箱旁站着，喜可不一定有，惊倒是占一点儿。

他慢悠悠地说：“媛媛妈，你说，以后我老了，我说要是哈，我老年痴呆了，你咋办？”

“你还等得到老？”刘女士盯着西蓝花没转头，“我看你现在就老年痴呆了。”

老宋不爱听，一摆手:“别瞎说,我现在哪能,我昨天打牌还赢了。”突然想起聊天的目的来，别扯远了，“哎，我说真的，你说人老了，是不是都容易犯糊涂，脑子生点儿小病？”

“脑子生点儿大病也没办法，老了就是抵抗力不行了，这还能是谁上赶着愿意得的！”刘女士麻利地沥干了水，准备开火炒菜。

“是吧，我也这么觉得，都是没办法的事，”老宋点着头，语速平常，“我听媛媛说，程为妈妈就是脑子有点儿问题了，大概还是当年程为爸爸突然去世，受了刺激。要不程为这孩子，这么好的成绩，没法去外地读书，一直照顾他妈妈呢。你说说，真不容易，换了别人……”

油锅里的油正在烧热，泛起一圈细小的气泡。

“你说谁？谁脑子不好了？”刘女士目光犀利，转头来盯住老宋。

“程为妈妈啊，”老宋故意补充，“媛媛上次不是说了，他妈妈身体不好，生了病……”

“不是，你说，桂荣是什么病？脑子的病，是精神病啊？”刘女士下菜的手停在半空里。

“是啊,是有点儿……”老宋还准备了后话,可眼见着刘女士“啪”的一声把火关了，把他想说的话，也关掉了。

“我手机呢？放哪儿了？”刘女士急忙在围裙上擦着手，冲出厨房去。

“手机？那不，茶几上，哎，你别急啊。”

“我给媛媛打电话，问她是不是这么回事。”

“是啊，是这么回事，你听我说完啊。”老宋还在说，那边刘女士电话已经拨通了。

“喂！媛媛，我问你，程为妈妈到底是什么病？”

宋媛听到电话里妈妈提高的嗓门，就知道老宋的事儿办砸了。宋媛先前就一直担心妈妈不能接受，可能得想很多办法来说服妈妈。可最近这些日子里，宋媛有了新的认识，有时程为不能按时下班，她会代替他去接他妈妈回家，还会做晚饭、收衣服、陪程妈妈坐在沙发上看电视。程为回家一般最晚不会超过八点，实在太忙，他也会把工作带回家来做。宋媛常常靠在床头看他坐在电脑前，屏幕的光不断映在他专注的侧脸上。

宋媛渐渐不再为刘女士的反应担忧了，那些担忧其实来自对未知生活的忧虑，现在她就在这生活里，她对已知的生活特别有把握，能告诉妈妈，别担心，会越来越好的，程为已经把最难的那段路走过了。

“妈，”宋媛从办公室的走廊转到外面台阶上去，“程为妈妈是有点儿精神问题，有段时间挺严重的，不过吃了药，现在好多了，程为照顾得很好。”

“什么很好？这种病治不好的你知不知道？发作起来喊打喊杀你见过没？”刘女士激动起来，唾沫星子喷在手机屏幕上。

“妈，确实根治不了的，但现在药物的作用很强，可以控制得很好，和你想的不一样。只是人吃药久了，就有点儿糊涂，需要人照顾，其他都还好的。”宋媛站在一片春光里，解释着，身上浅色衬衫随风动了动，和她背后的柳树一起，显得很从容。

虽然宋媛在电话里耐心地向妈妈说明了全部情况，然而那一整个下午，老宋都看着刘女士在他面前来来回回地转悠个不停。

刘女士走到厨房门口，想想不对，站定了回头来：“不行，媛媛凭什么去填他们家这个坑，我们好好养大的女儿，读了这么多年书，去帮他照顾疯子去？”

“嗯，那咱们还是养在家里吧，女儿别嫁人。”老宋跷着腿，依旧在喝他的好茶。

“嫁人也不能嫁这样的人家啊！”

“那嫁到鲲鲲家好不好，他家多大啊，父母双全，健康得不得了。”老宋觑着眼睛，看他杯子里的茶汤。

刘女士听着搓火，狠狠瞪他一眼：“嫁给普通人家不行吗，非要带着个永远好不了的病人？”

老宋慢悠悠呷了口茶，态度认真道：“我听说现在有那种搞托管的，这种病人可以送进去，家属出点钱，就甩手了。对，就像你三姨那样，送养老院。要不让程为把他妈也送到那儿去，咱们媛媛就轻松了！”

刘女士仍旧威风凛凛地站在厨房门口，因为背对着光，老宋没看清她到底什么表情。

只不过，半夜里，老宋正睡得沉，被人没头没脑地推醒，蒙眬中听到刘女士的声音，像从千里之外传来：“老宋，醒醒，订票，现在就订，我要去福州。”

“哦，好好……”他含混地答应着，翻了个身，又睡着了。

刘女士又伸手来推他：“听见没？起来，订票，别睡了！我得去看看到底是个什么情况，以前桂荣就是个小病小痛，怎么就得了这么大的病！”

老宋给迷迷糊糊催着坐起来，接二连三地打着哈欠，举着手机装模作样。等刘女士一躺下，他也立刻跟着躺倒了。

第二天一大早，他下楼遛弯，躲在路边的牡丹花丛里给宋媛打电话：“媛媛啊，快准备一下，你妈要去找你哪！让你男朋友和你男朋友的妈，也一起准备一下。”老宋苦口婆心地叮嘱她，带着点儿鬼鬼祟祟的神色。

晚上回去后，宋媛便想找机会和程为说她爸妈要来的事，可程为吃过晚饭开始就一直在开视频会议，一个接一个，中间没停过。宋媛抬头看了看墙上的挂钟，快要八点半了，想了想，走出房间去给程为妈妈准备睡前要吃的药。

程为开完会出来时，正看到宋媛送咳嗽的妈妈回房去睡。他站在卧室门口看她们两人的背影，觉得人生很圆满。

等宋媛出来，程为刚好接到项目组长钱教授的电话，只好又折回去，坐在窗边的沙发上，一边戴耳机一边翻资料，核对里面的成品数据。

宋媛走到他面前，无奈地重重看他一眼，这样下去什么时候才能轮到她说话。程为抬头，正好看到她转身时失望的神情。他腾出一只手来拦腰把她抱回身前坐在自己腿上，还两不耽误地在电话里回复着数据分析的结论。

宋媛起先为了坐稳，一手搂着他肩头，耐心听他讲她听不懂的拟合曲线、指数回归，却发现他揽着她的手不老实起来，从她睡衣伸进去，沿着腰线一路向上。她禁不住瞪圆了眼睛看他，看到他仍旧低着头，仿佛注意力全在手里的文件上。

嗯！这一心两用的本事可真是厉害！宋媛在心里为他强大的功力点了点头。她想了一想，倾身到他颈间，先亲他耳朵，他总喜欢咬她耳垂，她也回敬他一点，轻轻咬了咬，又顺便吮了吮，便马上发现他停住了，连眉头也跟着皱了起来，在她睡衣里的手忽然攥紧。

竟有如此立竿见影的效果，宋媛像是发现新大陆般欢心，立刻全身贴上去，乐此不疲地辗转在他颈间。

程为一只手用力想控制住她，一边在心里筹划着尽快结束电话。

宋媛忙着使坏，没来得及关注他何时挂断了。

程为忽然伸手来解她衬衫的扣子，一粒一粒解得飞快，同时另一只手臂狠狠收紧，把她箍到胸前来。她整个脸贴在他滚烫的胸膛上，听见他低沉的喉音响在头顶：“喜欢咬吗？这里！”

她撑在他胸口，抬头来盯着他愠怒的眼睛，可惜一个没忍住，笑了，还替自己辩解：“是你先动手的！”

“那现在轮到我了！”程为气势汹汹地靠上来，毫不客气。

宋媛忙着推他，正乱成一团，房门突然被打开了，程妈妈走进来，看着他们发愣，大概想说什么，又忽然忘了，只顾盯着他们。

程为抬头发现妈妈，本能地先把身上的人兜头盖脸揽进怀里。

“妈，”程为也吓了一跳，“你怎么没睡？”还好宋媛背对着她，没觉得特别惊骇。

“我、我想是不是忘了关电视，”程妈妈疑惑地说着，又自顾自地转身走了，走到门边，好像想起什么，转头叮嘱他们，“不能让她在上面，阿为，你是男的。”

程妈妈话音一落，房里立刻静得出奇。宋媛听得到自己的心跳声，也或许是程为的。

“哦！”程为也愣住一会儿，才想起点头答应她。

程妈妈得到回答，嘴里念叨着什么，自言自语地走回房间去了。

宋媛被那句话震撼得半天没缓过神来，程为抚着她后颈安抚她，索性把她抱上床。她挨在枕头上才想起自己有话要说，但仍旧钩着程为的脖子：“我爸说他们订了周末的机票，周六下午到。”她像过了一个世纪，回忆着说。

“哦，好啊，等他们来了，我们好商量一下结婚的事。”程为摸着宋媛的头发，在心里计划着见面的时间。

“嗯，那我明天还是先回去住，省得我妈来了，她有意见。”宋媛眼神带着征求的意味。

程为点了点头，亲她的鼻尖：“我们尽快结婚。”

“好。”

宋媛爸妈来的时候，为了表示格外的热情，宋媛把他们安排在蒋鲲鹏之前下榻的酒店。刘女士觉得特别好，酒店大堂的香水味她很喜欢。大概是因为对住处的满意，迁移到对准女婿的感觉上，多年后再见到程为本人，刘女士觉得这孩子还是从前让人一看就稳妥的样子，模样气度真的样样都好，要是没有家里那点儿缺憾，真能称得上她心目中的完美女婿。

想到这儿，刘女士忍不住在心里叹息：怎么就不能遂人心愿呢？

程为特地安排他们在自家附近吃晚饭，带他们吃本港海鲜，吃完了可以顺便走一走，走到他家去看看他妈妈。老宋入座前拍拍程为的肩膀，向他点点头，觉得这孩子安排得特别有诚意。

等菜上齐，便差不多该聊正事了。

刘女士寒暄几句：“程为啊，听媛媛说，你在研究院工作，最近忙不忙呀？”

程为如实地回答：“还可以，偶尔有点儿忙。”

“哦，”刘女士作势疑惑，“你要是工作忙起来，家里还顾得上吗？特别是你妈妈这种情况哦？”

“我一般特别忙的话，会晚一点下班，不过都会赶上八点前，”程为解释说，“而且，现在线上办公也很方便的。”

“嗯，对啊妈，只要带电脑回家就可以了。”宋媛在旁补充，被刘女士转头来毫不留情地剜了一眼，便知趣地噤了声。

刘女士面前上了一盆白灼鱿鱼，她暂时停了停，过后她接着提问：“程为啊，我们从前也算是老邻居，我和你妈妈不说有多要好，但总是认识的。她那时候好好的，怎么就得了这种病呢？”

程为来之前都想过了他们会问的问题，他要娶走他们的女儿，他们理应知道他们所有想知道的事情。

“我爸出了事故之后，为了赔偿款的事，我妈和我爷爷奶奶，还有伯父家，闹得很不愉快。后来实在争吵不下，我妈才卖掉房子，迁回福建来。我们搬回来的时候，我外婆还在，但没多久，我外婆也去世了，我妈可能因为亲人接连去世，所以精神上受了打击，又换了不熟悉的环境，就……”

“那你一直都是一个人照顾啊？”刘女士歪过头来问道。

程为回答前和宋媛对视了一眼，他看到她平静的眼睛，点头说：“嗯，我高三毕业的时候，我妈病发得比较严重，还好那时我正好有时间，带我妈去医院做了诊断，后来开始吃药，慢慢就好多了。”他此时再说起这些事，是时过境迁后的回望，像描述一件寻常事。

刘女士听着，若有所思地低头喝水，喝完了接着问：“那程为啊，你没有想过送你妈妈去那种专门的医院吗？那种地方有医生、有护工，也照顾得很好的。而且，你妈妈办内退早，退休金比我还高，挑一家条件好的，也不错啊。”

“妈！”宋媛坐直身体，声量也提高了。

“媛媛妈！”连老宋也忍不住叫了一声。

刘女士面色泰然，岿然不动。

程为伸手按在宋媛手腕上，示意她，没关系。

"阿姨，我知道你的意思，我妈这样，我们要照顾她一辈子，今后还有很长时间。媛媛跟着我，也会受影响，你们担心她，我能理解。可是阿姨，我不能把我妈送到那种地方去，我那时候想过，如果是我生了这样的病，我妈会不会为了生活，把我送走？"他停在这儿自己也想了一会儿，像是在回忆当初。

"不过，叔叔阿姨，你们放心，我十八岁开始就照顾我妈妈，她病得最严重的时候也过去了。我现在很有把握可以照顾好她，也可以照顾好我自己的家庭，照顾好媛媛。"程为郑重地说道。

宋媛想说什么，被程为伸手来按住了。

刘女士听完程为的话，眼皮遮了下来，没有表态，但也没有再说别的话。

他们饭后去程为家坐了坐，程为妈妈依旧旁若无人地坐在沙发上看电视。

刘女士坐在程妈妈左手边，尝试闲聊："桂荣啊，你还认不认识我了，我是小刘呀，宋媛妈妈。"

程妈妈当然不认识刘女士，她日日吃进去的药，已经为她筑起了一层与世隔绝的玻璃罩。她的眼睛盯在电视屏幕上，看里面的人又哭又笑，也是隔了一层的，与她无关。

刘女士也不需要回应，继续和程妈妈聊："你看，你们家程为现在是我们家媛媛的男朋友了，我们要变成亲家了。"

程妈妈依旧没有反应，刘女士觉得是没有引起她的注意，便主动往程妈妈坐的地方挪了挪。

这下程妈妈有反应了，而且反应特别大。她紧张地把电视遥控器攥在手里，抱在胸前，侧过身来和刘女士对视着。

坐在一旁的程为忙伸手来把妈妈拉到自己这一边，让她靠近熟悉的环境。

宋媛便顺势换了个位置，坐在程妈妈和刘女士中间，朝刘女士的方向挤了挤，刘女士便被迫挪回了原位：“妈，咱们别坐那么近吧，这么多年不见，人家阿姨有点儿不记得你们了。”

“哦……”刘女士一脸讶然，隔着宋媛，看了眼惊慌失措的桂荣，她忽然觉得这病，真的是病，眼神里的光，也跟着沉了沉。

程为要安排妈妈先睡，刘女士和老宋一前一后站在客厅门口，看他完成两千多个夜晚都要完成的事。

宋媛小声说：“妈，我送你们回酒店吧，就别让程为送了。”

老宋赶着点头：“哎哎，好，咱们先走吧。媛媛妈，咱们住的也不远，一会儿就到，就别麻烦程为了。”

刘女士没说话，只瞪了老宋一眼。

宋媛推开房门，走进去和程为说话，程为低声和她说了什么，这时里面传出程妈妈的咳嗽声，掩住了对话。刘女士侧着耳朵，只听到宋媛说：“没事，你放心。”

回去的车上，宋媛想听听爸妈的意见，她从前座转过头来，看到街灯的光影划过刘女士和老宋沉默不语的脸庞，她在心里叹息了一声，没有开口。

车子开到酒店大堂门口，宋媛陪他们上楼。刘女士终于忍不住了，在电梯里问宋媛：“你不是说程为妈妈只有点糊涂吗？这哪是有点糊涂，这碰不得摸不得，以后怎么办？照顾她一辈子？”

宋媛看了看爸爸，看他没有特别的反应，向妈妈解释：“程为妈妈只是不太适应陌生人，她这样的病，会让人对环境变化的适应能力变得很差，所以才会这样的。”

“哦，是吧！”老宋边走边插进话来，“我觉得也是，毕竟是得了这种病的，我看比我想得好，总还是程为照顾得好。”

他们开门进房间时，刘女士突然转头问宋媛：“桂荣倒是很熟悉你，你是怎么回事？天天去她家，在她眼面前儿转悠？”

老宋也盯着女儿的脸。

宋媛心底坦然，看了爸妈一眼，委婉地说："是啊，我和程为做好了准备的。"

"准备？什么准备？"刘女士目光如炬，她其实没有宋媛高，气势却比宋媛高出许多。

宋媛听出妈妈的意思，谨慎地没有直言，她适时地把目光转向旁边的爸爸。

老宋马上会意："哎呀，有准备的好，有准备总比没准备的强嘛。"他隔山望海地评论道。至于到底准备什么，他也没明说，他们三个人都没有明说。

第二天，宋媛本来安排带爸妈周边一日游的，她想吃好喝好玩好之后，万事都好说吧。但被刘女士无情地拒绝了，刘女士说有更要紧的事要忙，没空游山玩水。

那天福州天气不太好，云层浓厚，半空中飘着说不清的薄雾。宋媛和爸爸坐在沙发上喝茶，酒店提供的茶包，味道清且淡。他们都没有品出好坏来，只不时抬头看向阳台上交谈的两个人。玻璃门拉上了，他们听不清刘女士和程为到底说了什么。

宋媛等他们谈完出来，不安地去看程为的表情，看他把所有故事都敛在眼底，只剩眉头一点分辨不清的隐忧。

等程为走后，宋媛问道："妈，你和程为说什么了？"

"没说什么，你说我们这次来，是干吗来了？"刘女士站在阳台门口，极目远眺，大势在握，看城市车水马龙。

宋媛怕刘女士说了什么让程为难办的事，直截了当地说："妈，我要和程为结婚，你把户口本留给我。"

"我没说不让你们结婚啊，"刘女士转头来，一脸不悦，"也没想挡着你！"她说着朝旁边站着的无辜老宋翻了个白眼，接着道，

“等程为把该办的事办好了，这婚自然是要结的。”

宋媛看着绕弯子的妈妈，耐心指数也在直线下降。一开始她知道刘女士单独约了程为见面，就觉得特别不安，她还有好多话没来得及和妈妈说，关于程为的故事，关于她等待的故事，也关于他们计划好的、今后生活的打算。可妈妈比她着急，她第一次发现，原来亲情和爱情会有冲突的一天！

宋媛也在心里怪自己，是自己没有做好说服的工作。

她起先和老宋商量过，猜测刘女士对她和程为要结婚这件事的种种反应。

“爸，我们千万和妈妈说好，把她的顾虑、要求、条件都放在咱们家里说，如果一定要拉上程为，那让我来传达，好不好？”

老宋坐在对面，听着微微颔首，他和重机械打了一辈子交道，一直以为自己和机器待久了，情感迟钝，这一刻，却也听明白了。女儿是不想让男朋友一个人面对责难，特别是来自她父母的。

老宋理解地点头：“好，有什么话咱们尽量放在家里说。不过媛媛，这件事上，如果你妈妈有点儿情绪，也是很正常的，没有哪家的父母愿意看着孩子越过越不好。”

“嗯，我知道。”宋媛当时这样回答。

可这时候，宋媛也有点儿着急了，她直白地问刘女士：“妈，你到底和程为说了什么？你是不是又让他把妈妈送走？”

“送走也很正常，为什么不能送走？”

“妈，你不是也说人都会老的吗？你愿意老的那一天，就被人推开，没有价值就被抛弃吗？”

“我可以啊，等我老了，不中用了，我也不拖累你们，我自己去养老院！”

“妈——”

宋媛忍不住提高声调，她小时候常常听见老宋和刘女士高一声低一声地吵架，她会悄悄把房门掩上，在心里觉得争吵徒有声势，没有价值，既解决不了问题，也改变不了现状，所以她不爱争吵。

可原来，大声嚷嚷真的很有用，起码能表达焦虑。

老宋深知刘女士吵架的资深水准，宋媛断然不是她的对手，赶着来平息：“好好地商量事儿嘛，怎么说急了！？那个，咱们等会儿再说吧。媛媛，你妈说楼下有个冰激凌蛋糕，看着怪好吃的，你去买，去买一个上来。”

被爸爸一打岔，宋媛的沸点迅速降下来，思路也慢慢回归到起点：是要向妈妈宣布自己要结婚吗？不是的，是想让妈妈相信，和程为在一起，他们会过得好啊！

“去吧，媛媛。”老宋催促道。

宋媛平静下来，点了点头：“那我去买上来。”她说话的同时在心里想：妈妈喜欢吃抹茶口味的。

老宋在门口提醒道：“买那种绿色的！”

“嗯，我知道。”

等宋媛一出门，老宋回头来对着坐在床沿上的刘女士叹气：“你这是干什么呢？为难孩子们干吗呢？昨晚不还说程为这孩子错不了吗？你想想，当年你妈走前，才躺了多少日子，三个月都不到吧，你大哥也是做儿子的，回来过几次？”

“你懂什么！结婚过日子是这么简单的事吗？后面难事儿多着呢，”刘女士不屑地瞥他一眼，“两个小年轻，对脸笑着就把日子过完了！哼……”

宋媛把蛋糕买上来时，房间里的气氛已经好多了。

她拿给妈妈吃，尝试着退一步劝说：“妈，要不咱们不要这么急吧，程为妈妈的事慢慢来。我们能不能先结婚，然后再找合适的地方托管？”

“不能。”刘女士拿着蛋糕匙，断然拒绝。

她没看女儿的脸，转头向老宋道：“哎，再点个奶茶，我不要珍珠，咱们来个芋泥的。”

“哦，好。”老宋边吃边点头，忙不迭地答应着，又顺便朝宋媛递着眼色，叫她先别提这茬。

宋媛和爸爸一起下楼去买奶茶。见宋媛有些沮丧，老宋一时没想出该怎么安慰女儿。买好奶茶后，宋媛就不上去了，在路口分手时，她按照原计划，提醒爸爸：“晚上八点半，记得让妈妈看电视，有程为的采访。”

老宋想起来，点头道：“嗯，放心，会看的。”他接着还想说什么，又觉得没想好，在宋媛转身前，他才叫住她，“媛媛，别怪妈妈，这是、是妈妈的方式。”

宋媛驻足看了看他，她想：爸爸是想说，这是妈妈爱我的方式吧。

她点了点头，向爸爸笑了笑。

宋媛转过路口，拦了辆车去程为家。她开门进去时，程为正在厨房，因为妈妈最近咳嗽得频繁，他炖冰糖梨汁给妈妈喝，里面还加了一点川贝粉。程妈妈越来越像小孩，喜欢吃甜的，程为记得其实以前妈妈不喜欢甜口的食物。也许，是生病的日子太苦了。

听见宋媛开门的声音，程为回头来，看见她眉眼柔和，像窗外倾泻进来的春光。她走进来，两手从他腋下穿过，靠进他怀里，侧脸贴在他胸前。

程为倒是比她平静得多，伸手轻轻拍了拍她后背，哄她道："要不要喝冰糖梨汁？也炖一盅给你，不加川贝的。"

宋媛在他心口挪了挪地方，隔着衣服听他的心跳声，心里还是遗憾。妈妈说了让他为难的话，是她不忍心让他面对的事。

她听他顾左右而言他，沉默着没有回应，过了好一会儿，才抬头来："我妈说的话，你不用太当真，我们再等一等吧，我和我爸说好了，他会帮忙说服她的。"

程为却没有她语声凝重，他轻轻向后，靠在橱柜的边沿上，仍把她抱在身前，揽着她肩头，低头说："我觉得你妈妈说得也没错，我可能照顾我妈太久了，没觉得是特别大的问题，但以后的生活确实不只是现在这么简单，应该提前想好对策。"他反思着低语，"是我想得不够周全。"

"所以你，答应我妈的要求了？"宋媛疑惑。

程为点头道:"嗯，我答应会好好考虑的，会有好的解决办法的。"

宋媛一只手撑在他胸前："我妈的说法也许才是没有考虑周全，你不能被她影响了，不是把人送走，就一了百了了。"

"送走？把谁送走？我妈？"程为没听明白，但看着宋媛的表情，又立刻明白了，他嘴角含着一点笑，把她撑起的手臂拉回到身后，猜测说，"你是不是和你妈吵架了？阿姨是懒得告诉你。她没说要把我妈送走，她是说，让我务必找个合适的人，来帮忙一起照顾我妈，她说，既然我妈能熟悉和习惯你，那肯定也能习惯别人的。她还说，就算费用贵点儿也没关系，等我们结婚后，她可以贴补我们。"

宋媛听着，反应了好一会儿：“我妈这么说的？”

“是啊，”程为点头，同时想起她进来时的一脸愁容，忍不住要逗她，“你是和阿姨大吵了一架吗？为了要嫁给我？”他想这么难得的激烈场面，他没看到真是遗憾。

宋媛语塞地望着他：吵架！倒是也没有，只能算险些吧。

程为还赶着低头来，在她耳边追问：“是吵架了吗？”

宋媛摇了摇头。

“那，是为了要嫁给我吗？”他想总应该有一样猜对了吧！

宋媛仍埋头在他胸前，无声地点了点头。

她在心里反思：原来爱情和亲情不会冲突！

程为没再说什么，靠在她鬓边，亲了亲她微凉的耳郭。

这天晚上，老宋早早把酒店的电视机打开，拉着刘女士靠在床头上，等着看宋媛说的，关于产业科技的一个人物专访。

刘女士不爱看新闻，瞟着电视屏幕说：“换台，这有什么好看的。”

老宋坚持道：“再看看再看看，一会儿就好看了。”

刘女士不耐烦，正要起身，看到镜头转给了一个她熟悉的人，程为！她站住了。

老宋看着她凝神不动的表情，故意道：“这不是……不是你的准女婿吗？”

“是啊，”刘女士回过神来，赶着往床头柜上找手机，“快，叫老秦他们都看，看这个，这是什么台？”

“哎哟，还叫老秦，”老宋哼笑一声，“这是本地电视台，咱们那儿收不到的，赶紧坐着看吧，别瞎忙活。”

“啊……怎么收不到呢！”刘女士遗憾不已。

他们回程前，又来程为家看望他妈妈。

刘女士和宋媛说：“我们略坐坐就走，这样行了吧？”

宋媛说："妈，你下次什么时候来？我给你买机票。"

刘女士白了她一眼，没理她。

恰好今天他们来时，程为的舅舅舅妈也在，客厅的沙发上坐满了人。大概因为熟人多过陌生人，程妈妈没什么过激的反应，安然坐着，沉浸在电视里。

刘女士和程为的舅舅舅妈寒暄了一会儿，还旁敲侧击地打听："哎，那你们乡下有没有亲戚，刚好没什么要紧事，桂荣又熟悉的，可以来给程为帮帮忙嘛，看这孩子一个人忙里忙外，多辛苦。"

"他们家亲戚，就别提了，"舅妈歪了歪嘴，"各家管各家还来不及呢，哪有这种闲人！除了我们，谁还能想着他们母子俩。"

舅舅在旁喝茶，马上为自己解释："也不是没想过，就是对我姐这病不好。你们不知道，生人来了她容易犯病，还得多吃药，更添麻烦。"

刘女士的话头被半道截住了，本来她还想提一提费用的事儿，这下没法提了。她堵了半口气，坐在那儿，没多会儿，就起身告辞。

程为送他们出来，他快走两步，走在刘女士身侧，说道："阿姨放心，找人的事，我会想办法的。"

刘女士听了颇感欣慰，点头满意道："是啊，是得想办法，多找找，总能找到的。"

程为点了点头。

宋媛和爸爸走在后面，晚风吹过，程为和刘女士在前面说的话，他们父女俩听得一清二楚。

老宋对宋媛悄声道："没事儿，慢慢找啊，不着急。户口本的事儿，爸给你们想办法！"

宋媛笑了，凑上前去提醒道："爸，小声点儿，我妈该听到了。"

果然，刘女士叫他了："老宋，快点儿啊，车来了。"

宋媛看着老宋言听计从地奔到路边去后，回身拉程为的手，想说要先走了，却被他低头亲在唇边。

借着榕树的阴影，程为飞快地又亲了她一下，低声叮嘱道：“回去吧，明天下班我来接你。”

宋媛笑着用力握了握他的手指，转身上车去。

程为第二天下午请了假，要带妈妈去一趟医院，一方面因为最近妈妈咳嗽得有点厉害，另一方面，他还想和王医生商量一下找个人来照顾妈妈的方案，也许要加大药量帮助控制焦虑，该怎么处理，他得听听医生的意见。

可惜检查没有想象中的顺利，一直到下午五六点钟还没弄完。程为给宋媛打电话：“要不你直接来医院吧，还不知道要多久，等检查完，咱们一起回家。”

宋媛来时，正看见程为和一位短发的女医生站在走廊里，面对面说着什么，傍晚的光线把他们影子拉长，重叠着映在墙壁上。她走近，程为顺手把她拉在身边。

宋媛注意到那女医生抬头来打量了自己一眼。

他们似乎在讨论一种新药，女医生把自己的手机拿给程为看。他接在手里盯着屏幕思考了一会儿，摇了摇头。

“其实可以考虑看看，不过纯属个人建议。”女医生抬头来说。

“我再想想吧。”程为回应，把手机还了回去。

医生点了点头，两手插在衣兜里，脸上带着一点不明的神情，问道：“你女朋友？”

程为自然地点头：“嗯。”

“恭喜。”

“谢谢。”

他们回家的路上，宋媛问起：“刚刚那是阿姨的主治医生？”

“嗯，王霖医生。”程为简短道。

“阿姨一直都是她看的吗？”

“是啊，我妈这种情况，是不能经常换医生的，所以这些年都是她负责。她挺好的，很有责任心，我们遇到了好医生。”

“哦，”宋媛点头，“她还借手机给你看。”

“嗯，她说有一种新药，临床效果很好，问我要不要试试。”程为迟钝中。

“你们经常这样讨论吗？”

程为点点头，感慨道：“很多这方面的知识，都是她教给我的，是不是很难得？”

“嗯，确实难得，她看起来很年轻！”

程为回忆着，顺着宋媛的思路说着：“好像她前年还是去年说过打算读博，那应该没多大年纪。”

“哦，是吧，年轻的女医生，还什么都告诉你。”宋媛转头来，眼神里是提醒他的光。

程为愣了一秒，等听出意思来，伸手来敲她额头：“你这脑子里，想的都是什么？”

“也非常有可能，是不是？”宋媛一脸真诚。

“可能什么？”程为瞪她一眼，狠狠攥着她的手，“快走，回家。”

“嗯，”宋媛点着头，“我回去问一下，我爸的户口本偷出来没！”

“好！”程为紧跟着回答。

程为这两天因为项目进度的关系，连续跑了两趟厦门，不过他还是竭尽全力安排，上午出发晚上回来。只是晚上特别晚一些的时候，常常是妈妈已经吃了药睡了，宋媛靠在床头等他，开着微明的床头灯。

他从楼下经过，能看到卧室的窗帘上，映出的一圈氤氲白光，他就快走几步，要赶回那团融融的白光里去。

宋媛因为等人，睡得浅，程为一推门进来，她就醒了。

程为边走边解袖扣，见她撑坐起来，他俯身把她按回被褥里："睡吧，下次不用等我。"他压低的声音，响在她耳边。

宋媛想起要紧事，伸手扶着他手臂："晚上你舅妈来了，让我问你，从乡下找个亲戚来帮忙的事，你想好了没有。"

程为听了，回身坐在床沿上，他忙了一整天，没来得及想，这时候垂头考虑。宋媛见他沉默，靠过来说："不然，就再等等吧，也不用急在这两天。"

程为侧过身来看宋媛，其实不是他做不了决定，而是他想等妈妈的检测报告出来，要和医生再确定一遍用药的情况。他这两天在厦门的协同中心忙碌，间隙里停下来想宋媛，会突然想不明白，她怎么来的？来到他的生活里，是特地来解开他手脚的镣铐的吗？

他心想：如果那些抬头望不到远空的日子，是为了换来这一刻，那都值得！

“我再想一想，先等医生那边的通知，”程为夜深时疲惫的眼睛，映着她的脸，掺着温柔的光，他伸手顺了顺她披散的发丝，逗她，“放心，我会努力完成岳母交代的任务，尽快拿到结婚许可证。”

宋媛还陷在替他为难的情绪里，听他这么说，抬眸来探究他眼神：“叫得这么亲热，倒是不把自己当外人！”

“嗯，你都是我的了，谁还是外人！”程为坦然地说，转头盯着床边的夜灯，心想：这大概是前路上的最后一道门槛了，跨过去就好了。

程为接到王霖医生的电话是在三天后，他从研究院直接赶到医院，拿到检测报告时，脑子空白了许久。

王医生坐在他对面，等他抬头，也等了许久。

他有一刻恍惚，迟疑着问对面的医生：“是我太疏忽了吗？没有提早发觉……”

“程为，不要这么想，每年这个年龄段查出乳腺癌的患者本来基数就很大，这不是疏忽不疏忽的问题。况且你妈妈这种情况，也很复杂，不要浪费精力追究源头，想想接下来的事情。”王医生开解道。

“接下来……”程为像是忽然停在岔路口，丢了方向。

“治疗还是要治疗的，不过我们会和肿瘤科的医生协商好，给出治疗方案。我想不会太激进的，趋向保守治疗，保证病人的生活品质吧。”王医生告诉他接下来他要面对的事情。

程为又低头去看检测结论，愣愣地听着医生的话。

王医生看他拿着报告单的修长手指，也有点儿于心不忍，可她职责所在，不得不说："程为，报告上写得很清楚，晚期，也已经有转移到肺脏的迹象。我想这些指标的意思你也应该能看明白，我就不多解释了。"王医生停了一会儿，见他抬头来看她，知道他想问什么，摇了摇头，"不会有太长时间的，你要有个心理准备。"

心理准备？什么样的心理准备？程为迟愣了好一会儿，终于点了点头。

医院窗外夕阳西下，地面铺满橘黄的光，程为坐在楼下的长椅上，短暂地失去了思考的能力，他一直在想，妈妈要走了，她要走了……

他想起小时候，爸爸去上班，妈妈要出门买菜，把他一个人关在家里，小小的他心里害怕，趴在阳台的玻璃窗上等妈妈回来，特别希望她能带自己一起走。可她终于，要一个人走了。

程为一直坐到路边亮起街灯，"砰"的一声，像谁施了魔法，亮起一条灯光的巨龙。他才想起，自己该回去了。

他家小区楼下，宋媛在陪程妈妈散步，从一排密集的榕树影儿里渐渐走来。

程为远远地听见宋媛在说话："阿姨，下周我们博物馆要和豫博做换展交流，会有很多重要的展品，等你好了，我带你去看吧。我以前在那儿实习过，我可以讲给你听。"

程妈妈照例没有反应，宋媛自说自话："我其实讲得很好，可惜我们领导不让我讲。"

"媛媛。"程为用尽全力叫她。

宋媛欣喜的声音传来："你今天这么早回来！"

他仍旧很难过："嗯，我以后都会早回来的。"他转过来，走在妈妈另一侧。

"你那个非线性光学材料的项目，不忙了吗？"宋媛隔着程妈妈问道。

程为没回答，只摇了摇头。

宋媛敏感地去看程为的眼睛，他正伸手扶着妈妈的手臂，低头引她上楼，垂眸的眉头染着分辨不清的愁云。

他们回家，一切如常，仍旧完成每个晚上都要完成的事，程妈妈还是吃原来惯常吃的药，睡前喝一盅冰糖梨。

宋媛跟在程为身后，抬头看他背影时，总觉得似乎哪里笼着层伤感的光。为了什么悲伤？从哪里透出的悲伤？

程为掩上妈妈房间的门，转身出来时，把宋媛牵在手里。宋媛第一次发觉，他手指有点凉，而现在已经是初夏了。

宋媛悄悄转头看程为沉默的侧脸，她尝试着低声问道："刚刚舅妈来了，又问找人的事，她大概是有人选了，问你要不要见一见。"

程为没有回应，只无声地走回卧室，关上了门。

宋媛回身，用询问的眼神望着他，她不是想问他，要不要见，是想问他，发生了什么。

他低着头，看不到表情："不用找了。"

不用找了？为什么不用找了？是已经找到了吗？宋媛满眼的疑惑。

程为转身从背包里拿了一份文件出来，递给她时，她一晃神，似乎看到他眼角泛起的波光。

宋媛匆匆浏览了一遍，心也跟着沉了下去，似乎觉得没看明白，又翻回去从头再看一遍，在心里印证着那条结论。

程为不知何时坐在了床沿上，是这结论太沉重了吗，压在他心上！

宋媛再三地看那份报告，她尤有怀疑地轻声问他："医生怎么说？"

"医生说……"程为仿佛回忆着什么，回忆得很慢，眼神的光聚焦在她衣襟上，"说不会很长时间……"

不会很长时间！他说得短促，却来回萦绕在她耳边。怎么会这样呢？这不是人生最好的时候吗？为什么总在最好的时候发生最不好的事呢？宋媛忽然生出执拗的不解来，忍不住在心里替他追问，谁来回答！谁来负责！

房里一片沉默的静谧，宋媛靠过去伸手搂住他的肩头。他无声无息，埋首在她胸前的衣襟里。

程为不是没有面对过生死，爸爸离世时，他刚满十七岁，猝不及防被迫直面，事情太多，多得他来不及悲伤，他甚至忘了当时是怎么难过的。只在这时候，不能自控地紧紧抱住她，越抱越紧，紧得像是要把她填进心里的裂缝里去。

刘女士打来电话，询问宋媛找人进度的时候，宋媛说道："不找了，程为妈妈得了更严重的病，不能托给别人照料。"

"什么？又添了什么病？就这一重病都难办了，还经得起再添？"刘女士不知情，在电话里不自觉提高了嗓门。

宋媛一字一句地说："妈，程为妈妈刚查出了乳腺癌晚期，已经转移，医生说，不会有太长日子了。"她语气里是感同身受的伤感。

"啊！什么？你再说一遍！"

宋媛再说一遍，也还是这么一件事，什么也改变不了。

宋媛爸妈知道消息的那天晚上，他们睡得特别晚，平时为了讲究养肝、养肺，刘女士主张早睡。然而这时候，已经过了十一点，他们还靠在床头上。

刘女士想来想去，还是焦虑："怎么办？桂荣这一病，我成了恶人了！我没嫌弃她，真没嫌弃她有病……"她念叨起来。

她许久不为了一件事絮叨了，老宋知道，安慰她："别这么想，生死有命，哪里是人能定得了的。"

"你说，不都是因为我，觉得桂荣有病，不让他们结婚，"刘女士忧虑更甚，侧过身来对着老宋的脸，"程为会这么想吧！"

“不会的，程为是个明白孩子，哪能那么想呢。都是你自己非要这么想，没有这回事，快别说了，还是想想现在怎么办吧。”老宋宽和地说道。

可这也解不了刘女士的心结，她长叹一声，抬头望着天花板，发了好一阵的呆。

老宋和刘女士的航班到福州时，宋媛正在医院跟着王医生学习使用注射器。她接到老宋电话，他们已经在机场大巴上了。

宋媛走不开，就打电话让程为去接，过后被刘女士一顿数落：“程为这么忙，你还差遣他做这些事，真是没眼色。”

当着程为的面，宋媛被说得沉默了好半天，还是程为伸手来把她圈在身侧。

他们到的当天晚上，等程妈妈睡了，几个人一齐挪到程为房间里。

刘女士坐在床沿上，一转头就瞥到床头的两只枕头。她向程为示意让他坐在对面，宋媛便挨在他身边。

“程为啊，媛媛前面已经和我们说明了情况了，”刘女士说着，忍不住先叹息了一声，接着道，“我们这次来呢，有两件要紧事。一件，是我们带了户口本来，你们先把结婚证领了。”

“妈，”宋媛开口打断妈妈，她当然也憧憬走进婚姻殿堂的，可这时候，她来不及想这些，只想先陪程为跨过这一程，其他的事，她可以再等等，“现在我们先不提这些吧。”

刘女士威严地瞪宋媛一眼：“你不懂，听我说完。”她有更重要的话要对程为说，“程为，阿姨这时候同意你们结婚，你觉得阿姨势力吧？看到你妈妈得了重病，拖累不了媛媛了，就变脸了，是吧？”

“阿姨，”程为身体微微前倾，“我没这么想过，以后也不会这么想的。阿姨，你也别这么想。我要感谢你们，同意媛媛陪在我身边。”

“哦，”刘女士听着，欣慰地点着头，可还是想解释，“阿姨真不是这么想的，让你们先领证，一来让桂荣放心，可以看到儿子结婚。你们不懂长辈的想法，就是儿女成家立业，才算圆满；二来，名正言顺，后面剩下的事情我们才好一起给你帮忙，这你懂吗？”

程为仍旧前倾着身体，认真听刘女士说的每一句话，他点了点头，一时没法回应，握着宋媛的手攥得特别紧。

他们四个人在程为房间说了很久的话，宋媛觉得那晚的灯光特别亮，她偶尔抬头，似乎看得到里面稀疏的五彩光斑。

老宋被刘女士挡住了大半个身体，坐在床角上，他最后凑近前来，和蔼地对程为说："你放心，媛媛外婆当年就是肺癌走的，我们有经验。"

"谢谢叔叔。"程为说话声低微，这是压在重重情感之后，唯一能说的话。

"哎，谢什么，我们以后是一家人，是吧，媛媛妈？"老宋看向刘女士。

刘女士郑重地点了点头。

一家人不是只坐在一起吃饭，也一起面对困难。

刘女士当天晚上指派宋媛："你就住在这儿吧，把那边房子腾出来，我和你爸住。我们天天来，来照看照看就走，多来几次，时间长了，你婆婆自然就能习惯了。"

婆婆？宋媛着实反应了一会儿，点头答应："哦，好。"

然而程妈妈的病情很快就恶化了，最初还担忧她的焦虑反应，其实并没有很严重，因为没多久，她就出现了明显的精力衰退。傍晚的散步已经不能去了，大部分时候都只能在阳台上晒晒太阳。

宋媛也从王霖医生那儿学会了扎针，输液都是在家里进行。

程为从项目组退了出来，虽然钱教授再三打电话来劝说不要中途放弃，项目转化进入量产就在眼前了，可是得知了程妈妈的情况之后，他也只好保持了沉默。

因为宋媛离得近，她中午会趁着午休时间回来一趟，程妈妈有时需要打针，有时需要打点滴，其他时候，需要持续服药。

有一天，宋媛下班先回来，看到老宋在厨房里忙活，门缝里飘出鱼汤的香味。沙发上，刘女士在陪程妈妈看电视剧。

刘女士殷勤地解说着："你看，这个小胡子是坏的，一会儿他要拿枪了，枪就藏在那个包里。"

没有人和她对话，宋媛听见刘女士继续在说："哎呀，千万别出来呀，坏人还没走呢！"语气紧张。

宋媛站在那儿听刘女士自编自导自说自话，正想回房去，忽然听到程妈妈开口问道："春梅，做好饭了没？"

刘女士眼皮都没抬一下："他手脚慢，还在做呢！咱们别管他。"

"哦……"反应迟钝的程妈妈似懂非懂地点点头。

春梅？宋媛转头四下找了找，家里没有别人啊。她疑惑着问刘女士："谁是春梅？"

"嗯？"刘女士从谍战片里抬起头来，不情愿地抬手朝厨房的方向指了指，不屑道，"那不，春梅！"

宋媛顺着她手指的方向看过去，惊讶道："我爸是春梅？"

刘女士点头："对啊。"还顺便瞟了宋媛一眼，不满道，"大呼小叫的干什么。"

"三妹，阿为怎么还没放学？"程妈妈脸色不好，有点儿浮肿，大概看到宋媛回来，想起了儿子。

“哦，你们家阿为一会儿就回来了，别急，春梅做好饭他就到家了。”刘女士张口就来。

宋媛听得一脸迷糊，挨过来问道：“妈，你是三妹？”

“嗯。”刘女士一本正经地点头，迅速回到电视剧里，没空理宋媛。她都当了好几天三妹了，春梅算什么！

宋媛默默地回房去了。

程为真的是饭菜摆上桌了才到家，他进来时看到妈妈精神还可以，便坐在桌边准备吃饭。

这时，程妈妈说：“今天这个汤不白，春梅，你忘了煎鱼了。”

“春梅”坐在桌子对面，从善如流地点着头。

程为没听明白，转头来问宋媛：“谁是春梅？”

宋媛正盛饭，一耸肩：“你看谁点头谁就是春梅。”

程为看向老宋，眼神吃惊。

宋媛等程为收回惊讶的目光，把手伸向刘女士，介绍道：“这位，三妹，你三姨！”

啊？！程为眼里又放出惊讶的光。

再往后，“春梅”和“三妹”在家的时候多，他们负责照顾病得越来越重的程妈妈，周末就换程为和宋媛。有时也需要带程妈妈去医院，她病重之后变得很听话，像漂在大洋里的孤舟，随风摆荡，任由拉扯。

王霖和程为站在办公室外面谈论最后的治疗方案：“没有什么更好的办法了，这种情况也只能到这儿，最后就多关怀吧。”

程为垂眸点了点头，没有声音。

宋媛取了化验单从走廊那头的电梯里出来，王霖越过程为肩头看到她，忽然说道：“你女朋友看起来比你聪明，她学打针也比你快。”

程为顺着王医生的眼神回头张望，转身来纠正道：“不是我女朋友，是我老婆。”

王霖点了点头，两手插在白大褂的衣兜里，转身走了。

最后的日子，程妈妈大部分时候都躺在床上输液或者吃药。她昏昏欲睡的时候多，半梦半醒。有时看到宋媛过来给她换药水，她偶尔会清醒过来，向宋媛身后的刘女士介绍：“三妹啊，她是我儿子最喜欢的人，你看。”

刘女士也顺着她的意思说：“是啊，他们已经结婚了，是你儿媳妇了，你再看看。”

“哦，结婚，那我都给阿为准备好了。”程妈妈念念叨叨，总是这几句。

已经到了九月初，福州还是盛夏天气。程为家楼下有一丛绿油油的栀子花树，持续地开着花，清晨时分，花香沁人。

刘女士头天晚上趁着回去的空当，掐了一把，养在小花瓶里，第二天放在程妈妈房间的窗台上。

这天天亮得似乎特别早，窗帘没有拉全，留着手掌宽的一条缝隙，透进一道昏蒙蒙的光幕，一直延伸到程妈妈躺了许多日子的床尾。

她忽然醒了，一点点清醒过来。她撑坐起来，既觉得无力，也有一点挣脱囚笼的轻松。她吃力地回想，是长长地睡了一觉吗？

她抬眼看了看窗外，这是什么时候的窗外？

有晨风吹进来，窗帘跟着动了动，飘来轻淡的栀子花香，真好闻。她寻着花香，走到窗边来，看蟹青的一片天。天边裂开了一道缝，白光从里面迸射出来。

她多看了一会儿，视线就模糊了。再转回来时，窗帘上泛起幽幽的光雾。她想去看一看近在眼前的栀子花，却被光雾里渐渐出现的人影吸引了目光。

是程为，是她的儿子阿为。他怎么在厨房做饭？他哪里会做这些？她伸头过去看清楚了，有菜有汤，他做得很好，她疑惑了。她同时看见餐桌旁边的墙上挂着一个男人的照片，那人不是别人，是她丈夫。

她想起来了，她丈夫出事故死了。她被众人催逼着，人人都想要那笔赔偿款，她不能给，谁也不能给。那些钱，是要留给阿为上大学用的，阿为读书这么好，将来是要读硕士、读博士，一直读下去的，还要结婚生子，哪里都要用钱，她必须得把这些钱替儿子守护好。

可是一转眼，那光雾里的场景就变了，有个胖得有点臃肿的女人，拿着一把白刃的菜刀，在笑个没完。她在干什么？她没看懂。

阿为回来了，他背着书包，上来要夺下女人手里的刀，那女人不肯，拿着刀柄的手高高举起，抢夺间，她看见她一挥手，砍在她心爱的儿子的手臂上，血染红了他整个衣袖。

她想起来了，她生了病，一种被关在空气罩里的病，灵魂被锁在了里面，永远出不来。她再也不会好了。

她难过得不能自已，再抬眼时，却看到有个年轻的姑娘从一排台阶上快步走下来，她眼瞳很黑，圆润又明亮，像山林里不多见的小鹿。姑娘跑下台阶，和下面站着的人相见，脸上洋溢着青春又含蓄的笑容。他们并肩转过身来，她看清了，是她的阿为和阿为从小就喜欢的那个女生，宋媛。

她努力地回忆了一会儿，许多的记忆片段潮水般灌涌而来，冲刷着她的神经，一潮退去，一潮又来。她想起许多个日升月落，阿为在带她去医院的路上，问道："妈，你什么时候能好呢？你快点好起来，行吗？我还有很多地方想去，很多事情想做，还有一个人想见。"

她这时候，正看到那两个年轻人走在人来人往的街头，姑娘在吃什么，呛住了，阿为伸手给姑娘拍了拍后背，看姑娘的眼神里流淌着春光。

她的儿子，很久没有这样含笑地看过谁了。她在心里安慰地想：阿为，你想见的人，见到了吧。

她忽然在心里长舒了一口气，进而看到他们去民政局领结婚证，他们举着大红的封面拍合影。奇怪，他们没怎么笑？不高兴吗？后面还跟着两个人，她仔细分辨了一会儿，是三妹和春梅！她自己忍不住笑了。

她忽然想起什么，是啊，阿为结婚，她做好了准备的。她的准备呢，她走到衣柜前，在抽屉里找了许久。嗯，还好这份准备还在。她把枣红封面的存折拿出来，握在手里，又翻开看了看，没错，是她留给阿为的，谁也不能动。

她把它放在那瓶栀子花旁边，抬头再看时，那片光幕里，正映出一个婴儿的脸，宋媛把孩子抱在手里。她看着孩子宝石般的黑眼睛，一下子想起阿为小时候，阿为刚出生时也是这个样子。她直觉地这么认为是个男孩，她仿佛知道一切。

是啊，她忽然明白过来，是该知道一切啊，都到了这个时候！

那片光雾渐渐飘散开来，弥漫了整个房间，她隐约听到外面有人开门走动的声音，特别遥远，凝神静心也听不太清，像同时隔着时间和空间的无限距离。她心里却升起一种难以言说的静谧和安心，嘴角还浮起一层微笑。她想，是春梅和三妹来了。

她最后看了一眼房门的方向，渐渐熄了光。

那天早上，这套房子失去了女主人，程为失去了妈妈，宋媛失去了婆婆。他们在窗台的栀子花瓶旁，发现一本陈年的枣红封面的存折，是程妈妈最后留给他们的无声祝福。她始终没来得及说出的、祝福他们永远幸福的话，回响在清晨的花香里。

他们是这年清明节后去杨家溪的，清明节的小长假他们没有空，要祭奠程为的父母。老宋和刘女士买了鲜花，花束里的卡片上，宋媛看着刘女士弯着腰写了一大段文绉绉的话。她忍不住腹诽：这又不是发朋友圈。

突然听见老宋的声音：“哎，你这个落款不对。”

“怎么不对？”刘女士回头来，“就得写这个，不然桂荣哪知道咱们是谁？”

宋媛抻长脖子去瞟了一眼，卡片末尾写着：“春梅、三妹。”

老宋在一旁解释：“人家在那边肯定已经治好病了，哪还能认不出咱们来。万一收到你这卡片，看到名字对不上号怎么办？以为是娘家哪个亲戚送的。还是写全名，那边只有全名儿才能找得到人。”老宋说得头头是道。

刘女士被说得疑惑了，她皱眉想了一想，一边在那行名字前面加上她和老宋的全名，一边低头说道：“那就都写上，桂荣一看就明白了。”又抬头来，“嗬，说得好像你去过一样！”

“你才去过呢！”老宋瞪圆了眼睛反驳。

他们一行四个人去了太姥山，又去杨家溪，用的还是宋媛那年做的旅行攻略。刘女士不知把这套攻略扔到哪里了，以为再也用不上了的。

回程的路上，山道边的小店门口，有卖当地的青团，里面包了笋干和肉丁，和江浙一带的青团包豆沙馅的不一样。

刘女士趁热吃了一个，赞不绝口。可回到家，拿在手里时不觉和老宋感叹，还是觉得老家的豆沙馅青团好吃。

他们站在厨房门口说话，程为和宋媛在卧室里收拾带回来的行李。

程为问道："要不，爸妈回余姚看看吧，他们是不是也有几年没回去走走了？"

宋媛在衣柜前挂衣服，半个身子探进衣柜里，没转身："回头我问问他们吧，其实是我妈自己不太愿意回去的，因为没什么要紧的亲戚在乡下了，零星的几家也都搬到市区去住，我妈觉得不方便走动。"

"哦。"程为点着头。

程为和宋媛上班起得早，刘女士和老宋起得更早，他俩总是提前把早饭准备好端上桌。

宋媛从小习惯了，坐上桌就开始吃。

程为有几次在楼下和她商量："媛媛，要不你跟妈妈说一声，不用特地给我们准备早餐，他们早上可以多睡会儿。"

宋媛哼哼着继续往前走，嘴上点头答应着，心里在想：那我可说了不算，你丈母娘就愿意早起，谁拦得住。

他们第二天吃完早饭准备出门，经过厨房，程为看见刘女士正准备热那几个带回来的青团。

他特地走过来，对刘女士说道："妈，你们要是不爱吃，这个就别吃了，放着吧。"

“爱吃，我们爱吃。”刘女士呵呵笑着，眼角的鱼尾纹里都藏着勉强。

宋媛也跟着回头看了一眼，她和程为对视了一会儿，眼神里在说：看吧，我妈舍不得扔，再不喜欢吃，也会硬吃下去的。

程为无语地跟着出了门。

周末的傍晚，刘女士和老宋在程为家小区对面的运动广场看人家跳广场舞，回家时在楼门口的榕树下碰到加班回来的宋媛。

刘女士阴阳怪气道：“哟，回来了小宋，忙到这个时候，肯定已经吃过饭了吧。”

“没有。”宋媛因为要背电脑回来继续看报告，早起改变世界的力量都用光了，气若游丝。

“这么努力，你们领导没看见啊，不奖励个饽饽给你？”刘女士上楼时依然不依不饶，她今天刚学会做荔枝肉，在烟熏火燎的灶台跟前站了一下午，终于做出一盘完美的，可惜宋媛临时打电话说不回来吃饭，把她遗憾了一晚上。还好程为回来十分捧场，赞不绝口地吃掉了半盘，她才略感欣慰。

宋媛跟在爸妈身后进家门，路过厨房，玻璃门上满是水蒸气。

刘女士转头瞟了一眼，幽幽向宋媛道：“你老公知道你要回来啊？都给你热上饭了！”

宋媛凑到门口隔着玻璃扫了两眼，心里在想：没说啊，他在做什么？

程为把做的东西端出来时，首先震惊了刘女士。宋媛睁圆了眼睛，赶着去洗手，等不及拿筷子，就要先尝一个。连一向不太爱吃甜食的老宋，也被吸引到餐桌边来。

程为说：“这几个是豆沙馅的，另外还有几个莲蓉馅的。妈妈，你尝尝看。”

他今天做了江浙口味的青团，他也是第一次做，照着网上的食谱来的，蒸熟之后，心里没有特别自信。

宋媛实在饿了，因为怕烫，很小心地咬了一口，有玫瑰香，还有什么，她一时没分辨出来，呼呼吹了吹，再接再厉地又咬了两口。

还是刘女士老道，她边吃，边猜测着："这个玫瑰豆沙馅，你炒过了，是不是？"

程为欠身关心着他们品尝后的反应，点了点头。

"好吃，比我们从前在老家吃的还好吃。"宋媛的嘴终于腾出空来。

老宋也跟着点头。

程为便放心地起身，把另外几个莲蓉馅的也拿出来，凉一凉。

他一离座，宋媛就伸手去拿盘子里的另一个，她是很爱这种糯米类的食物的，所有苏式糕团她都喜欢。

刘女士锐利的目光横扫过她脸上，在一旁叹息："你看你，四体不勤，是怎么找到这么会做饭的老公的！"

宋媛心灵比耳朵更敏锐，她听得一清二楚，这事儿吧，得靠天助，自助恐怕是不行的。她转头意味深长地看向旁边的老宋，眼神在说：爸，我妈在抱怨你！

老宋更机智，他嘴里咬着半个青团，悄无声息地默默挪到沙发上去，找到遥控器，无声地调到谍战剧专用频道，刘女士昨天刚好看到的地方。

他们本来这周末要去看车的，买车的事虽然一直在计划中，但程为因为去年没参加完那个重点产业项目，一直觉得遗憾，所以并没来得及提上日程。这还是从杨家溪回来后做的决定。

那天傍晚，刘女士说要把旅游带回来的小吃和点心送一些去程为舅舅家，拿给端端尝一尝。他们饭后没事儿，就一起溜达过去。恰好赶上舅舅一家穿得光鲜亮丽的，从外面刚回来，在楼梯口撞个正着。一问才知道舅舅一家今天去参加婚礼了。

所以这一晚上，他们都在听舅妈滔滔不绝地讲婚礼的事，讲小林妈妈给小林姑娘准备的各式各样的嫁妆。

舅妈最后说:“光那辆陪嫁的车，就值好几十万呢，我这个朋友啊，给女儿的真舍得！”说完还总拿眼角瞟程为两眼。

被她多瞟了几眼，程为起身打断她：“舅妈，你们也累了一天，早点休息吧，我们就先回去了。”

刘女士马上会意，起身寒暄两句要走，顺便叫老宋：“走了，别玩了。”

老宋正在端端的指导下玩一款新出的手机游戏，他恋恋不舍道：“再坐会儿，再坐会儿。”

“快点儿。”刘女士语中带刀。

他们回家的路上，刘女士大不悦，向意犹未尽的老宋发狠道:“我们也买车，买！明天就去买，有什么了不起的，我们程为也开车。”

“是吧，妈，明天就去吗？好呀！”宋媛眼明手快地插进来，鼓励道。

“不用了，妈，我们自己有准备。”程为打断他们，但他没成功。

刘女士坚持道：“不用，不用你们准备，妈准备好多年了，妈给你们买。哼，陪嫁辆车算什么，我们也有！”

所以他们周末约好了去试驾。后来试驾没去成，因为程为忽然接到通知，要去参加一个重要的学术交流会，周六一早就出发，只好和4S店推迟了日期。

程为以前因为家庭原因，不能远距离出差，现在可以了，这一年来出差的频率有点儿高。这次要和钱教授一起去瑞士，很大一部分原因是他的研究方向上，几个核心人员都在上一个项目里，只有他有自由时间，他便得到了更多的交流机会。能多出去看一看，对研究工作来说特别重要。

钱教授拍拍程为的肩膀，说道：“你看，世界是动态的，失去的东西总会转化成别的形态，回到你手里。”

程为看了看教授的眼睛，点了点头。

周五晚上，宋媛在卧室替程为收拾行李。

程为回复完邮件，走过来帮忙，看她把大小衣服分门别类地收整好，还特地拿给他看，叮嘱他说：“这个里面，是日用品，你看下。”

他扫了一眼，扫到一盒色彩艳丽的“口香糖”：“等等。”他伸手进去拿了出来，“这个也是日用品？”

宋媛定睛看了看，点头道：“这是重要的日用品，你别忘了。”

“别忘了什么？”程为开始有点变脸色。

“我听说瑞士的特殊职业是合法的，万一你们学术的领域谈完了，主办方邀请大家出去娱乐一下，嗯……是吧！这个，有备无患。”宋媛含蓄地说。

“我们是纯学术交流。”程为强调。

“哦，万一嘛，”她还笑了笑，笑在他怒火的焦点上，“小心驶得万年船。”

“你倒是挺大方。这些方面，思路挺新潮。”

“呵呵，那当然，国际视野。”宋媛潦草地解释，接着收拾别的日用品。

程为站在一旁安静听着，没再说话。

然而宋媛那点大方的国际视野，很快在当天晚上的被子里被颠覆殆尽。程为从身后抱住她，越收越紧：“说说你的国际视野从哪儿来？”

他贴在她耳后，温热的呼吸萦绕在她颈间，痒得让她半边身体都紧缩起来。她挣扎着解释：“就，听说了一点……”

“听谁说的？”程为低声不悦，本就长手长脚，控制住她不费吹灰之力。

她一挣扎，他索性一条腿挪过来压住她腰胯以下，隔着薄薄一层睡裙，他毫不客气伸手进去自下而上，直摸到她心口，高低起伏柔滑温腻，他既熟悉又永远不够。她被他滚烫的呼吸含着，说不出话来，想转过身，却被他紧紧束缚着。

他提议道："我们就这样吧……"有种压迫后处处掣肘的感觉，又仿佛是来之不易的错觉。

他仍贴在她身后，紧密地合二为一，问她："这样好吗？"

"嗯，好！"

"这么好，还愿意分给别人吗？"他孜孜不倦地追问。

她在蔓延的适意里疑惑了一会儿，随着他一用力，便坚定地摇了摇头："不愿意。"

嗯，他听到答案，满意得可以忙一整个晚上。

事后，宋媛想起什么，问道："你是不是没有用？"

"什么？"程为着实累了，要跌进睡梦里去，反应了一会儿才点头，"嗯，不是被你拿走了吗？睡吧，我明天早班机。"他把她笼在胸前最暖热的地方，渐渐呼吸匀停。

隔了一个月，他们从医院拿回的报告单告诉他们，完成了繁衍生息的重任。

直到家门口，程为终于忍不住问宋媛："我们就，出国前那一次？"

宋媛一路上也在想这件事，笃定地点了点头。

"这概率……"他感叹道。

"你为什么看起来有点儿遗憾？"宋媛凑近朝他眼睛里探究着。

"我以为，起码要努力个一年半载的。"

"所以你就为这个遗憾呢？"

他沉默着不语。

还好，孕育一个孩子，是来不及往后看的，他们紧接着被刘女士和老宋催动着转换育儿模式。

老宋戴着老花镜，每晚在灯下研究孩子的名字，起先觉得还有九个月，不必着急，可以慢慢找。结果太慢了点儿，直到宋媛进了产房，孩子的大名儿还没确定。

后来程为要去给孩子办出生证，不能再写“宋媛之子”，两人略商量一下，定下：程宋与。

又隔了一年，清明假期，他们带着小与去给爷爷奶奶扫墓。

宋媛把孩子抱在手里，孩子恰好回头，露出一双宝石般的眼睛……

有风吹过，簌簌的声响，由远及近，柔和地拂过他们耳畔。

（一）程为篇

他是六年级暑假时从基地学校转来的，开学前，整个年级的老师就都已经知道了他的名字和他闪闪发光的各科成绩。一班的班主任耿老师拿着他的转学单，笑得金丝边眼镜都在抖。

报到那天，耿老师单独带他去教务处办手续，整层楼里空荡荡的，他走过时似乎听得到自己脚步的回声。操场上正在举行开学典礼，阳光下站满了成列成排的人，像稻田里新种下的禾苗。广播里传来主持人的声音："下面，请学生代表，六年一班的宋媛同学发言。"

可能这套广播设备太陈旧了，一阵噪音响过，程为没听清里面说的名字，但透过教务处三楼的窗户，可以看到主席台上发言的女生瘦瘦的侧影。她发言是脱稿的，透过这么糟的广播，传出的声音依然很好听。

程为一边低头签字，一边分心听她的发言，心里不禁吃惊：她竟然不用官方口径。在他的经验里，但凡这样的全校发言稿都要经过教导主任的审查，说出来的话自然都是众口一词，一概都是奋发图强再创新高的言论，他向来不屑听。

“每年的夏日时光都是一个毕业季，总有一个会轮到我们。到那一天，希望属于我们的那个夏季，能有风拂过，也能前程在途，能扬帆远航，也能乘风破浪。谢谢大家！”

宋媛发言结束时，程为刚好办完入学手续，再抬头，正好看到她交还话筒走下主席台的轻快背影。忽然，他心里泛起一阵遗憾，刚刚没有认真看清她长什么样。

后来，她就坐在他左前方，隔着一条窄窄的过道。他听讲的间隙常常看到她一边的侧脸，她耳朵隐在几绺发丝后面，耳郭总是微微透明，泛着一点淡粉的光。

可是几次考试之后，程为渐渐发现这个叫宋媛的女生，对他并不像其他同学那样友好。他们数学培优小组讨论奥数，他对面的座位明明空着，她即使来迟了也没有坐过来，倒是隔壁班的一位女同学和人换了位置，特地坐到他对面来，说方便向他学习。可他一整节课都没说一句话。

程为那时有很长一段时间弄不明白这里面的原因，明明在以前的学校，他因为一骑绝尘的好成绩，非常受同学和老师的欢迎。他自己也没什么自矜骄傲的毛病，无论谁想借他的作业，他都借。无论谁想问他什么，他都讲，而且还算比较有耐心的。这点上，他觉得宋媛和他一样。他常常看见宋媛作业一完成，还没交给小组长，就被人借走了，她也从不介意。不像蒋鲲鹏把作业看得那么紧，不到最后一刻，绝不上交。

六年级的毕业考试，程为正常发挥。学校门口的大红榜上，他的分数比第二名的蒋鲲鹏、第三名的宋媛高出一大截。他不知道这深深伤害了后两名同学的脆弱心灵。

小学毕业典礼后回家的路上，程为走在那两个人后面，中间隔着三三两两的同班同学。

程为隐隐听到宋媛的声音，她对蒋鲲鹏说：“你看到了吗？他数学满分，这怎么比得过？今年数学试卷这么难，他是全区唯一一个得满分的。”

“那还是怪你不争气，你怎么好意思语文单科跟他并列？你不该反超他吗？”蒋鲲鹏说道。

程为看到宋媛转头瞪了他一眼，还说了什么，但她声音太小，他实在没听清。

那之后，程为似乎明白了一点什么。

他们的子弟小学和子弟中学是一贯制的，初中他们仍旧同班，连座位的位置也还差不多。程为仍旧在抬头时看到宋媛微微透光的耳郭。

不同的，大概是蒋鲲鹏不知何时，把座位调到宋媛前面去了。程为常常在课间的时候，看到蒋鲲鹏转过来和宋媛说话，有时也和她讨论题目。可不管蒋鲲鹏是嬉皮笑脸，还是一本正经，程为都觉得看不惯。

程为那时猜想，蒋鲲鹏因为一直是班长的原因，所以可以挑选座位，是特地调过去的。虽然班主任开学时也曾私下问过程为想坐在哪里，但他不屑使用特权，回答说都可以。然而这时候，他有一丝后悔。

程为不记得从什么时候开始，同学之间有了各种各样的小秘密。他那时正沉迷在数学之美里不能自拔，自学完了上一年级的数学课本，正在寻求延伸学科。

忽然在某个周五下午放学的时候，他在走廊里迎面被两个女生拦住，不是他的同班同学，似乎是隔壁班的，他印象不深。其中一个长发的女生在旁边女伴的催促下，塞了一封信给他。

程为仓促间接在手里，看着那两个女生捂着书包头也不回地跑远了。等拆开看时，才后知后觉地反应过来，这大概是他们说的情书。

可惜他没什么耐心把这些粉色印花信纸上的文字一行行看完，趁着还没下楼，他透过教室的后门，回头看了一眼还没走的宋媛。她在给后座的同学讲作业，低头写着什么，几绺头发正从耳后散落下来，细软的，无声的，落进他眼睛里。

学年末，程为仍旧考了第一名，总分比超越了蒋鲲鹏，考了第二的宋媛多许多，这迅速激化了他们之间的敌我矛盾。放暑假前，老师给大家分学习小组，私下叫他们几个尖子生在办公室商量。

程为其实提前看过小组名单了，他和宋媛同组，他很满意。

可这时候，他分明听见宋媛站在办公桌旁，低头在问老师能不能换到第三组去。他心里的满意顷刻间散尽了，像窗外才开的蔷薇花，暴雨突袭，满径落红。他记得第三组的组长是蒋鲲鹏。

那一整个夏天，程为都能看到宋媛跟在蒋鲲鹏身后，从他家阳台前经过，去家属区旁的公园里参加小组活动。

程为解得出最难的数学题，连老师不会的题目他也能解得开，可眼前这道题……他站在阳台玻璃窗前，看他们渐渐走远的细长背影，觉得有点儿难。

等到再开学时，他们都长大了一岁。那年秋天来得特别早，一连几天的秋雨过后，天气骤然转凉，班里接连病了好几个同学，宋媛也是其中之一。她先是感冒咳嗽，后来发起了高烧，接着转成肺炎，住了两天医院，于是请了很多天假。

宋媛本来是语文课代表，平常会承担耿老师教学助手的任务。她一病假，这些事就落了空，老师便临时请程为代劳。

程为看着宋媛空了好几天的座位，在心里无奈地想：这大概是除了排名以外，我和她联系最紧密的时候了。

周五放学前，程为去耿老师办公室送作业，听见耿老师正在接电话：“哎，宋媛妈妈，你好。嗯，是吗？好的好的，没关系，让宋媛在家多休养两天吧，最近功课不太紧张，她没问题的。”

程为在旁边听着，心里猜测：是她出院了吧？前两天还听见蒋鲲鹏和陈欣欣说宋媛高烧不退，住院了。

耿老师挂了电话，顺口向程为感叹：“宋媛啊，还要再请几天假，她这前前后后，可要耽误半个月了。”

程为也难得地跟着附和：“嗯，听说她住院了。”

“已经好了，昨天出院回家了，刚刚她妈妈说的，”耿老师低头在一摞作业本里翻找宋媛的练习册，“程为，你看看蒋鲲鹏走了没？把宋媛的作业拿给他，让他帮忙带回去，他们两家住得近。”

程为伸手接过来，低头看到练习册封面上宋媛的名字，凝神了一秒，说道：“我给她带回去吧，我家也离她家不远。”

“哦，那也好。”耿老师点了点头，觉得尖子生的觉悟就是高，智商和情商成正比。

所以程为走前，便替宋媛把各科作业都收集了一遍。

他抱着好几本大大小小的练习册站在她家门口准备敲门，又想了一想，从书包里把自己的数学笔记拿了出来，叠在那几本练习册下面。

宋媛妈妈来开的门，她一眼看到这个和自己个头差不多的瘦高少年，一点儿也不陌生，这是几次家长会老师点名表扬的模范优秀生，媛媛总也超不过的学业高峰啊。

“这不是程为吗？”宋妈妈追星般的眼神把他上下打量一遍，毫不掩饰惊喜的语气，“哎呀，快进来快进来，是来找媛媛的吧？”

“阿姨好，老师让我帮宋媛把作业带回来。”程为特别有礼貌。

宋媛妈妈把程为让进客厅来，坐在沙发上，眼角满是笑纹，听见他是来送作业的，又忙着向旁边宋媛房间看了一眼，遗憾道：“媛媛刚吃了药，可能睡了。”

“哦，”程为马上善解人意地点了点头，起身压低了声音，“那阿姨，这几天的作业都在这里，我就先走了。”临时又补充，“那个，老师说，让宋媛好好休息。”

“好好，谢谢老师，也谢谢你啊。程为，以后常来找媛媛玩啊。”宋媛妈妈热情地把他送到门口，还目送他下楼。

周一宋媛还是没能来上课，老师于是仍旧托程为带作业给宋媛。程为再来宋媛家时，宋妈妈照常热情。

“程为来了，辛苦你哦，又跑一趟。媛媛好多了，在房间里呢。”

程为第一次进宋媛房间，有一种错觉，以为拿到了走进她世界的许可。

但听到宋媛问道：“蒋鲲鹏怎么没来？”程为马上就清醒了。

他低头把作业递给她，说道：“他去忙广播站的事了。”

“哦，”宋媛点了点头，低声嘀咕，“不务正业的家伙。”

程为垂眸看了她一眼，想想没有别的事了，转身要走。

“程为！”宋媛忽然叫住他。

程为回头，宋媛正伸手把他的数学笔记递过来：“谢谢！”她语声清澈。

“不客气！”

（二）蒋鲲鹏篇

从基地转来的那个男生，第一次考试就把蒋鲲鹏和宋媛远远甩在身后，这让蒋鲲鹏特别不满意。

一天放学回家的路上，蒋鲲鹏和宋媛商量：“怎么搞的，我没考好，你怎么也失常？”

没想到从小看着聪明样的宋媛，这时候一本正经地回答：“我没失常啊，我的错题都是我不会的，我正常水平。”

蒋鲲鹏被噎得半天没说出话来，在心里骂了一百遍：你是不是傻？

要不是因为他最近零花钱有点儿告急，他真要破口大骂了。

蒋鲲鹏朝宋媛那双乌黑的傻眼睛用力看了看，终于忍住了没说话，抬头在密密匝匝的梧桐树叶里深深缓了口气，想到学校门口小卖部里的椰汁又涨价了！还是别惹她。

蒋鲲鹏后来因为期末考试和英语竞赛连续输给了转校生，实在气不过，对自己下了狠手，把海贼王戒掉了。从来不觉得学习需要努力的蒋鲲鹏，破天荒地周六下午没有去文体中心的体育馆打球，而是跑到宋媛家来，说要一起做练习。

宋媛吃了一惊，她自己周末也不做练习，她假期一般用来看动画片和小说。所以当开门看到抱着书包风风火火跨进来的蒋鲲鹏时，她呆在原地半天没有回过神儿来。

老宋正从厨房捧出一盘才洗好的东北大樱桃，这是他背着刘女士偷偷买的。因为太贵，与刘女士勤俭持家的原则相悖，不能让刘女士知道，特地趁刘女士去加班，才拿出来洗给女儿吃。

蒋鲲鹏往宋媛房间去，经过那盘娇艳欲滴的大樱桃，站住了，毫不客气地伸头过去尝了一个，赞不绝口：“嗯，叔，你家樱桃真甜啊。”他说着连盘子一起端走了，还回头叫宋媛，“快点儿，我带了一套贼牛的试卷来，《启东中学内部讲义》，咱俩一块儿做，我计时。”

宋媛跟在蒋鲲鹏身后，见他麻溜儿地拉开她写字台的椅子，从书包里摸出一沓试卷，重重拍在桌面上。他转头来，顺手又往嘴里塞了两颗樱桃，还朝宋媛挑了挑眉。

老宋挨门框站着，盯着蒋鲲鹏鼓起的腮帮子，委婉地说道：“那个，鲲鲲啊，你最近是不是有点儿胖了，少吃点甜的啊。呵呵，也少吃点儿水果啊。”

蒋鲲鹏嘴里没停，下意识低头看了眼自己的小肚子，没往心里去：

"哪有，叔，我这是虚胖，我妈还让我多吃点儿，好长个儿呢！"他说着，摆摆手，"叔，我俩要写卷子了。"

"哦哦，写吧写吧。"老宋也是头一遭见到如此勤奋的蒋鲲鹏，关门前，他最后瞟了眼那盘红彤彤的水果。

宋媛拉了把凳子过来，坐在自己书桌边，再三地朝蒋鲲鹏脸上探究。

蒋鲲鹏一低头，看见桌面上倒扣着的一本漫画书，拿起来扫了一眼，抬手扔在了一边，嘟囔着："什么玩意儿，这时候看什么《叮当大长篇》。"转头来，正色道，"要上进啊，宋媛同学。"

宋媛终于忍无可忍，上手去扯他的脸皮，疑惑道："你是不是画皮了？你是蒋鲲鹏吗？你是不是耿老师变的？"

"哎哟！轻点儿啊，你指甲怎么那么长，"蒋鲲鹏一边抬手推开她，一边朝旁边躲，嘴里裹着两粒樱桃核，含混道，"你还没明白吗？咱俩再不加点儿油，真超不过程为啊！"

"我觉得是你不明白，"他没想到宋媛说得这样云淡风轻，"要追上程为，可能不是加点儿油的问题，没准儿是要换个脑袋的问题。"她说着，不屑地伸手翻了翻他带来的试卷，接着道，"你看过他的数学笔记吗？有天，我去老师办公室取作业，蒋老师正拿程为的数学笔记给老师们传看，我也跟着看了两眼，你知道吗？他已经自学完初三的数学了，我连初三的数学书都没见过呢。"

蒋鲲鹏听完，也跟着呆了呆，初三的数学书！谁没事儿看那玩意儿？这人究竟是个什么样的怪物？蒋鲲鹏这点儿窃思似乎被宋媛看透了，她黑眸里有点放光。她坦然地伸长手臂，越过他去够那本扔在桌角的漫画书。

蒋鲲鹏拧着眉头，又想了想程为少言寡语高不可攀的模样，很来气！

"啪"的一声，蒋鲲鹏把她蠢蠢欲动的手拍了回去，义正词严地说道：“就你不求上进，快给我写，初三数学有啥了不起的。”他没好气地把那套试卷推到她面前去。

那个下午，他们凑在一起做试卷到夕阳西下。他们对好答案，讨论完错题后，刚好老宋那盘樱桃也被他吃光了。

蒋鲲鹏临出门时，宋媛妈妈回来了，看见他，热情地招呼道：“鲲鲲来了，哎哟，几天不见，更壮实了！留下吃晚饭吧，阿姨做红烧肉。”

蒋鲲鹏一向讨人喜欢：“不了，阿姨，我先回去了，改天再来吃红烧肉。”他说着跨出门，又回头补充，“阿姨，你家大樱桃真甜。”他想着是溢美之词，人人爱听。不想后面跟着送他出门的宋叔听完，迅速地消失在客厅门后，连宋媛也悄无声息地不见了。

蒋鲲鹏觉得刘阿姨好像也僵了僵，可也没多想，就下楼去了。

那之后，倒是真像宋媛说的，程为成了他们成绩单上无法超越的高山。蒋鲲鹏就算戒掉了漫画，戒掉了网球爱好，也没能在数字上打败这位神话转校生。

还好，上了中学之后，他们的世界变大了，蒋鲲鹏兴趣广泛，精力也特别旺盛。和向来无心学生活动的宋媛不同，他参加了学校的话剧社、广播站，同时也入选了中学的篮球队。在这些领域，他仿佛找到了新的赛道，常常在放学回家的路上，向宋媛炫耀今日收获。

可惜，他那从小穿一条裤子长大的发小，除了沉湎在《科幻世界》的冗长故事里之外，对女生们热爱的唱歌跳舞化妆演话剧无甚兴趣。每次蒋鲲鹏觉得自己讲得妙趣横生，一转头，看见宋媛眨着一双无精打采的大眼睛，他就来气，在心里发狠，再也不和这根木头桩子交流学校前沿资讯了，让她被时代的洪流抛弃掉，别理她。

然而第二天，蒋鲲鹏还是迫不及待地要把演出的消息、比赛的时间、活动的地点，一一都告诉宋媛。好多次，他都没得到预想的回应，也气得皱眉，可过后，会在心里含糊地给自己解释：是太习惯她了，从前总在一起玩的，所以改不掉要和这傻瓜念叨的习惯。

大概也是从蒋鲲鹏活跃在各个赛场上开始，他不那么介意程为的名字总排在他前面了。还有很多领域，压根没有程为的存在，是他一个人独领风骚、独占鳌头哪，校长都表扬过他，说他是全面发展的优秀生。他觉得没错，自己比程为更模范。

可从那次春游活动开始，蒋鲲鹏才知道自己大意了。那天宋媛突然跑来跟他说要换组，他没多想，以为她是要换到陈欣欣那组去，女生们总想和好朋友在一起。他于是佯装不同意，顺便敲了两块巧克力回来，一度还很得意。

可当天出发的路上，蒋鲲鹏在人群里张望，一眼看到了并肩走在前面的两个人，背影这么眼熟，是程为和那个发小傻子，他们似乎在聊着什么。他看到宋媛转过头来，露出一个明亮的笑容。他那会儿举着队旗，呆了呆，回过神来的时候，耿老师正催他快点儿整队。他来不及思考，忙着带队伍出发，什么话也没顾上说。

那天回程的路上，蒋鲲鹏反思：我积极地截断了她的情书传播途径，从我收到第一封示好的情书开始，我就警觉地到处替宋媛散布传言，说谁敢写信给她，她就会交给耿老师，贴在楼下公告栏里去广而告之。这说法果然震住了许多蠢蠢欲动的心。可惜，防不胜防，有的人的心，是谣言震不住的。

蒋鲲鹏其实有点糊涂，大概太熟悉了，从不觉得宋媛有特别出色的地方，论漂亮，她不及陈欣欣抢眼；论可爱，她也不及周晓楠俏皮。小时候的她，脸蛋红扑扑的，梳两条细长的小辫子，小辫子上绑着一圈圈的彩色橡皮圈，像只五彩缤纷的天牛。幼儿园时，她会分苹果给蒋鲲鹏吃，他尿裤子了，她还借裤子给他穿。她也跟他回家写作业，趴在他房间的地板上画手抄报。

蒋鲲鹏不准人递情书给她，其实也没什么特别的意思，只是出于发小的责任感，觉得那些尖嘴猴腮的男生们面目可憎，离他的好朋友最好远点儿。

可程为一走近，他就突然明白过来了，隐隐觉得，也许迟了……

那时，每周五的下午，他们有兴趣课堂时间，同学们可以选择自己喜欢的活动去参与。蒋鲲鹏从前忙于自己的诸多安排，没有在意过宋媛每周五下午都在教师图书室看杂志，因为学生阅览室的藏书太少，耿老师特地把教师借书证拿给宋媛用。

蒋鲲鹏那还是第一次走进教师图书室，座位区采光真好，午后的阳光斜照进来，一片寂静。宋媛低头坐在落地窗前，像那片阳光的一部分，半身溶解在轻薄的光雾里。

他隔得有点儿远，刚跨出一步时，忽然心头动了动，进而一闪身，躲在就近的书架后面。他在心里雀跃地想着：哈哈，等我悄悄摸过去，吓她一跳！

他正瞄着宋媛的位置伺机而动，没在意背后的人。一个人影从他眼前掠过，他本能地看去，居然是程为！

他看着程为走过他面前的书架，直接走到宋媛的座位前，坐在她对面，同时把手里的杂志递了过去。

程为的动作这样自然连贯，在蒋鲲鹏目光里留下一道挥之不去的痕迹。蒋鲲鹏这时候才看清，程为递给宋媛的，是一本新出的《博物》。这杂志他有印象，她上次在放学路上说起过，是她最近发现的最有意思的月刊，可惜学生阅览室里没有。

蒋鲲鹏盯着那本绿色的封面，气呼呼地冲过去，居高临下，敲了敲宋媛手边的桌面，不屑道：“就这本破杂志，还专门跑这儿来看，下次我借你，我家有。”

宋媛眨了眨眼睛，脱口问道：“你上次不是说你妈没给你订吗？”语气疑惑又真诚。

他第一次觉得她那双乌黑眼瞳特别讨厌，没好气地回应：“有，怎么没有！我家订得太多，我忘了放哪儿了，下次找给你。”

“鲲哥，走吧！”这时恰好有话剧社的同学叫他，他赶紧回头答应了一声，走前又瞟了眼坐在光雾里的两个人，觉得这真是个倒霉的下午。

（三）宋媛篇

宋媛向来后知后觉，等大家都在互相传写毕业留念册时，她才蓦然想起要初中毕业了。她最近在教师阅览室的角落里发现一本《阴翳礼赞》，连看了好几个下午，看得连窗外房檐下的梧桐树叶，也觉出一种阴暗的唯美来，完全忘了快要中考了。

周五放学时，她一人站在背阴的楼梯口，抬头看蓝天里的一团乌云，初夏的日光给它镶了一道明亮的金边。她眯着眼睛，抬着头，忽然觉得心里郁郁，便想换个世界看一看，所以没有去办公区的阅览室，而是转道去了教学楼后的篮球场。她记得前两天，蒋鲲鹏说中考前还有最后一场篮球比赛，就在今天。

宋媛不热爱运动，是八百米测试常常不达标的人，对男生们的运动热情不太能理解，所以很少来篮球场。

没想到有这么多人观战，她站在人群圈外，从几个女生的缝隙里，看球场上奔跑争抢的人。

她最先看到了蒋鲲鹏，他满脸通红，像天边堆积的火烧云，正快速跑动过来，皱眉的眼神里映出一抹妖艳的凌厉。

她仰头越过人群，看了看场边的比分牌——24:23，心想：是比分咬得太紧吗？蒋鲲鹏作为队长，应该很焦灼吧。

她的目光扫过球场众人，找另一个人的身影。

程为从最远的地方带球过人，被对方的人拦住，他转了个身，晃过人墙，冲出了重围。

宋媛的目光定格在他身上，边看边想：不怎么参加训练的人，倒是挺灵活。

一声嘹亮的哨声响起，高中部的体育老师路老师大声宣布中场休息。场上和场下一阵骚动。

宋媛站在场边没动，正在犹豫要不要先走。观战的人群却像潮水退去般涌向两边的篮球架，把她给晾在了沙滩上，西沉的落日把她的影子拉得无限悠长。

“宋——媛！”陈欣欣正站在蒋鲲鹏身后，热情地向她招着手。

陈欣欣这样一喊，整个初三年级的篮球队员都转头朝她看过来。宋媛想先走的愿望便实施不了了，只好迎着众人的目光走进人群里去。

“你怎么来了？”蒋鲲鹏抹了一把额头上的汗珠，毫不客气地问道。他其实心里在抱怨：我大比分胜出的时候怎么没见你来，我们打得这么艰难的时候，眼看着要输了，你就出现了，你真是和我有仇！

宋媛听不到他心里的声音，只觉得他这话问得劈头盖脸的，面目狰狞，迟疑着解释：“不是最后一场比赛了吗？就，来看看啊……”她被蒋鲲鹏问得有点儿气短，眼神不自觉地飘到旁边去，朝别的人脸上掠过一圈。

蒋鲲鹏却不知为何，鬼使神差般，转头朝身后的程为看了一眼。

程为本来站得远，隔着两个人，视线里只看得到宋媛半边手臂，可蒋鲲鹏一转头，程为本能地和他对视。

蒋鲲鹏发现自己多此一举，冷着脸迅速转回了头，却看到宋媛正微微偏身，隔着他去看他身后的那个人。

“上场！”蒋鲲鹏愤然大吼一声，扔下手里的矿泉水瓶，带队掉头就走。那瓶子落地，水溅出半人高，宋媛敏捷地向后躲了躲。

虽说是来观战，但宋媛其实不太懂这里面的门道，只能看看比分高低而已，打得到底何等艰难，如何不易，她看不太出来。只看得到鲲哥引以为傲的黑头发上，挂满透亮的汗珠。

围观的人群里爆发过几次掌声和喝彩声，宋媛站在前排，被提醒着，目不转睛地盯着篮球少年们。

打配合似乎是非常重要的，程为从队友手里接过篮球，以他的站位，可以直接起身投篮，但他目标太明显，防他的人也迅速围拢而来。程为抬手一刹，又迅速改了方向，把球传给了位置角度不甚好的蒋鲲鹏。

蒋鲲鹏跃身接住，篮球打着旋，他腾空沉着投篮，三分！

人群中立时响起一阵欢呼，有女生大声的尖叫伴随其中：“鲲哥——太帅了！”

宋媛仰着脸，看到蒋鲲鹏帅气地朝她甩了甩头，几滴汗珠打在他自己的脸上。宋媛被他的动作逗笑了，没注意到程为转身回防前投来的目光。

不过，宋媛远远看到鲲哥特地隔着队友，向程为点了点头，程为同样回应了他。那时宋媛看在眼里，还在心里反思：这大概是男生之间的友谊吧。

蒋鲲鹏一直以为这么重要的表现时机，程为是不会把球传给他的。他没想到，紧急关头，程为几乎没怎么犹豫，迅速判断了位置就把球传了出来，把风头让给了他。

蒋鲲鹏虽然在心里不肯承认，但人群的欢呼声里，他还是忍不住向程为点头示意。

虽然他们这初中时代最后一场比赛打得可圈可点，但还是不敌对手强大攻势，小比分败北。

蒋鲲鹏作为队长，赛后要和教练一起和兄弟学校的队友们座谈，所以宋媛便和程为一起回家。

回家路上，程为转头来问她：“怎么样？我们打得还行吗？”

“嗯，”宋媛点了点头，其实不在行，点评不出什么，所以依着陈欣欣说的话，人云亦云，“对方太强大了，但是我们也很顽强，虽败犹荣。而且，鲲哥表现特别好，千钧一刻力挽狂澜……”

她还没说完，程为盯着她的眼神忽然变了，像顷刻结了冰，“砰”的一声跌碎在路面上。

宋媛看着程为转回头去，无声地走快了一步。她赶着追上去，识相地没再往下说，同时在心里揣度着：也许面对失败的比赛，该换个话题。

那之后，就迎来了初中毕业前的各项仪式——中考体检、照毕业照、如火如荼地交换毕业留念册……

说起毕业留念册，宋媛有点儿沮丧。因为早在这最后一个学期刚开始时，陈欣欣就收到了其他班送来的许多本留念册。有一天很晚了，宋媛从阅览室回来，恰好撞见隔壁班的班长给陈欣欣送了一本蓝紫色封面的留念册来。

宋媛走回自己座位的路上，经过陈欣欣，看到她翻开那册花样新异的封面，从容地从里面拿出一个精致的小信封来。

宋媛感到好奇，站住了，惊讶道：“里面还有信哪？”

“嗯！”陈欣欣略带骄矜地朝宋媛点了点头，从桌肚里拿出了另外两本不同颜色的纪念册，一一翻开，里面都各有一封小信。

陈欣欣真诚地发问：“你没收到过？马上要毕业了嘛，他们就把信夹在留念册里一起，我都收到好几封了。”

宋媛也真诚地回忆了一下，摇了摇头：“没有。”

陈欣欣谦虚地朝她笑了笑，以表同情。大概学习太好了，情书啥的就绝缘了！世界还真是公平的，哈哈。陈欣欣在心里宽慰地想着，顺便又扫了一眼落寞的、正走出教室门的宋媛。

其实和陈欣欣想的不一样，宋媛也没有特别想要收到很多情书，她只是遏制不住地好奇，这些男生们会在情书里说些什么。她当真一封也没收到过，于是越发有兴趣。看着陈欣欣像打开河蚌一样，挖出一颗珍珠来，真是觉得遗憾，她的那些“河蚌”里都是空的，什么也没有。

宋媛走下楼，站在焦黄的夕阳里东张西望。蒋鲲鹏说好在楼下等她，一起讨论模拟试卷的，人不知跑哪儿去了。

她身后不远处，蒋鲲鹏正一手揽着个斯文的、戴着眼镜的男生，毫不客气地把他连拖带拉弄进旁边阴暗的楼梯拐角里。

“这是要给宋媛的？”蒋鲲鹏挑挑眉，毫不客气地从男生手里把一本全新的毕业留念册抽出来，转手交给旁边同样瘦高斯文的程为。

程为面无表情地接过，熟练地哗哗翻开，检查了一遍书页，封底和封面各看了一眼，交还给蒋鲲鹏时，简短道：“安全。”

蒋鲲鹏狰狞地笑着，递给还没反应过来的眼镜男生，放回他手里，指了指宋媛的方向，用威胁的语气说道：“去吧，在那儿呢，我俩看着你，别胡言乱语啊！”

所以宋媛等到姗姗来迟的蒋鲲鹏和程为时，正失望地翻着一本新收到的留念册。这是一起去参加作文竞赛的小方同学送来的，她还想着，也许算是有交情的，没准会收到点儿别的什么，可惜什么也没有。

宋媛抬头长长叹了口气，听见后面走来的蒋鲲鹏调侃她：“哟，宋媛，看不出你交友还挺广的，五班的小书生还请你写留念册呢！给我看一眼，书生文采好不好。”

“不给。”宋媛没好气地伸手拉开书包拉链，装进书包里。她没看见蒋鲲鹏和程为默契地对视了一眼。

于是，她匆忙又暗淡地过完了整个初中时期。

实验高中开学时，宋媛走进校门，忽然驻足回望，有防不胜防的蒋鲲鹏和永远追不上的程为，这初中记忆并不算空旷。她满意地想着，嘴角也泛起了笑意。

进入了高中阶段，学习节奏明显加快，她再也没有很多时间去看闲书了。重点班的竞争也很激烈，每次排名出来，大家都很关注。程为和隔壁班的一位女生丁冉冉，两人轮流坐庄似的，交换停留在第一第二的位置上，同时，他们也成了整个年级老师的重点关注对象。

他们高中有取得生物奥赛金牌的辉煌历史，所以一直是奥赛培训点。高一学期结束前，年级组织了选拔赛，宋媛虽然也被挑选去参加，但也知道自己只是陪跑而已，不是程为和丁冉冉的对手，可能连蒋鲲鹏也超不过。

成绩出来，果然如宋媛所料，蒋鲲鹏考了第七，宋媛考了第九，而选拔赛挑选了前五名。他俩暑假第一天，一起送程为去参加奥赛集训。学校派来接程为的黑色帕萨特，宋媛看到丁冉冉也坐在里面。她客气地朝旁挪了挪，让出位置来，程为便坐在她旁边。

宋媛望着车子绝尘而去，盛夏的日光里，她有点儿落寞。

回家的路上，蒋鲲鹏兴冲冲地说起他新组建的乐队，力邀宋媛："要不要去听我们的新歌，我们北斗星乐队刚排了一首新曲子。来来来，跟我去听。"

"不去，我要回家了，新一期的《科幻世界》到了，我没空。"宋媛甩甩头走了。留下蒋鲲鹏站在太阳地里，一路咬牙切齿地诅咒《科幻世界》快点儿倒闭。

集训的一个月很快过去，蒋鲲鹏来找宋媛，一起去程为家写暑假作业，受到了程为妈妈的热情接待。

程为那天刚好收到集训班老师寄来的照片，房间的书桌上零散地铺着十几张。蒋鲲鹏饶有兴致地趴在上面看，点评道：“哇，这丁冉冉的气质真好啊，一看就是这里面最漂亮的。”

宋媛在蒋鲲鹏身后，也伸头来看看。

蒋鲲鹏不识趣地转头来问她：“是吧？”

宋媛看着照片里总站在程为身边的长发女生，忍不住翻了个白眼，没说话。

蒋鲲鹏絮叨起来没完：“怪不得，丁冉冉已经是咱们学校校花候选人了，你说，厉不厉害，看看人家！”

宋媛心胸不宽广，她抿着嘴角站直了身，不看了，转头去看程为书桌上摆着的一只不倒翁，还伸手戳了戳它。

程为瞄了宋媛一眼，俯身把散乱的照片收起来。

“哎，我还没看完呢？这是小河边吗？你俩在小河边坐着干吗呢？”蒋鲲鹏抻长脖子，一连串地发问。

“分组呢。”程为低声回答，没有多言，手上也没停，收整好通通塞进抽屉里。

高二年级一开始，程为就异常繁忙，大量的课余时间用于竞赛准备，他的活动频率不再和宋媛重合。倒是宋媛常常在放学后，见到他和丁冉冉并肩从走廊经过，像是边走边在讨论着什么。

宋媛有时会去学校的多功能厅看蒋鲲鹏的北斗星乐队训练。她其实不爱好音乐，只是蒋鲲鹏太热情，她是盛情难却。不过，她在那里碰到过一次丁冉冉，在台上拉小提琴，似乎是《小夜曲》。宋媛不在行，也拿不准，她走进来时，就看到她们年级的校花在表演了。

宋媛抱着书包，坐在前排的一侧，和台上如痴如醉的“北斗星们”一起欣赏小提琴独奏表演。她中途瞟了一眼蒋鲲鹏，觉得他哈喇子都快流下来了。

程为什么时候来的，她没发觉。他坐在她旁边，扫了一眼台上的人，然后伸手拍了拍宋媛怀里的书包，问道：“有那么好看吗？”

“嗯，好看。”宋媛点头，眼神还停在舞台上。

程为不屑地哼了哼，接着问道：“我们下周集训班暂停，明天放学一起走，你可能要等我一会儿。”从前他们放学总是一起走，现在因为他太忙了，就只有宋媛和蒋鲲鹏一起走了。

“明天？”宋媛听清了，转过头来，老实道，“明天下午，小礼堂放《蔷花红莲》，我要去看呢。”

“你这看恐怖片的劲头还没过去呢？”程为脱口问道。他记得宋媛大概是从暑假开始忽然对恐怖电影燃起了空前兴趣，尤其喜欢亚洲系的鬼片。他和蒋鲲鹏特地找了《罗密欧高地》给她看，结果一点儿都没吓退她。

宋媛敦厚地笑了笑，没说话。

程为回应道：“那我明天也去看吧，看完一起回家。”

宋媛点了点头，心里很高兴，眼神却还停在演奏完的丁冉冉身上。丁冉冉优雅地放下小提琴，和蒋鲲鹏说着什么，还转身从书包里拿了一张粉色卡片出来，大方地递到蒋鲲鹏手里。

宋媛立时坐直了，想去听他们在说什么，奈何那边不识相的架子鼓咚咚敲个不停，害她一个字也没听清。

宋媛眼里放着光，终于忍不住，侧身过来悄悄和旁边的程为耳语：“你看，是不是丁冉冉在给鲲鹏递情书呢？”一边还在心里感叹：这校花级选手果然不一样，送情书都这么坦荡，不像从前初中班里的同学，扭扭捏捏藏着掖着的。蒋鲲鹏倒是真有二两魅力，呵呵，真好真好。

具体哪好？她一时半刻没来得及深思。

不想，程为笃定地朝她摇了摇头，否定说：“不是情书，是她生日晚会的邀请卡。”

哦……邀请卡啊，怪不得送得这么顺手。宋媛听了没反应过来，停了两秒，忽然转头：“你怎么知道？我都听不见他们说什么。”

“我也有一张。”程为随口道。

哦！宋媛发光的眼瞳跟着暗了下来，她没再说话。

第二天放学，程为并没让宋媛久等，差不多同时到的小礼堂门口。他们选了后排的位置，看宋媛喜欢的电影。

散场时已经天黑，他们在校门外的路灯下，碰到从小店里买可乐出来的蒋鲲鹏。

蒋鲲鹏看见他们俩，愣了愣，劈头就问程为：“你怎么在这儿？”

程为似乎也有点儿疑惑，用同样的话问道：“你怎么在这儿？”

蒋鲲鹏闷声闷气地解释：“我们乐队临时加训，我走不开，去不了啊。”

“我也有要紧事，去不了。”程为寥寥回应，似乎不想多谈这件事，转头便向前走了。

于是，仍旧是他们三人一起回家。

在家属院外的小路上，宋媛想：他们说的是要去哪儿？校花的生日晚会吗？

1

程为最初回福州来，不太习惯这里的暑热。六月份开始连续下雨，阳台上晾着的衣服好几天都不干，卫生间的台面一天不擦就会发霉。

不过，他很快就学会了把妈妈常穿的衣服单独用吹风机吹干，再放回妈妈衣柜里，省得她忘了收，等穿上身时还是湿的。但他自己的衣服，有时功课太忙，顾不上，他就算了。

过了这个夏天，他就大三了。他想，再坚持坚持，也许会越来越好。

大三开学那天，他在去学校的路上，坐45路公交车，这一段空闲时间，他像车上坐着的其他年轻人一样，低头看着手机。看手机里上个月宋媛发来的照片，她去浦东机场接蒋鲲鹏，顺便去那儿的迪士尼玩了一圈。

程为记不清看了多少遍，连那组照片的顺序都一清二楚。有张照片里，宋媛伸出手臂，似乎在递什么东西给拍照的人。程为迅速滑过了这一张，下一张里，有漫天的肥皂泡，数不清的透明泡泡折射着七彩日光，宋媛抬头望着那一片幻景，也像是他的一片幻景，同时心里有个隐约的声音响起：蒋鲲鹏拍照的水平倒是变好了。

从前蒋鲲鹏拍照的技术很不行，每次把宋媛拍出两三个重影儿来，宋媛叫他“手抖大王”。他现在手不抖了！

程为坐在车窗边，沉默着，窗外成排的凤凰木从他眼前飞快掠过。

快到学校时，外面下起雨来，而且越下越大。他走进校门时，看到大家都撑着各式各样的雨伞，保持着距离。

他借着身高优势，抬起伞朝前远远望了一眼这一路的花伞大军，在心里感叹：不用靠得太近，真好。

等走进教室时，程为不自觉地皱了皱眉。

程为是整个系唯一的走读生，总是来教室较晚，有时如果他妈妈发病的话，他还会迟到。门口第一排的位置，是默认留给他的，此时那位置旁边坐着个齐耳短发的女生。程为迟疑了一会儿，坐过去他本心不愿，可不坐过去，又显得他有什么别的意思。

这位女生是班里的生活委员王晓，他们班女生少，她又是少之又少的说起话来温柔又细致的女生，是班里非常受欢迎的班委之一，尤其受男生欢迎。

大一的时候，程为因为申请走读，得到了来自系主任和院领导的深切关怀，特地派辅导员和生活委员去他家家访。王晓便是班里最早知道他家情况的人。也是从那时起，程为就常常从王晓的眼睛里读出一丝悲天悯人的情怀来。有时他也反思：是妈妈病了之后，自己变得敏感了吗？我以前从来没有在意过别人的目光，是残酷的现实让我的神经变得纤细了吗？

后来，他在学校组织的运动会上才确认王晓投给他的，确实是同情的目光，也不怪自己会疑心。

那天是他们学院篮球队打比赛，因为时间安排在晚上八点钟，他找体育委员请假，表示晚上家里有事，没有办法参加。

体委明确拒绝了他，说要有集体荣誉感，这种时候当然以集体为先，家里的事情先放一放。

程为正想进一步说明一下家里妈妈的病情和实际情况，没觉得这是什么需要掩饰或掩藏的事情，说明白了，大家都能理解。没想到旁边有人冲过来，拦住了他，还挡在他前面，义正词严地阐述：“这是程为的家事，你就别问那么多了。我觉得应该尊重人家，不能参加就请替补的人员上，干吗为难别人！”

直到她说完，程为才看清是王晓。

接着，程为被晾在一边，当着好几拨同学的面，身材娇小的王晓和高大粗壮的体委站在教室门口的走廊里大吵了一架。他们你一言我一句地争执，让程为插不进话去。

最后，王晓赢了，她转头拉着程为的衣袖，气势汹汹地说：“走，咱们走，别理他。”

还没走到楼梯口，程为又见她投来那样的目光：“你别理那个四肢发达、头脑简单的家伙，以后遇到这样的事，我帮你处理。”

程为眼看着走过了拐角，抬手把衣袖抽了出来，他想应该要感谢她一片好意，但转念又觉得还是有必要一次说清楚。他顿了顿，说道：“王晓，其实我可以自己跟他说清楚的，不是什么大事儿。”他接下来还想说，以前上高三时，妈妈初犯病，他常常请假，后来班里的同学全知道了，大家都很善意，还问他需不需要帮忙，他不觉得应该要隐藏什么。

可惜他还没说完，王晓就打断了他，用无比同情的温柔眼神望着他：“没事的，我会替你保守秘密的。你放心，绝不会让任何人知道。”

程为无奈地听着，最后坚持道：“不是，我不用保守秘密，这也不算什么秘密，就是个事实而已。”

王晓郑重地点了点头，悲悯的眼神依旧，还体谅地提醒他：“你快回去吧，太晚了不太好啊。”

程为转身前长长叹了口气。

这世上的恶意总是好拒绝的，可好意却常常让人束手无策。

那之后，程为就尝到了被人无微不至关怀的苦处。

王晓几乎固定坐在他旁边，成了他的代言人。有时早上他迟到，她还会准备牛奶和三明治给他当早餐。他其实因为要照顾妈妈，从来都是在家里吃过了早饭才出门的。

程为每每拒绝她，王晓都会用包容的眼神回应他。时间久了，连一起打球的队友都调侃他："究竟是你把王晓包圆了，还是王晓把你包圆了。"

他总是澄清："没有没有，同学关系而已。"

那时程为不知道，他这些澄清的话，传到王晓耳朵里，都变成激励她坚持不懈的动力，是她立志要感动他的强大理由。

王晓在寝室里，和室友感慨："爱一个人一定要润物细无声地爱他，要在不知不觉间让他感受到温暖。"她说完，简直被自己感动，回味许久，眼角都湿润了。

程为在男女交往的领域里没有经验，唯一一点微薄的认识都来自和自己喜欢的人做同学的那几年。他后来太忙了，没有空多看别人一眼。

他于是耐心地花了很多时间，等王晓开口，他想等那时再当面明确地拒绝她，这样就两清了。可她总不开口，他就总是找不到契机说明白。好在他大部分时候不在学校，一年一晃就过去了。

大三后，大家都在准备考研。程为没什么好选择的，天南海北的学校、专业方向上数一数二的学校，于他都没有就近入学来得重要。

王晓特地从辅导员那里打听了程为要报的导师，立下志愿要和他考同一个专业方向，于是更多了要一起探讨学术问题的理由，甚至他不能来学校时，她主动出击，坐车去他家里找他。

王晓常常这样想：程为被这么多学姐学妹们盯着，我已经算是占尽先机，千万不能在临门一脚时落后。

每每想完，她都更加意气风发。

这时候，新一届的学弟学妹们入校，几次学院活动过后，王晓面临的竞争越发激烈，教室门口等程为下课的羞涩学妹常常在走廊里徘徊，她们的斑斓裙角，从门边的缝隙里时不时地飘过，映在她眼睛里。

程为行色匆匆，向来没空注意这些人和事。找他娱乐他是没有时间的，但如果找他探讨问题，他是乐意的。他有时会特地迟一点走，等一等那位低一届的特别勤奋的小学妹。

考研结束那年，他收到过一回生日礼物，有人放在他座位上，写了他的名字。

旁边坐着的王晓，半扭着身子看他，不咸不淡地猜测："是大二的那个学妹送的吧？哟，还程师哥！叫得真亲热。"

程为从来不收这些礼物，无论多勤奋的学妹送的，他都不收，后来也还给了她，但也没能阻止她向往爱情的一颗心。

不过也不要紧，程为阻止不了，有人阻止得了……

程为记得那天也是个快要下雨的阴天，他因为帮导师准备一个实验数据，在实验室多停留了一会儿，回家晚了。等他走进小区时，门口的阿姨们都神色紧张地围过来："程为啊，快回去看看吧，你妈妈在楼上闹起来了，还拿着刀呢……"

她们议论纷纷，他顾不上多听一句，一阵风似的跑上楼去，正和从楼道里冲出来的王晓打了个照面。擦身而过时，他没来得及询问她一句，她也同样没来得及停留，仓皇逃走了。

程为挤进人群里去，看见妈妈举着菜刀在半空里挥舞，嘴里念念有词、又哭又笑。旁人大概听不清，他却不用听就明白，她在砍五鬼杀小人，砍完了一波又砍一波，因为长期吃药，手上力道不足，菜刀摇摇欲坠，看得人心惊。

他一步跨上前去，叫道：“妈！”说着伸手去夺她的刀。

程妈妈一晃神，刀刃对着他的手臂就落了下来。他那时心急，没觉出疼痛来，只听到人群里一阵惊呼。仓促间，他的眼神扫过众人，似乎扫到一个熟悉的面孔，是谁？他当时没反应过来。

大概是他白衬衫上突然绽放的一团鲜血，把发病的妈妈也震住了，她停了手，呆呆地盯着他。

那天尽是吵嚷和忙碌，直到入了夜，夜深人静时，他有一刹回想，人群里的那一眼，看到的似乎是那位勤奋的学妹，她是怎么来的？他疑惑了片刻，终于无暇深想，略过了。他精疲力竭，考虑着明天要带妈妈去医院复查的事。

那之后，程为请了好几天假，也妥协了，听从王霖医生的意见，加大了药量。他带妈妈去看诊，间隙的时间里，王霖起身指了指他左肩，用一贯没什么温度的声音，示意他：“解开吧，给你换个药，留疤是肯定的了，好在衣服能挡住。”

她不说，他几乎要忘了，一边解开领口的衣扣，一边感激地抬头看了看她。看到她低垂的眼帘，睫毛很长，密密铺陈，像极了一个他熟悉的人的眼睛。那一刻，他在心里无意识地冒出这样的想法来。

等程为重回学校，才发现他座位旁边的人不见了，王晓换了个离他很远的位置。走廊里翩跹的裙角也不见了，似乎学校在他不在的这几天里换了个生态系统。他虽然也有点儿诧异，但心里长舒了口气。不久，就有他篮球队的队友忍不住问他：“听说你妈妈得了很重的病，还会伤人？”

程为诚实地点点头，回答：“是啊。”

队友告诉他：“王晓说你妈妈拿刀到处砍人，场面非常惊悚。”

程为后来自己总结经验，也许人心天然就是矛盾的，比如有人说要坚守秘密，其实最守不住秘密的往往就是那个人。

程为坐在妈妈的床沿上，又长长叹了口气，房里一片安静。他伸手替妈妈压了压被角，忽然在心里感激地想：妈，要感谢你啊，一次就帮我解决了两个问题。

他这么想着，不自知地弯起嘴角，笑了笑。他一笑，莫名觉得眼前一宽，没什么，再难的困境里，也有一两件令人庆幸的事。

他后来也挺感激王晓替他做的“宣传”，自那以后，他就省了许多事，也节约了许多时间。毕业设计、实验数据、毕业论文，都很顺利，考研成绩也在意料之中。他渐渐觉得，他能反客为主，不再困于命运之下了。

时间真好，带走了许多的不愉快，留下了最好的东西。

后来，宋媛生孩子那年，程为收到参加同学会的通知，通知不是班长发出的，而是王晓。他坐在床头，看孩子在宋媛怀里昏昏欲睡，房里亮着一盏微明的喂奶灯，光线迷蒙，像回忆里的虚幻时空。他忽然想起这些旧事，忍不住说给同样昏昏欲睡的宋媛听。

程为以前尽人皆知的话少，无事不开口。但对着宋媛，他愿意絮絮叨叨，有话则长无话更长。他以为她睡着了，越说越小声，冷不防，听到她开口问道：“后来呢？”

程为愣住了一秒：“什么后来？”

“王晓同学。”她黝黑的眼睛，望着他。

程为没想到宋媛还这么精神，索性亲昵地凑过去，伸手揽着她肩头，低头时看到她疲惫的面容和睡着的孩子，心里涌出无尽感慨来。

“后来，她考了别的学校，毕业之后就再也没见过了。”程为在她头顶喃喃地回应。

他以为她会追问什么，可她并没有，在柔和的微光里，和他一起沉默了许久。

宋媛想起了读本科时的图书馆，也是大三考研那会儿，日复一日地坐在二楼靠窗的位置做真题的日子。她有一次起身时，不小心碰翻了隔壁桌男生的保温杯，那男生眼明手快地把杯子扶起来，但泼出的开水还是打湿了他桌面上的试卷。

宋媛抱歉地低声同他商量："都湿透了，要不，我赔你一本吧。"

他一边用纸巾吸着水，一边朝她摆了摆手，同样低声道："不用不用。"那之后，他们就认识了。

在图书馆里上自习考研的人，大家似乎有种无言的默契，从不交流，保持安静。他们有时会在早上来时相视点个头，或晚上下自习要走时，抬头看一眼。

郑州的冬天特别冷，临考前两天，窗外下起了大雪，从傍晚一直到图书馆闭馆，都有簌簌的落雪声。

宋媛因为室友薇薇在三楼自习，要上楼去找她，所以那天走得很早，后来又跟着薇薇从另一个门出来，回寝室。

许多人在考试前一天都选择休息，调整状态，好上考场，所以宋媛也放弃了最后一天再去图书馆的想法，和薇薇一起留在寝室休息。

考完试后，宋媛在寒假离校前，去图书馆还书，临走经过遗失物品认领处，赫然发现了自己的名字。她想不起来自己丢过什么，走过去看了看，是一只全新的粉色保温杯，上面的便利贴上写着她的名字和院系名称。

她疑惑着拿起来，那贴纸背面，端正地写着另一行字："考研顺利，背影女孩。"

宋媛脑中回放着这段故事，她也是在那之后，再没见过那个男生。

宋媛抬头看向程为，意味深长地问他："你遗憾过吗？因为妈妈的病情，大学也许有很多美好的事情，你错过了。"

程为眼里氤氲着夜灯的柔光，他低头笑了笑：“不遗憾，不适合的，算不上错过。”

他其实在心里想：我的世界里，最大的错过，就是你。如果你不来，我人生最大的错过，也是你。

可他抬头对着她生光的眼瞳时，又语塞了，停了一会儿，终于还是放弃了表达，转而问道：“你呢？你有遗憾吗？”

宋媛凝神想了好一会儿，想起一件久远的小事来，回忆道：“别的没有，只有高中的时候，我丢过一次作业，被老师点名批评，后来有人帮我买了，我一直不知道是谁，有点儿遗憾。”

程为拉开点距离，看着她：“这么一点小事，不知道就算了，遗憾什么？”

宋媛倒是郑重地摇了摇头，解释道：“我遗憾，不是因为有人给我买了新的送来，而是我那天其实收到了两本全新的练习册，有一本放在学校传达室，另一本就放在我课桌上。”

“两本？”程为听完也吃了一惊，如果不是今天说起，他从来没想过会有这个故事。在他记忆里，是她站在课桌前看到桌面上他买来的那本练习册时，惊讶得睁圆了眼睛的表情。此刻他忽然明白，她那么吃惊，恐怕不是因为那本练习册，可能完全是因为看到了第二本。

宋媛那时还猜测，也许有一本是蒋鲲鹏买的。后来又迅速推翻了这想法，觉得如果是蒋鲲鹏，他应该会买来摔在她脸上吧。其实也顺便想问程为，另一本是不是他买的。

可还没来得及开口，怀里的孩子动了，哼哼唧唧地哭起来。宋媛叹了口气，要起身，程为伸手按住了她，俯身接过孩子，在床边慢慢踱着步。

他们的小与是个矫情的小婴儿，出生到现在还不满百天，感觉系统却出奇灵敏，如果哄睡的人不卖力，坐着抱他，他就会有意见，立刻开始号啕大哭，而且他睡眠习惯不好，日夜颠倒。家里四个大人总要轮流抱着他哄，个个被累得人仰马翻。

他们这点回望的片刻遗憾，迅速淹没在扑面而来的养育时光里。

小婴儿的到来似乎专为消耗大人的所有精力。程为因为白天要上班，只好晚上多出点力。为了让岳父岳母好好休息，他和宋媛分配好，一个人负责前半夜，一个人负责后半夜。

可是因为他作为爸爸，不具备哺乳的功能，所以即便已经责任到人，也还是需要不停地打断妈妈的睡眠。那些无数个夜深人静里，他看着妻子一夜一夜，在昏沉的、断续的浅睡眠里熬到天亮，才知道母亲的角色里包裹的是怎样厚重的内容。

那年的同学会程为没去，因为那天孩子一大早发高烧，得了小儿急疹，入夜烧到快四十度。他们一家人手忙脚乱地奔到医院，确诊了，又接回来，彻夜不眠地照顾满身滚烫的孩子。

程为手机上好几个未接来电，他始终没空看。

一直到凌晨四五点钟，孩子才渐渐睡安稳。程为托着睡着的孩子，送到靠在床头休息的宋媛手里，看她从睡梦中伸手接过去，环在臂弯里，仍是哄睡的姿势，心里一阵莫名的心酸。

宋媛轻轻拍着孩子的后背，忽然想起什么，抬头低声问他："你今天是不是要去同学会的？"

程为坐在她身边，向她摇了摇头："没有。小与睡了，你也休息一会儿。想一想早饭想吃什么，告诉我！"

2

小与快七岁的时候，马上要上小学，宋媛和程为带他去了一次澳洲，是应他鲲叔的盛情邀请去的，而且邀请的也是程宋与小朋友，他俩纯属陪同。

先时，小与和鲲叔视频，小与说道：“我想去日本，不太想去澳洲……”

鲲叔在镜头那端劝道：“那儿有什么好去的。来你鲲叔的地盘看看，看大袋鼠。”

“我不喜欢大袋鼠，我想去看奥特曼，雷欧、银河、泽塔、贝利亚……”小与兴致勃勃地细数着。

蒋鲲鹏后来是怎么说服小与的，宋媛没来得及细听，那时她和程为正在商量换房子，这是他们家的头等大事。他们前前后后看了很多地方，既要考虑学区，又要考虑通勤，还要考虑生活便利性，非常之琐碎。

周末，宋媛趴在床边的书桌上对着一沓房产广告圈圈画画。

程为从阳台收了衣服走进来和她商量：“你多看一点新楼盘，妈妈说，想住带电梯的房子。”

宋媛停笔怔了怔，她一想到刘女士那些矫情的要求就头疼，转头道：“我妈？我妈还想住在天宫呢，要不咱们多攒点儿钱，把她发到月亮上去吧！”

程为：“……”

他们是搬了新家之后，准备澳洲行的。出发前几天，赶上福州天气不好，起大雾，能见度很低。

刘女士站在第二十六层的阳台上，透过落地玻璃窗，看云雾缭绕就在脚下，像踏在山中秘境里。她忍不住伸手从窗口探出去，小孩子一般，想抓一团白雾进来，手指展开，却是一团水汽。

程为正从房间出来，老宋坐在沙发上忙向他使眼色，意思叫他快看丈母娘正在犯傻。

宋媛跟在程为身后，也站定了，看向阳台。

程为眼中含着笑，回身悄悄在宋媛耳边低语：“你看，我们那笔钱，花得很值吧！”

宋媛望着妈妈的背影，由衷地点了点头。先时他们买房子时预算有限，她想选低楼层的，经济实惠。可程为坚持要选高层，他说不差那点钱，况且妈妈喜欢。

他们出发去澳洲那天，因为是他们第一次单独带小与出远门，老宋和刘女士千叮万嘱后才终于上车启程。

宋媛说：“还好我有先见之明，说好不让他们送到机场，不然，非误了机不可。”

程为点着头，嘴里却说：“一会儿到了机场，你再打个电话给爸爸，爸妈肯定还有话要叮嘱，别忘了。”

宋媛抬头看看程为，有时觉得他更像是老宋和刘女士亲生的。

她这么想着，被儿子小与打断，他正兴奋地问爸爸：“一会儿我们坐多大的飞机，有几个翅膀？到底能飞多高？”

程为耐心地向他解释，甚至讲到了气流和飞行高度的关系。

小与问道：“能比雷欧飞得高吗？”

“空气压力与物体飞行高度是成反比的关系，大气压随着海拔高度上升而降低……”程为严谨且耐心地讲着。

小与眼睛里闪烁着求知的光：“能飞到 M78 星云吗？”

“目前还不能。”

父子俩互不影响地热聊。

宋媛愉快地看着他们一路聊到机场。

航班起飞时，伴随着巨大的动力轰鸣声。宋媛透过悬窗，看窗外飘飞不定的流云，忽然想起高三的时候，蒋鲲鹏也是这样坐着飞机，缓缓升空，飞往澳洲的吧。

宋媛记得那时直接放弃了从前舍不掉的所有爱好，正全力以赴要挤过那条独木桥。那时，不知为何，她总觉得独木桥的尽头仿佛若有光，可让人豁然开朗。

有一天，那时大约离高考只有不到一个月的时间，蒋鲲鹏在回家的路上对她说："走，我请你吃饭。"

"吃啥？"宋媛全力以赴了一整天，这时候气若游丝。

"请你吃西餐，怎么样？哥请你吃最贵的，最正宗的那家。"蒋鲲鹏豪迈地说着。

"我不爱吃西餐。"宋媛诚实地回答。那时的宋媛不懂得婉转，也觉得和蒋鲲鹏不需要婉转。她不知道，蒋鲲鹏这一次是当真的，需要婉转。

后来，那家最贵最正宗的西餐厅，他俩没去。蒋鲲鹏带她去吃了扬州炒饭，炒饭生意太好，等了很久才来一份。按着他们往常的习惯，谁先抢到归谁。宋媛紧紧盯着那盘炒饭端来的路径，却还是被蒋鲲鹏眼疾手快地先抢到了手。

她正一阵失望，抻长了脖子张望下一盘。蒋鲲鹏却一反常态，把抢到的这盘推到她面前来，同时没好气地朝她抱怨："这有什么好吃的？我觉得还是西餐好吃，你为什么就不能试试呢？！"

她没回答也没示弱，接过来就吃，没给蒋鲲鹏留后路。

宋媛断续地沉浸在连绵的回忆里，没在意，他们的航班何时落地的。蒋鲲鹏夫妇亲自来接机，小与有两年没见鲲叔了，一看见他，张口就喊："鲲叔，你怎么比上次回来的时候还黑？"

蒋鲲鹏潇洒地摆摆手，说道："那必须的，叔是土著嘛，哈哈！"

说的倒是没错，蒋鲲鹏洒脱惯了，结婚晚，去年娶了当地的金发姑娘，现在确实是土著一枚了。

蒋鲲鹏向程为和宋媛介绍完太太后，向程为小声道："看，哥们儿这国际视野。"

程为只笑了笑，无声地看向宋媛，宋媛朝他撇了撇嘴。

他们这次旅行主要是亲子游，大部分时候都是配合孩子的兴趣和愿望，看过了野生动物，又去看城市建筑，还看了当地人的早期生活方式。

最后两天，在蒋鲲鹏家的花园里烧烤，饭后躺在太阳伞下，宋媛感慨时光匆匆。

蒋鲲鹏神态依旧，不同意道："匆匆啥，你们看我，永远还是当年！"说着，照旧生动地挑挑眉。

他这么一说，剩下的两个人同时都笑了，当年他们三人都是少年模样，现在呢?

宋媛对着蒋鲲鹏，毫不客气道："看你的鱼尾纹，问问它承不承认你永远还是当年？"

程为转头看了眼在泳池边教小与跳水的蒋太太，语重心长道："等你们有了孩子，那时你感受就更明显了！"

"什么感受？少年不再的感受？"蒋鲲鹏从躺椅上站起身，用力抻了抻腰背，得意道，"我们不生孩子！哈哈。不会让后浪把我们拍在沙滩上的。"他趿着拖鞋往泳池边去，又回头，"不像你们，养个孩子把自己搞得饱经沧桑。"

他说着，伸手揽着小与的肩头，说道："走，少年，叔带你去看好玩儿的。"

"看什么？又看大袋鼠？我昨天和前天都看了。"小与闷着头，兴致不高。

"不看大袋鼠，看金发碧眼的小姐姐去。"蒋鲲鹏反手给自己戴上墨镜。

"在哪里？"小与显出"勤奋好学"的特质来，和他爸爸尤其不同。

"走，跟着叔！"

宋媛扭身望着他们一高一低的背影，瞪圆了眼睛，又看向程为："你看他！"

程为也望着他们的背影，却宽和地笑了笑。

异国的落日也和家乡的一样，斜拉着长长辉光，映出无限悠远的细影。程为伸手来握了握宋媛的手，仍旧在躺椅上靠着。

他缓缓地说着：“他说的没错，他还是少年灵魂。”

南风吹过，风里夹杂着喁喁人语，小与说：“我妈妈不让……”

“别听她的……只管跟着你鲲叔……”

夕阳渐沉，墨色天边，掠过几只高飞的倦鸟。远处，有灯光亮起的地方，隐隐传来音乐声。